श्रीमद्भागवत का ज्ञान

दीन दुखी की सेवा महान्

OTHER BOOKS BY THE SAME AUTHOR

1. The Social Role of the Gita : How & Why
2. The Social Message of the Gita Symbolized as Lokasangraha
3. तुलसी रामायण—जगमंगल परायण
4. मानस एवं गीता—लोकमंगल-गुञ्जिता
5. लोकसंग्रहसन्देशः (संस्कृत में)
6. The Gita And Tulsi Ramayana : Their Common call for the Good of All
7. Selections from the Mahabharata : Re-affirming Gita's call for the Good of All
8. The Gita for the Twenty-first Century
9. छात्रोपयोगी भगवद्गीता

श्रीमद्भागवत का ज्ञान
दीन दुखी की सेवा महान्

डॉ० सत्य प्रकाश अग्रवाल
पी-एच.डी., कैलिफोर्निया विश्वविद्यालय
बर्कले, कैलिफोर्निया, यू.एस.ए.

प्रकाशक
उर्मिला अग्रवाल
11293 राइडरमार्क रो
कोलम्बिया, मेरीलैण्ड 21044, यू.एस.ए.

प्रथम संस्करण: दिल्ली, २००६

ISBN: 81-208-2998-0

प्रकाशक:

उर्मिला अग्रवाल

11293 राइडरमार्क रो

कोलम्बिया, मेरीलैण्ड 21044 (यू.एस.ए.)

Email: ishamaya@erols.com

वितरक:

उर्मिला अग्रवाल

C-१५७, आनन्द विहार,

दिल्ली-११००९२

•

मोतीलाल बनारसीदास

४१ यू. ए. बंगलो रोड, जवाहर नगर,

दिल्ली-११०००७

•

न्यू एज बुक्स

ए-४४, नारायणा इंडस्ट्रियल एरिया, फेज-१

दिल्ली-११००२८

मुद्रक:

जैनेन्द्र प्रकाश जैन, श्री जैनेन्द्र प्रेस

ए-४५ नारायणा, फेज़-१, नई दिल्ली-११० ०२८ द्वारा मुद्रित

पाठकों की सेवा में

वैदिक धर्मग्रन्थों के सामाजिक सन्देश को नए दृष्टिकोण से पाठकों की सेवा में अर्पित करने वाली हमारी पुस्तक-माला का यह दसवाँ पुष्प है। नए दृष्टिकोण से तात्पर्य यह है कि प्राचीन ग्रन्थों को पढ़ते समय हृदय में ऐसी भावना हो कि आज की सामाजिक परिस्थिति में इन लोकप्रिय ग्रन्थों से कौन-सा संदेश लेना उचित है।

बारह वर्ष पहले, उपरोक्त पुस्तक-माला के प्रथम पुष्प के रूप में, हमने भगवद्‌गीता के लोकसंग्रह सन्देश को पाठकों की सेवा में अर्पित किया। विद्वानों द्वारा प्रकटित 'लोकसंग्रह' के अनेकों अर्थों में से हमने 'लोक कल्याण' को प्राथमिकता दी। न केवल भारत में बल्कि विश्वभर में, इस पुस्तक को जो स्वागत मिला, उसको हमने ईश्वर कृपा का प्रतीक समझा। भारत के राष्ट्रपति ने लोकहितवर्धक रचना के लिए लेखक को सम्मानित किया। अमेरिका में मैरीलैंड स्टेट के गवर्नर तथा अनेकों विश्वविद्यालयों के गीता-विशेषज्ञों से भी लेखक को सम्मान मिला। श्रेष्ठ जनों के आशीर्वाद से प्रोत्साहित होकर हमने अंग्रेजी, हिंदी तथा संस्कृत में गीता-आधारित पाँच पुस्तकों के द्वारा सब प्रकार के पाठकों तक लोकसंग्रह-सन्देश पहुँचाने का प्रयत्न किया।

तदनन्तर रामचरितमानस (तुलसी रामायण) में प्रयुक्त जगमंगल के सन्देश को, गीता के लोकसंग्रह से समानता प्रदर्शित करते हुए, पाठकों तक पहुँचाने के लिए हमने तीन पुस्तकों की रचना की (दो हिन्दी में तथा एक अंग्रेजी में)। इन पुस्तकों को भी अनेकों संस्थाओं ने उच्चतम सम्मान तथा पारितोषिक दिए।

तत्पश्चात् हमारा ध्यान महाभारत की ओर गया। भगवद्‌गीता को सम्मिलित न करने पर भी महाभारत की विशालता से वैदिक साहित्य को चिरकाल से गौरव मिला है, किन्तु अभी तक उसका लोकसंग्रह-सन्देश पाठकों को सुव्यवस्थित रूप से प्राप्त नहीं हुआ था। हमने अपनी पुस्तक शृंखला के माध्यम से इस कमी को पूरा करने के लिए महाभारत-आधारित रचना प्रकाशित की और हमें प्रसन्नता है कि इस रचना का भी सब क्षेत्रों में स्वागत हुआ।

उपरोक्त शृंखला को आगे बढ़ाते हुए हमने वर्तमान पुस्तक में श्रीमद्‌भागवत के लोकसंग्रह सन्देश (दीन दुखी की सेवा) को प्राथमिकता दी है। इस उद्देश्य की

पूर्ति करने के लिए भागवत के सभी (बारह) स्कंधों के महत्त्वपूर्ण प्रसंगों का सहारा लिया गया है। दीर्घकालीन तथा गहन अध्ययन ने यह स्पष्ट कर दिया है कि गीता के प्रभावशाली शब्द (लोकसंग्रह, सर्वभूतसुहृद, मत्कर्म आदि) श्रीमद्भागवत में भी हैं। इसलिए उनकी व्याख्या वर्तमान पुस्तक का प्रमुख अंग है। हमें पूर्ण विश्वास है कि नए दृष्टिकोण से लिखा गया 'श्रीमद्भागवत का ज्ञान' पाठकों के लिए न केवल हितकारी होगा बल्कि साथ ही रुचिकर भी होगा।

सम्भवत: कुछ पाठक यह प्रश्न उठाएँ कि क्या श्रीमद्भागवत के मूल रचयिता ने बारह स्कंधों की कथाएँ लिखते समय उनके द्वारा इतने व्यापक संदेश दिए जाने की सम्भावना पर विचार किया था। हमारी सम्मति में इस प्रश्न से भी अधिक उपयोगी प्रश्न यह है कि क्या उन कथाओं की नई व्याख्या से आज के समाज का भला हो सकता है। यदि सर्वहित के लिए प्राचीन ग्रंथों से कोई नया सन्देश मिल सकता है तो वह अवश्य ग्रहणीय है—चाहे उसका पूरा चित्रण मूल लेखकों के नेत्रों के सम्मुख था या नहीं। इस विचार की पुष्टि इस आधार पर की जा सकती है कि मूल लेखकों ने देश-काल-पात्र के सिद्धान्त का समर्थन किया है। महाभारत ने तो सत्य की परिभाषा भी सर्वहित के मापदण्ड से की है—

यद् भूतहितं अत्यन्तं तत् सत्यं इति धारणा (३.२०९.४)

अर्थात् जो सर्वहितकारी है उसी को सत्य समझना चाहिए। मैत्रायणी उपनिषद् के मंत्र में भी यही भाव दर्शित है—

शब्देनैव अशब्दं आविष्क्रियते।

अर्थात् धर्मग्रन्थों के शब्दार्थ से भी अधिक उपयोगी है उनके भावार्थ को समझना और उससे सर्वहितकारी सन्देश ग्रहण करना।

जन्माष्टमी
२७ अगस्त २००५

—लेखक तथा प्रकाशक

विषय-सूची

अध्याय 1

श्रीमद्‌भागवत के महत्त्वपूर्ण प्रसंग

भारतीय धर्म-ग्रन्थों में श्रीमद्‌भागवत-महापुराण का विशेष स्थान है। लाखों श्रोतागण 'भागवत-सप्ताह' के माध्यम से भगवान् श्रीकृष्ण की लीलाएँ सुनने का आनन्द लेते हैं तथा निष्काम भक्ति का संदेश भी ग्रहण करते हैं। वर्तमान पुस्तक के लेखक को भी अनेक बार ऐसे शुभ कार्यक्रमों में भाग लेने का सौभाग्य प्राप्त हुआ है। किन्तु भागवत का गहन अध्ययन करने वाले इस विनम्र लेखक को ऐसा प्रतीत हुआ है कि ज्ञान के भण्डार, भक्त शिरोमणि कथाचार्य भी, समयाभाव के कारण, श्रीमद्‌भागवत के (निष्काम भक्ति के अतिरिक्त) अन्य संदेशों से श्रोताओं को पूर्णतया लाभान्वित नहीं करा पाते। इसलिए भगवान् से इस लेखक को प्रेरणा मिली कि श्रीमद्‌भागवत के सभी महत्त्वपूर्ण संदेशों को, पुस्तक के रूप में, जनता जनार्दन की सेवा में अर्पित किया जाय, जिनका स्वाध्याय भागवत-सप्ताह के श्रवण-यज्ञ के साथ-साथ किया जा सके। इस उद्देश्य से तथा गोस्वामी तुलसीदास के पावन चरणों का अनुसरण करने की भावना से—

करउँ कथा हरि पद धरि सीसा।

श्रीमद्‌भागवत में बारह स्कंध हैं, जिनमें से भगवान् श्रीकृष्ण की लीला मुख्यत: दसवें स्कंध में वर्णित है। अन्य स्कंधों में भगवान् के विभिन्न अवतारों (नृसिंह, वामन, राम, आदि) की लीलाओं का चित्रण है तथा भगवान् के भक्तों (ध्रुव, प्रह्लाद, आदि) की जीवन गाथाएँ हैं। वर्तमान पुस्तक में, भगवान् के विभिन्न अवतारों के साथ-साथ, चुने हुए भगवद्‌भक्तों तथा कर्मयोगियों को भी सम्मिलित करना, श्रीमद्‌भागवत की उदार दृष्टि के अनुकूल होगा। इस योजना के अनुसार, वर्तमान पुस्तक के लिए, श्रीमद्‌भागवत के प्रत्येक स्कंध से, कम-से-कम एक महत्त्वपूर्ण भाग को लेकर, सम्पूर्ण भागवत के निम्नलिखित पच्चीस प्रसंगों की सूची बनाई गई है—

स्कंध	महत्त्वपूर्ण प्रसंग
1.	भगवान् के 22 अवतारों का संक्षिप्त वर्णन
2.	2 अवतार जिनको मिलाकर कुल संख्या 24
3.	कपिल-अवतार (कपिल गीता)
4.	(अ) पृथु-अवतार
	(आ) भक्त ध्रुव
5.	(अ) ऋषभ-अवतार
	(आ) ऋषभ-पुत्र भरत तथा भारतवर्ष
6.	ऋषि दधीचि
7.	नृसिंह अवतार तथा भक्त प्रह्लाद
8.	(अ) समुद्र मंथन
	(आ) वामन-अवतार
9.	(अ) राम-अवतार तथा रामराज्य
	(आ) रंतिदेव
	(इ) अम्बरीष
10.	कृष्ण अवतार की लीलाएँ
	(अ) जन्म-उत्सव
	(आ) बाल लीलाएँ
	(इ) गोवर्धन-धारण
	(ई) ग्वालों तथा गोपिकाओं के साथ प्रेम
	(उ) कंस का उद्धार
	(ऊ) मुचुकुन्द को दर्शन
	(ए) जरासंध का उद्धार
	(ऐ) सुदामा-मिलन
11.	(अ) योगीश्वर-निमि संवाद
	(आ) कृष्ण-उद्धव संवाद
12.	जनमेजय द्वारा सर्पयज्ञ को रोकना

इस सूची का यह तात्पर्य नहीं कि श्रीमद्भागवत के अन्य प्रसंग महत्त्वपूर्ण नहीं हैं। किन्तु सभी स्कंधों को संतुलित ढंग से सम्मिलित करना एक चुनौती है और इस विषय में मतभेद भी हो सकता है। आशा है कि उपरोक्त सूची पाठकों को रुचिकर प्रतीत होगी।

वर्तमान अध्याय में उपरोक्त पच्चीस प्रसंगों का क्रमशः विवरण किया जाएगा। तत्पश्चात् अगले सात अध्यायों में श्रीमद्भागवत के मुख्य संदेश (प्रसंगों पर आधारित उदाहरण-सहित) प्रस्तुत किए जाएँगे, जिनमें पहला संदेश 'स्वधर्म पालन' है और अन्तिम संदेश है 'भारतवर्ष का गौरव-गान'। पुस्तक के अन्तिम अध्याय में श्रीमद्भागवत का सार लिखा जाएगा जिसमें पिछले सभी अध्यायों से चुने हुए भाव, पाठकों की सुविधा के लिए, संक्षेप में वर्णित होंगे।

भगवान् के चौबीस अवतार

उपरोक्त सूची के पहले दो प्रसंगों को एक साथ मिलाना आवश्यक है; क्योंकि भगवान् के चौबीस अवतारों में से केवल बाईस का उल्लेख पहले स्कंध में है, और दो अवतार (हंस, हयग्रीव) दूसरे स्कंध में वर्णित हैं। चौबीस अवतारों के नाम इस प्रकार हैं—

1. सनक, सनन्दन, सनातन, सनत्कुमार
2. वराह
3. नारद
4. नर-नारायण
5. कपिल
6. दत्तात्रेय
7. सुयज्ञ
8. ऋषभ
9. पृथु
10. मत्स्य
11. कूर्म
12. हंस
13. हयग्रीव
14. धन्वन्तरि
15. मोहिनी
16. नृसिंह
17. वामन
18. परशुराम
19. व्यास
20. राम
21. बलराम
22. कृष्ण
23. बुद्ध
24. कल्कि

पाठकों की जानकारी के लिए, भगवान् के दस अवतारों के नाम इस प्रकार हैं। (यद्यपि श्रीमद्भागवत में यह सूची नहीं दी गई है)—

मत्स्य, कूर्म, वराह, नृसिंह, वामन, परशुराम, राम, कृष्ण, बुद्ध, कल्कि।

भगवान् अवतार क्यों तथा कब लेते हैं—इस प्रश्न का उत्तर श्रीशुकदेवजी नवें स्कंध में देते हैं—

यदा यदेह धर्मस्य क्षयो वृद्धिश्च पाप्मनः।
तदा तु भगवानीश आत्मानं सृजते हरिः॥ ९.२४.५६॥

सरल भावार्थ—जब-जब संसार में धर्म का क्षय होता है तथा पाप की वृद्धि होती है, तब-तब सर्वशक्तिमान् भगवान् श्री हरि अवतार ग्रहण करते हैं।

यह स्पष्ट है कि श्रीमद्भागवत के उपर्युक्त श्लोक में तथा भगवद्गीता के निम्नलिखित श्लोक में समानता है—

यदा यदा हि धर्मस्य ग्लानिर्भवति भारत।
अभ्युत्थानमधर्मस्य तदात्मानं सृजाम्यहम्॥ गीता ४.७॥

सरल भावार्थ—भगवान् ने कहा, हे अर्जुन, जब-जब धर्म का आचरण कम हो जाता है और अधर्म का आचरण बढ़ जाता है, तब-तब परिस्थिति को ठीक करने के लिए मैं संसार में प्रकट होता हूँ।

कपिल अवतार (कपिल गीता)

कपिल अवतार का विस्तृत वर्णन तीसरे स्कंध में है। श्री कपिल जी, कर्दम प्रजापति तथा उनकी पत्नी देवहूतिजी के पुत्र थे। अपने पिता की रुचि को ध्यान में रखकर कपिल भगवान् ने उनसे कहा—

गच्छ कामं मयाऽपृष्टो मयि संन्यस्तकर्मणा।
जित्वा सुदुर्जयं मृत्युममृतत्वाय माँ भज॥ ३.२४.३८॥

सरल भावार्थ—कपिल भगवान् ने अपने पिताजी से कहा—आप वन में रहना चाहते हैं, तो अवश्य वहाँ जाएँ। भगवान् की भक्ति करने से तथा अपने सम्पूर्ण कर्म भगवान् को अर्पण करने से, आप दुर्जय मृत्यु को जीतकर अमृतत्त्व को प्राप्त करेंगे।

तत्पश्चात् अपनी माता के प्रश्नों का उत्तर देते हुए कपिल भगवान् ने जो विचार प्रकट किए वे 'कपिल गीता' के नाम से प्रसिद्ध हैं। कपिल गीता में दस अध्याय हैं, जिनमें से दो अध्यायों में भक्ति की व्याख्या है। इस व्याख्या का आरम्भिक श्लोक इस प्रकार है—

भक्तियोगो बहुविधो मार्गैर्भामिनि भाव्यते।
स्वभावगुणमार्गेण पुंसां भावो विभिद्यते॥ ३.२९.७॥

सरल भावार्थ—कपिल भगवान् ने कहा, माताजी, साधकों के भाव के अनुसार भक्तियोग का अनेक प्रकार से प्रकाश होता है; क्योंकि स्वभाव और गुणों के भेद से प्राणियों के भाव में भी विभिन्नता आ जाती है।

सरल भाषा में कपिल गीता का मुख्य संदेश यह है—मानव में माधव का दर्शन, केवल प्रतिमा में नहीं। अगले अध्यायों में, संदेशों की व्याख्या करते समय, कपिल गीता के श्लोकों का उपयोग किया जाएगा। इसलिए यहाँ केवल एक श्लोक लिखना पर्याप्त होगा—

अहं सर्वेषु भूतेषु भूतात्मावस्थितः सदा।
तमवज्ञाय माँ मर्त्यः कुरुतेऽर्चाविडम्बनम्॥ ३.२९.२१॥

सरल भावार्थ—भगवान् कपिल कहते हैं—मैं आत्मारूप से सदा सभी प्राणियों में स्थित हूँ, इसलिए जो लोग मुझ सर्वभूतस्थित परमात्मा का अनादर करके केवल प्रतिमा में ही मेरा पूजन करते हैं, उनकी वह पूजा स्वांगमात्र है।

पृथु-अवतार

पृथु-अवतार का वर्णन चौथे स्कंध में है। जब पृथु का राज्याभिषेक हुआ, तब वन्दीजन द्वारा किया गया अपना (अर्थात् पृथु का) गुणगान सुनकर, राजा पृथु ने शासक-प्रशंसा करने की प्रथा को अनुचित बतलाते हुए कहा—

सत्युत्तमश्लोकगुणानुवादे
जुगुप्सितं न स्तवयन्ति सभ्याः॥ ४.१५.२३॥

सरल भावार्थ—पृथु ने कहा—गुणगान केवल भगवान् का करना चाहिए, मनुष्यों का गुणगान करना शिष्ट पुरुषों की सम्मति में उचित नहीं होता।

पृथु ने देखा कि अन्न के अभाव में प्रजा को बहुत कष्ट हो रहा है, इसलिए उन्होंने पृथ्वी को समतल करवाया और अन्न का उत्पादन बढ़ाया—

भूमण्डलमिदं वैन्यः प्रायश्चक्रे समं विभुः॥ ४.१८.२९॥

सरल भावार्थ—वेनपुत्र पृथु ने भूमण्डल को प्रायः समतल कर दिया।

ऋषिभिर्याचितो भेजे नवमं पार्थिवं वपुः।
दुग्धेमामोषधीर्विप्रास्नेतायं स उशत्तमः॥ १.३.१४॥

सरल भावार्थ—सूतजी कहते हैं—ऋषियों की प्रार्थना सुनकर भगवान् ने अपना नवाँ अवतार पृथु के रूप में लिया। इस अवतार में उन्होंने पृथ्वी से औषधियों का दोहन किया, इससे यह अवतार सबके लिए बहुत कल्याणकारी हुआ।

तथा परे च सर्वत्र सारमाददते बुधाः।
ततोऽन्ये च यथाकामं ददुहुः पृथुभाविताम्॥ ४.१८.१३॥

सरल भावार्थ—मैत्रेयजी कहते हैं—पृथु सब जगह से सार ग्रहण करते थे। उनका अनुसरण करते हुए समाज के विद्वान् व्यक्तियों ने पृथ्वी से अनेकों लाभदायक वस्तुएँ निकालीं।

पृथु ने जनता के लिए निवास स्थान भी बनवाए—

निवासन् कल्पयाञ्चक्रे यत्र तत्र यथार्हतः॥ ४.१८.३०॥

सरल भावार्थ—पृथु ने जनता के उपयोग के लिए उनकी आवश्यकतानुसार निवास स्थानों का निर्माण करवाया।

पृथु ने निष्काम कर्मयोग का स्वयं पालन किया और प्रजा को भी उसी मार्ग पर चलने की शिक्षा दी—

कर्माणि च यथाकालं यथादेशं यथाबलम्।
यथोचितं यथावित्तमकरोद् ब्रह्मसात्कृतम्॥ ४.२२.५०॥

सरल भावार्थ—पृथु के सभी कर्म समय, स्थान, शक्ति और धर्म के अनुकूल होते थे और वह इन कार्यों को ईश्वरार्पण बुद्धि से करते थे।

गृहेषु वर्तमानोऽपि स साम्राज्यश्रियान्वितः।
नासज्जतेन्द्रियार्थेषु निरहंमतिरर्कवत्॥ ४.२२.५२॥

सरल भावार्थ—पृथु, गृहस्थाश्रम में रहते हुए भी, अनासक्त भाव से शासन की जिम्मेदारी निभाते थे। जैसे सूर्य समभाव से सबकी सेवा करता है, वैसे ही पृथु निरहंकार भाव से प्रजा की सेवा में लीन थे।

य उद्धरेत्करं राजा प्रजा धर्मेष्वशिक्षयन्।
प्रजानां शमलं भुक्ते भगं च स्वं जहाति सः॥ ४.२१.२४॥

सरल भावार्थ—पृथु की यह धारणा थी कि प्रजा को धर्मशिक्षा देना राजा का कर्त्तव्य है। जो राजा प्रजा से वसूल किए हुए कर को शिक्षाकार्यों में नहीं लगाता, वह पाप का भागी है और उसका विनाश निश्चित है।

तत् प्रजा भर्तृपिण्डार्थं स्वार्थमेवानसूयव:।
कुरुताधोक्षजधियस्तर्हि मेऽनुग्रह: कृत:॥ ४.२१.२५॥

सरल भावार्थ—पृथु ने लोगों से कहा—आप परस्परभाव को अपनाइए (एक-दूसरे की निंदा न करें), भगवान् का स्मरण करते हुए अपना-अपना कर्त्तव्य पूरा करें—इसमें आपका भी भला है और मेरा भी।

अगले अध्यायों में पृथु द्वारा दिए गए संदेशों का अनेकों बार उल्लेख होगा।

भक्त ध्रुव

भक्त ध्रुव की प्रसिद्ध कथा भी चौथे स्कंध में वर्णित है। वह राजा उत्तानपाद के पुत्र थे, किन्तु घर में भेद-भाव का वातावरण होने के कारण ध्रुव की सौतेली माँ और उसके (अपने) पुत्र उत्तम को प्राथमिकता मिलती थी। ध्रुव की (सगी) माँ ने उसे (अर्थात् ध्रुव को) धीरज बँधाकर कहा—

आराधयाधोक्षजपादपद्मं
यदीच्छसेऽध्यासनमुत्तमो यथा॥ ४.८.१९॥

सरल भावार्थ—ध्रुव की माँ ने कहा—बेटे, यदि तू (अपने सौतेले भाई) उत्तम के समान आदर चाहता है, तो भगवान् के चरण कमलों की आराधना कर।

नारदजी ने भी ध्रुव को भगवान् की शरण में जाने के लिए शिक्षा दी—

जनन्याभिहित: पन्था: स वै नि:श्रेयसस्य ते।
भगवान् वासुदेवस्तं भज तत्प्रवणात्मना॥ ४.८.४०॥

सरल भावार्थ—नारदजी ने कहा—बेटे ध्रुव, तेरी माँ ने तुझे जो उपाय बतलाया है, वही तेरे लिए परम कल्याणकारी है। इसलिए तू चित्त लगाकर भगवान् का भजन कर।

ध्रुव की साधना सफल हुई और उसे भगवान् के दर्शन प्राप्त हुए। एक दीन-हीन बालक के प्रति भगवान् इतने दयालु हैं–ऐसी भावना से प्रेरित होकर ध्रुव ने भगवान् से कहा–

> अप्येवमर्य भगवान् परिपाति दीनान्
> वाश्रेव वत्सकमनुग्रहकातरोऽस्मान्॥ ४.९.१७॥

सरल भावार्थ–ध्रुव ने कहा, हे भगवन्, जैसे गाय अपने असहाय बछड़े की रक्षा करती है, उसी प्रकार आप भी मेरे जैसे दीनों की सब प्रकार से रक्षा करते हैं।

भगवान् की कृपा से ध्रुव को उच्चतम पद (ध्रुवलोक) की प्राप्ति हुई और साथ ही उसके मन में से अपनी सौतेली माँ तथा सौतेले भाई के प्रति बदला लेने की इच्छा समाप्त हो गयी। ध्रुव के घर लौटने पर पुराने भेद-भाव के स्थान पर परस्पर प्रेम का वातावरण फैल गया।

> ननाम मातरौ शीर्ष्णा सत्कृतः सज्जनाग्रणीः।
> उत्तमश्च ध्रुवश्चोभावन्योन्यं प्रेमविह्वलौ॥ ४.९.४५, ४॥

सरल भावार्थ–मैत्रेयजी कहते हैं–सज्जनशिरोमणि ध्रुव ने दोनों माताओं को प्रणाम किया। उत्तम और ध्रुव भी प्रेम से विह्वल होकर, सगे भाई की भाँति, एक दूसरे से मिले।

जब ध्रुव बड़े हुए, तब भगवान् के आदेशानुसार, उन्होंने राज्य भार संभाला और कुशलतापूर्वक अपना स्वधर्म पालन किया–

> प्रस्थिते तु वनं पित्रा दत्त्वा गां धर्मसंश्रयः।
> षट्त्रिंशद्वर्षसाहस्रं रक्षिताव्याहतेन्द्रियः॥ ४.९.२२॥

सरल भावार्थ–भगवान् ने ध्रुव को आदेश दिया था कि तेरे पिता वन में जाने से पूर्व तुझे राज्य की जिम्मेदारी सौंपेंगे और तू धर्मपूर्वक, लम्बे समय तक पृथ्वी का पालन करना।

इस प्रकार ध्रुव की जीवन गाथा से दो महत्त्वपूर्ण संदेश मिलते हैं–स्वधर्म पालन तथा निष्काम कर्म एवं भक्ति का समन्वय। इनका उपयोग अगले अध्यायों में (तथा अन्तिम अध्याय में भी) किया जाएगा।

ऋषभ अवतार

ऋषभ अवतार की कथा पाँचवें स्कंध में वर्णित है और साथ ही उनके पुत्र भरत की जीवन-गाथा भी। श्रीमद्भागवत के मतानुसार, भरत की महानता से देश को भी महानता मिली और उसका नाम 'भारत' प्रतिष्ठित हुआ। ऋषभ, भरत तथा भारतवर्ष—इन महत्त्वपूर्ण प्रसंगों का सम्मिलित विवरण आठवें अध्याय में प्रस्तुत किया जाएगा (भारतवर्ष के गौरवगान का संदेश स्पष्ट करने के लिए)।

ऋषि दधीचि

छठे स्कंध का सबसे महत्त्वपूर्ण प्रसंग है—ऋषि दधीचि का महान् त्याग। जब वृत्रासुर ने देवताओं को हराकर उन पर अत्याचार किए, तब उन्होंने भगवान् से प्रार्थना की—

येनावृता इमे लोकास्तमसा त्वाष्ट्रमूर्तिना।
स वै वृत्र इति प्रोक्तः पापः परमदारुणः॥ ६.९.१८॥
ततस्ते विस्मिताः सर्वे विषण्णा ग्रस्ततेजसः।
पत्यञ्चमादिपुरुषमुपतस्थुः समाहिताः॥ ६.९.२०॥

सरल भावार्थ—देवताओं ने बतलाया कि त्वष्टा का तमोगुणी पुत्र वृत्रासुर बड़ा पापी और क्रूर है और उसके भयंकर प्रहार के कारण हम दीन-हीन और परेशान हो गए हैं। अब हमें केवल भगवान् का ही सहारा है।

भगवान् ने देवताओं को ऋषि दधीचि के योगदान का विश्वास दिलाया—

मधवन् यात भद्रं वो दध्यञ्चमृषिसत्तमम्।
विद्याव्रततपः सारं गात्रं याचत मा चिरम्॥ ६.९.५१॥
ततस्तैरायुधश्रेष्ठो विश्वकर्मविनिर्मितः।
येन वृत्रशिरो हर्ता मत्तेज उपबृंहितः॥ ६.९.५४॥

सरल भावार्थ—भगवान् ने कहा, देवरांज इंद्र, तुम सब ऋषिशिरोमणि दधीचि के पास जाओ और उनसे उनका शरीर माँगो जिसमें तपस्या की विशेष शक्ति है। ऋषि दधीचि के अंगों से विश्वकर्मा वज्र बना सकेंगे। उस शस्त्र से, मेरा सहारा पाकर, तुम वृत्रासुर पर विजय प्राप्त कर सकोगे।

ऋषि दधीचि ने, देवताओं को विपत्ति से बचाने के लिए, तुरन्त अपने शरीर-त्याग के लिए 'हाँ' बोल दिया—

एष वः प्रियमात्मानं त्यजन्तं संत्यजाम्यहम्॥ ६.१०.७॥
योऽध्रुवेणात्मना नाथा न धर्मं न यशः पुमान्।
ईहेत भूतदयया स शोच्यः स्थावरैरपि॥ ६.१०.८॥

सरल भावार्थ—देवताओं की प्रार्थना सुनकर ऋषि दधीचि ने कहा, आप लोग चिन्ता न करें, मैं तुरन्त अपना शरीर-त्याग कर दूँगा। मेरी तो यह धारणा है कि दुखी प्राणियों पर दया करके जो इस प्रकार का त्याग नहीं करता, वह धर्मपालन में कच्चा है और पेड़-पौधों से भी गया-बीता है।

धीरे-धीरे वृत्रासुर को भी यह ज्ञान हो गया कि देवताओं को भगवान् का सहारा मिल गया है, इसलिए अब विजय उनकी ही होगी—

यतो हरिर्विजयः श्रीर्गुणास्ततः ॥ ६.११.२०॥

सरल भावार्थ—वृत्रासुर ने इंद्र से कहा, जिस पक्ष में भगवान् श्री हरि हैं, वहीं विजय, लक्ष्मी तथा सारे गुण निवास करते हैं। परहित या सेवा के लिए महान् त्याग का संदेश देने वालों में ऋषि दधीचि का विशेष स्थान है।

यह कथा मूलतः महाभारत में वर्णित है।

नृसिंह अवतार तथा भक्त प्रह्लाद

नृसिंह अवतार की कथा सातवें स्कंध में है। यह कथा भक्तशिरोमणि प्रह्लाद की जीवन गाथा से जुड़ी हुई है। इसलिए इन दोनों प्रसंगों को साथ-साथ प्रस्तुत करना उचित है।

दैत्यराज हिरण्यकशिपु ने अपने पुत्र प्रह्लाद से पूछा कि तुमने अपने शिक्षक से क्या सीखा? उत्तर में प्रह्लाद ने नवधा भक्ति का स्पष्टीकरण करने वाला प्रसिद्ध श्लोक बोला—

श्रवणं कीर्तनं विष्णोः स्मरणं पादसेवनम्।
अर्चनं वन्दनं दास्यं सख्यमात्मनिवेदनम्॥ ७.५.२३॥

सरल भावार्थ—प्रह्लाद ने कहा, पिताजी, विष्णु भगवान् की भक्ति के नौ अंग हैं—श्रवण, कीर्तन, स्मरण, पादसेवन, अर्चन, वन्दन, दास्य, सख्य, आत्मनिवेदन।

इति पुंसार्पिता विष्णौ भक्तिश्चेन्नवलक्षणा।
क्रियते भगवत्यद्धा तन्मन्येऽधीतमुत्तमम्॥ ७.५.२४॥

सरल भावार्थ—प्रह्लाद ने अपनी शिक्षा का ध्येय स्पष्ट किया—पिताजी, यदि इस नवधा भक्ति को भगवान् के प्रति समर्पण-भाव से सम्पन्न किया जाय, तो मैं उसी को उत्तम शिक्षा समझता हूँ।

हिरण्यकशिपु ने क्रोधित होकर पूछा कि तुम मेरे द्वारा नियुक्त किए हुए शिक्षक की बातों को क्यों नहीं मानते? प्रह्लाद ने उत्तर दिया कि जो स्वयं अज्ञानी है, वह दूसरों को कैसा ज्ञान देगा—

अन्धा यथान्धैरुपनीयमाना॥ ७.५.३१॥

सरल भावार्थ—प्रह्लाद ने कहा, पिताजी, आपके द्वारा नियुक्त किया गया शिक्षक दूसरों को पढ़ाए—यह तो वैसा ही है जैसे अन्धे के नेतृत्व में दूसरा अंधा चले।

हिरण्यकशिपु द्वारा विरोध किए जाने पर भी प्रह्लाद ने अपने साथ पढ़ने वाले अन्य छात्रों को भी धर्म के वास्तविक रूप की शिक्षा दी—

यथा हि पुरुषस्येह विष्णोः पादोपसर्पणम्।
यदेष सर्वभूतानां प्रिय आत्मेश्वरः सुहृत्॥ ७.६.२॥
तस्मात् सर्वेषु भूतेषु दयां कुरुत सौहृदम्।
आसुरं भावमुन्मुच्य यया तुष्यत्यधोक्षजः॥ ७.६.२४॥

सरल भावार्थ—प्रह्लाद ने कहा, मित्रो, भगवान् समस्त प्राणियों के स्वामी, सुहृद, प्रियतम और आत्मा हैं। उनके चरणों की शरण लेना सबके लिए कल्याणकारी है। इसलिए तुम सब आसुरी भाव को छोड़ दो और प्राणीमात्र के प्रति दयाभाव अपना लो। तुम सबके सुहृद बनोगे तो भगवान् के प्यारे बनोगे।

पिता-पुत्र का पारस्परिक विरोध दिनों दिन बढ़ता गया। अन्त में हिरण्यकशिपु ने प्रह्लाद को मार डालने की धमकी दी और पूछा कि तेरा भगवान् कहाँ है—

यस्त्वया मन्दभाग्योक्तो मदन्यो जगदीश्वरः।
क्वासौ यदि स सर्वत्र कस्मात् स्तम्भे न दृश्यते॥ ७.८.१३॥

सरल भावार्थ—हिरण्यकशिपु ने कहा, अरे मन्दभागी, जगत् का स्वामी तो मैं हूँ, किन्तु तू किसी और को ईश्वर बतलाता है। तू कहता है कि ईश्वर सर्वत्र है, तो इस खम्भे में वह क्यों नहीं दिखलाई देता?

जब हिरण्यकशिपु ने खम्भे पर प्रहार किया, तब नृसिंह भगवान् प्रकट हुए और उन्होंने हिरण्यकशिपु का उद्धार किया।

भक्त प्रह्लाद ने भगवान् से अपने लिए कुछ भी नहीं माँगा, किन्तु अपने पिता की शुद्धि के लिए प्रार्थना की।

असहाय गरीबों को मुसीबत में छोड़कर प्रह्लाद नहीं चाहते थे कि वह स्वयं मुक्ति प्राप्त करें—

नैतांन्विहाय कृपणान्विमुमुक्ष एको॥ ७.९.४४॥

सरल भावार्थ—प्रह्लाद ने कहा कि असहाय प्राणियों को छोड़कर मैं अकेला मुक्त नहीं होना चाहता।

दीन दुखियों के साथ आत्मीयता का व्यवहार—यह संदेश प्रह्लाद की जीवन गाथा से मिलता है।

समुद्र मन्थन तथा वामन अवतार

आठवें स्कंध में दो महत्त्वपूर्ण प्रसंग हैं—समुद्रमंथन तथा वामन अवतार। इन दोनों का वर्णन भी साथ-साथ लिखना उचित है।

यद्यपि देवता तथा असुर अधिकतर आपस में लड़ते रहते थे, फिर भी समुद्र मन्थन से अमृत प्राप्त करने के लिए दोनों वर्गों ने मिलकर प्रयत्न किया—

ततो देवासुराः कृत्वा संविदं कृतसौहृदाः।
उद्यमं परमं चक्रुरमृतार्थे परन्तप॥ ८.६.३२॥

सरल भावार्थ—श्री शुकदेवजी कहते हैं—परीक्षित्, अमृत मंथन के अवसर पर देवता और असुरों ने आपस में समझौता कर लिया और मित्रों की भाँति मिलकर प्रयत्न किया।

आरम्भ में अमृत के स्थान पर हालाहल नाम का अत्यन्त उग्र विष निकला। इस विष से संसार को बचाने के लिए प्रजापतियों ने भगवान् शिवजी की स्तुति की—

देवदेव महादेव भूतात्मन् भूतभावन।
त्राहि नः शरणापन्नांस्त्रैलोक्यदहनाद् विषात्॥ ८.७.२१॥

सरल भावार्थ—प्रजापतियों ने स्तुति की—हे महादेव जी, आप समस्त प्राणियों के आत्मा और जीवनदाता हैं। हम लोग आपकी शरण में आए हैं। तीनों लोकों को भस्म करने वाले इस भयंकर विष से आप हमारी रक्षा कीजिए।

शिवजी ने विष को अपने कण्ठ में रखते हुए कहा—

आसां प्राणपरीप्सूनां विधेयमभयं हि मे।
एतावान्हि प्रभोरर्थो यद् दीनपरिपालनम्॥ ८.७.३८॥

सरल भावार्थ—शिवजी ने कहा, इस संकट की घड़ी में मेरा यह कर्त्तव्य है कि मैं आप सबको निर्भय कर दूँ। जिनके पास शक्ति-सामर्थ्य है, उनके जीवन की सार्थकता इसी में है कि वे दीन-दुखियों की सेवा करें।

भगवान् शिवजी द्वारा दिए गए इस संदेश को इस पुस्तक के मुखपृष्ठ पर प्रतिष्ठित किया गया है।

समुद्र मंथन करते-करते जब अमृत निकला, तब इस बात पर झगड़ा हो गया कि अमृत पीने का अवसर किसको मिले। भगवान् ने मोहिनी अवतार लेकर देवताओं की सहायता की; क्योंकि उन्हीं में अमृत पीने की पात्रता थी—

एवं सुरासुरगणाः समदेशकाल-
हेत्वर्थकर्ममतयोऽपि फले विकल्पाः।
तत्रामृतं सुरगणाः फलमञ्जसाऽपु-
र्यत्पादपंकजरजः श्रयणान्न दैत्याः॥ ८.९.२८॥

सरल भावार्थ—श्री शुकदेवजी कहते हैं—देवता तथा दैत्य, दोनों ने मिलकर अमृत-प्राप्ति के लिए प्रयत्न किया, किन्तु उनकी भावना भिन्न-भिन्न होने के कारण, उन्हें प्राप्त होने वाला फल भी भिन्न-भिन्न हो गया। देवताओं ने फल का निर्णय भगवान् पर छोड़ दिया था, इसलिए उन्हें अमृत की प्राप्ति हुई। दैत्यों ने अहंकार तथा लड़ाई-झगड़े का मार्ग अपनाया, इसलिए अमृत-प्राप्ति की पात्रता ही खो दी।

तदनन्तर देवासुर-संग्राम ने फिर से भीषण रूप धारण कर लिया। कभी देवताओं को विजय मिलती, कभी असुरों को। अन्त में दैत्यगुरु शुक्राचार्य की सहायता से बलि ने स्वर्ग पर अधिकार कर लिया।

असुरों से स्वर्ग की सत्ता वापिस लेकर देवताओं को देने के लिए भगवान् ने वामन अवतार धारण किया। उस रूप में वे बलि के पास गए। बलि ने उनका स्वागत किया और उदारतापूर्वक कहा—

यद् यद् वटो वाञ्छसि तत्प्रतीच्छ मे॥ ८.१८.३२॥

सरल भावार्थ—बलि ने कहा, हे वामन रूपधारी ब्राह्मण कुमार, आपका स्वागत है। आपकी जो इच्छा हो, वह मुझे बतलाइए, मैं सहर्ष आपकी इच्छा पूर्ण करूँगा।

किन्तु वामन भगवान् ने केवल तीन डग पृथ्वी माँगी—

पदानि त्रीणि दैत्येन्द्र संमितानि पदा मम॥ ८.१९.१६॥

सरल भावार्थ—वामन भगवान् बोले, हे दैत्यराज, मेरी इच्छा केवल तीन डग पृथ्वी माँगने की है।

शुक्राचार्य ने बलि को चेतावनी दी—

एष ते स्थानमैश्वर्यं श्रियं तेजो यशः श्रुतम्।
दास्यत्याच्छिद्य शक्राय मायामाणवको हरिः॥ ८.१९.३२॥

सरल भावार्थ—शुक्राचार्य ने कहा, सावधान हो जाओ, बलि। स्वयं भगवान् ही अपनी योगमाया से ब्राह्मण कुमार बनकर यहाँ आए हैं। ये तुम्हारा राज्य, ऐश्वर्य, लक्ष्मी, तेज और कीर्ति—सब कुछ तुमसे छीनकर इन्द्र को दे देंगे।

किन्तु बलि ने, अपने दादा प्रह्लाद की सत्यवादिता का उदाहरण देकर, वामन भगवान् को तीन डग पृथ्वी देने का अपना निश्चय दृढ़ रखा—

स चाहं वित्तलोभेन प्रत्याचक्षे कथं द्विजम्।
प्रतिश्रुत्य ददामीति प्राह्लादिः कितवो यथा॥ ८.२०.३॥
न ह्यसत्यात् परोऽधर्मः ॥ ८.२०.४॥

सरल भावार्थ—बलि ने आदरपूर्वक शुक्राचार्य से कहा, आपका कहना सत्य है, किन्तु मैं प्रह्लादजी का पौत्र हूँ। मैं ब्राह्मण कुमार को प्रतिज्ञा कर चुका हूँ। अब लोभ के कारण अपनी प्रतिज्ञा कैसे तोड़ सकता हूँ। मेरी धारणा है कि असत्य ही सबसे बड़ा अधर्म है।

वामन भगवान् ने दो डगों में ही पृथ्वी और स्वर्ग को नाप लिया। बलि ने तीसरे डग के लिए अपने आपको समर्पित कर दिया। भगवान् ने बलि को अपनी शरण में ले लिया और स्वर्ग का राज्य इंद्र को दे दिया।

इस प्रकार वामन भगवान् ने, बलि तथा इन्द्र को यथायोग्य स्थान देकर, दोनों का हित किया।

राम-अवतार तथा रामराज्य

भगवान् श्री राम की लीलाओं का वर्णन नवें स्कंध में है। ये लीलाएँ सर्वविदित हैं और वाल्मीकि रामायण में विस्तार से वर्णित हैं। श्रीमद्भागवत के निम्नलिखित श्लोकों में रामलीला तथा रामायण की झलक है—

गुर्वर्थे त्यक्तराज्यो व्यचरदनुवनं
पद्मपद्भ्यां प्रियायाः
पाणिस्पर्शाक्षमाभ्यां मृजितपथरुजो
यो हरीन्द्रानुजाभ्याम्।
वैरूप्याच्छूर्पणख्याः प्रियविरहरुषा—
ऽरोपितभ्रूविजृम्भ—
त्रस्ताब्धिर्बद्धसेतुः खलदवदहनः
कोसलेन्द्रोऽवतान्नः॥ ९.१०.४॥

सरल भावार्थ—श्रीशुकदेवजी कहते हैं—भगवान् श्रीराम ने अपने पिता के सत्य की रक्षा करने के लिए राजपाट छोड़ दिया और वे वन में चले गये। उनके चरण कमल बहुत कोमल थे। वन में चलते-चलते जब वे थक जाते, तब हनुमान और लक्ष्मण उन्हें दबाते थे। शूर्पणखा को विरूप कर देने के कारण उन्हें जानकीजी का वियोग भी सहना पड़ा। इस वियोग के कारण श्रीराम क्रोधित हुए और उन्हें देखकर समुद्र भी डर गया। इसके बाद उन्होंने समुद्र पर पुल बाँधा और लंका में जाकर दुष्ट राक्षसों का अन्त किया। वही श्री राम हमारी रक्षा करें।

जब श्रीमराम, सीताजी, लक्ष्मण, हनुमान आदि अयोध्या पहुँचे, तब भरत ने उनका स्वागत किया—

अग्रहीदासनं भ्रात्रा प्रणिपत्य प्रसादितः।
प्रजाः स्वधर्मनिरता वर्णाश्रमगुणान्विताः॥ ९.१०.५१॥

सरल भावार्थ—भरत ने राम, सीता, लक्ष्मण आदि सबका स्वागत किया। भरत के आग्रह करने पर भगवान् श्रीराम ने राज्य सिंहासन स्वीकार किया। राम ने न केवल स्वयं स्वधर्मपालन किया बल्कि प्रजा को भी स्वधर्म पालन की शिक्षा दी।

श्री शुकदेवजी ने रामराज्य का वर्णन भी किया है, जो आठवें अध्याय में प्रस्तुत किया जाएगा।

रंतिदेव

राजा रंतिदेव द्वारा की गयी, भूखे प्यासे दीन व्यक्तियों की सेवा भी नवें स्कंध में वर्णित है। वर्तमान पुस्तक का चौथा अध्याय इस सेवा के मर्मस्पर्शी चित्रण से हृदयग्राही रूप लेगा—यहाँ रंतिदेव की आन्तरिक भावना पर दृष्टि डालना पर्याप्त होगा—

न कामयेऽहं गतिमीश्वरात् परा-
मष्टर्द्धियुक्तामपुनर्भवं वा।
आर्तिं प्रपद्येऽखिलदेहभाजा-
मन्तःस्थितो येन भवन्त्यदुःखाः॥ ९.२१.१२॥

सरल भावार्थ—रंतिदेव ने अपनी भावना स्वयं व्यक्त की—मैं भगवान् से आठों सिद्धियों से युक्त परम गति नहीं चाहता। मैं मोक्ष की भी कामना नहीं करता। मैं केवल यह चाहता हूँ कि सम्पूर्ण प्राणियों के हृदय में स्थित होकर उनका सारा दुःख मैं ले लूँ, जिससे और किसी भी प्राणी को दुःख न हो।

रंतिदेव के सेवाभाव का उल्लेख अगले अध्यायों में कई बार किया जाएगा।

अम्बरीष

नवें स्कंध का तीसरा महत्त्वपूर्ण प्रसंग राजा अम्बरीष की कथा है, जिसका सार है 'अपकार के बदले में उपकार'। अम्बरीष के जीवन में भक्तियोग तथा कर्मयोग—दोनों का समन्वय था—

स इत्थं भक्तियोगेन तपोयुक्तेन पार्थिवः।
स्वधर्मेण हरिं प्रीणन् संगान् सर्वाञ्छनैर्जहौ॥ ९.४.२६॥

सरल भावार्थ—श्री शुकदेवजी राजा अम्बरीष के गुणों का वर्णन करते हुए कहते हैं कि उन्होंने भक्तियोग के साथ-साथ कर्मयोग का भी पालन किया। उन्होंने संयमपूर्वक, अनासक्त भाव से, स्वधर्म का पालन किया और उसे भगवान् को अर्पित कर दिया।

जब दुर्वासा ऋषि अम्बरीष के यहाँ अतिथि के रूप में आए, तब छोटे-छोटे कारणों को लेकर, दुर्वासाजी क्रोधित हो गए और उन्होंने अम्बरीष को मार डालने के लिए तान्त्रिक शक्ति का प्रयोग किया। किन्तु भगवान् के भक्त का कोई बाल भी बांका नहीं कर सकता—

साधुषु प्रहितं तेजः प्रहर्तुः कुरुतेऽशिवम्॥ ९.४.६९॥

सरल भावार्थ—यदि किसी सज्जन व्यक्ति को कष्ट पहुँचाने की चेष्टा की जाय, तो ऐसा करने वाला अपने आप का ही अमंगल कर लेता है।

धीरे-धीरे दुर्वासाजी का क्रोध शान्त हुआ और उन्होंने अम्बरीष से क्षमायाचना की—

राजन्ननुगृहीतोऽहं त्वयातिकरुणात्मना।
मदघं पृष्ठतः कृत्वा प्राणा यन्मेऽभिरक्षिताः॥ ९.५.१७॥

सरल भावार्थ—दुर्वासाजी ने कहा, महाराज अम्बरीष, आपका हृदय करुणाभाव से परिपूर्ण है। आपने मेरे ऊपर महान् अनुग्रह किया है—आपने मेरे अपराध को भुलाकर मेरे प्राणों की रक्षा की है।

'अपकार के बदले में उपकार'—इसी का व्यापक रूप है 'द्वेषभाव के स्थान पर निर्वैर भाव' या क्षमाभाव। इस संदेश को देने वाले अन्य प्रसंग भी पाँचवें अध्याय में प्रस्तुत किए जाएँगे।

दसवें स्कंध में भगवान् श्रीकृष्ण की मधुर लीलाओं का अमृत है। भागवत-सप्ताह के कार्यक्रमों के द्वारा इन लीलाओं के श्रवण का लाभ श्रोताओं को मिलता रहता है। इसलिए वर्तमान पुस्तक में चुने हुए विशेष श्लोकों को ही सम्मिलित करना पर्याप्त होगा। कुछ पाठकों को अवश्य प्रतीत होगा कि उनकी पसन्द के श्लोक छोड़

दिए गए हैं। यदि इस प्रकार के सुझाव प्राप्त होंगे, तो अगले संस्करण में उनको सम्मिलित कर लिया जाएगा।

जन्म-उत्सव

भगवान् का अवतार दुष्टों के अत्याचार का अन्त करने के लिए होता है। इसलिए कृष्ण-जन्म से पहले कंस की क्रूरता का वर्णन है—

देवकीं वसुदेवं च निगृह्य निगडैर्गृहे।
जातं जातमहन् पुत्रं तयोरजनशंकया॥ १०.१.६६॥

सरल भावार्थ—जब नारदजी ने कंस को चेतावनी दी कि देवकी के पुत्र के द्वारा वह मारा जाएगा, तब कंस ने देवकी और वसुदेव को जेल में डाल दिया और उनके पुत्रों को एक-एक करके मारा।

आठवें पुत्र के रूप में, देवकीजी ने, मथुरा की जेल में, अर्धरात्रि के समय, कृष्ण को जन्म दिया। तत्पश्चात्—

ततश्च शौरिर्भगवत्प्रचोदितः
सुतं समादाय स सूतिकागृहात्।
यदा बहिर्गन्तुमियेष तर्ह्यजा
या योगमायाजनि नन्दजायया॥ १०.३.४७॥

सरल भावार्थ—भगवान् की प्रेरणा से वसुदेवजी बाल कृष्ण को लेकर सूतिकागृह से बाहर निकले। उसी समय व्रज में यशोदाजी ने योगमाया (कन्या) को जन्म दिया।

नन्दव्रजं शौरिरुपेत्य तत्र तान्
गोपान् प्रसुप्तानुपलभ्य निद्रया।
सुतं यशोदाशयने निधाय तत्
सुतामुपादाय पुनर्गृहानगात्॥ १०.३.५१॥

सरल भावार्थ—वसुदेवजी ने व्रज में जाकर देखा कि सब-के-सब गोप सो रहे हैं। वसुदेवजी ने बाल कृष्ण को यशोदाजी की शय्या पर सुला दिया और उनकी नवजात कन्या को मथुरा की जेल में देवकीजी के पास पहुँचा दिया।

किन्तु कंस तो देवकी के शिशु की हत्या करने पर तुला हुआ था। वह कन्या साधारण कन्या तो थी नहीं—उसने देवी का रूप धारण किया और आकाशवाणी के माध्यम से कंस को चेतावनी दी—

> किं मया हतया मन्द जातः खलु तवान्तकृत्॥ १०.४.१२॥

सरल भावार्थ—देवी ने कंस से कहा, अरे मूर्ख, मुझे मारने से तुझे क्या मिलेगा? तेरा अन्त करने वाला कहीं और पैदा हो चुका है।

उधर व्रज में कृष्ण जन्म का उत्सव मनाया गया—

> अवाद्यन्त विचित्राणि वादित्राणि महोत्सवे।
> कृष्णे विश्वेश्वरेऽनन्ते नन्दस्य व्रजमागते॥ १०.५.१३॥

सरल भावार्थ—भगवान् श्री कृष्ण समस्त प्राणियों का मंगल करने वाले हैं। वे जब नन्दबाबा के यहाँ प्रकट हुए, तब उनके जन्म का महान् उत्सव मनाया गया। व्रजवासियों ने मंगलमय बाजे बजाए।

बाल-लीलाएँ

स्थानाभाव के कारण, कृष्ण की बाल-लीलाओं में से, केवल चार प्रसंग यहाँ संक्षेप में प्रस्तुत हैं।

पहला प्रसंग पूतना-उद्धार का है—

> ते तत्र वर्णितं गोपैः पूतनागमनादिकम्।
> श्रुत्वा तन्निधनं स्वस्ति शिशोश्चासन् सुविस्मिताः॥ १०.६.४२॥

सरल भावार्थ—पूतना के आने से लेकर मरने तक का सारा वृत्तान्त, गोपों ने नन्दबाबा को सुनाया। पूतना के जाल से कृष्ण कुशलपूर्वक बच गए—यह सब सुनकर नन्दबाबा के आश्चर्य तथा हर्ष का ठिकाना न रहा।

दूसरा प्रसंग कृष्ण द्वारा मिट्टी खाने का है। जब ग्वालबालों ने यशोदाजी से शिकायत की कि कृष्ण ने मिट्टी खाई है, तब कृष्ण ने अपनी सफाई पेश की—

> नाहं भक्षितवानम्ब सर्वे मिथ्याभिशंसिनः।
> यदि सत्यगिरस्तर्हि समक्षं पश्य मे मुखम्॥ १०.८.३५॥

सरल भावार्थ–भगवान् श्री कृष्ण यशोदाजी से बोले, माँ, मैंने मिट्टी नहीं खाई। ये सब झूठ-मूठ मेरी शिकायत लगा रहे हैं। यदि तुम इन्हीं की बात सच मानती हो, तो अपनी आँखों से मेरा मुँह देख लो।

यशोदाजी ने कृष्ण का सुझाव मान लिया, किन्तु उन्हें क्या पता था कि इस लीला के बहाने भगवान् उन्हें विश्व रूप दर्शन करवाना चाहते थे–

यद्येवं तर्हि व्यादेहीत्युक्तः स भगवान् हरिः।
व्यादत्ताव्याहतैश्वर्यः क्रीडामनुजबालकः॥ १०.८.३६॥
सा तत्र ददृशे विश्वं जगत् स्थास्नु च खं दिशः॥ १०.८.३७॥

सरल भावार्थ–यशोदाजी ने कहा, 'अच्छा, तो मुँह खोल'। भगवान् श्री कृष्ण तो यह सब लीला के लिए कर रहे थे। जब उन्होंने अपना मुँह खोला तो यशोदाजी को कृष्ण के मुँह में सम्पूर्ण जगत् दिखलाई दिया।

तीसरी लीला माखन चोरी की है। भगवान् श्रीकृष्ण छिप-छिपकर माखन खाते तथा अपने मित्रों तथा बन्दरों को भी खिलाते। यशोदाजी कृष्ण को पकड़ने के लिए दौड़तीं। एक बार उन्होंने सोचा कि कृष्ण को रस्सी से बाँध दूँ, किन्तु जितनी भी रस्सियाँ घर में थीं, उन सबको मिलाने पर भी कृष्ण बंधन में नहीं आए। तब भगवान् ने स्वयं ही माँ के बंधन में आने की लीला की–

दृष्ट्वा परिश्रमं कृष्णः कृपयाऽसीत् स्वबंधने॥ १०.९.१८॥

सरल भावार्थ–श्री शुकदेवजी कहते हैं कि जब यशोदाजी थक गईं तब भगवान् श्रीकृष्ण स्वयं ही माँ के बंधन में बँध गए।

चौथी लीला कालियनाग के विष से ग्वालबालों को बचाने की है। भगवान् द्वारा रोक दिए जाने पर कालिय नाग ने 'मैं क्या करूँ'–इसका निर्णय भगवान् पर ही छोड़ दिया।

अनुग्रहं निग्रहं वा मन्यसे तद् विधेहि नः॥ १०.१६.५९॥

सरल भावार्थ–कालियनाग ने कहा, भगवन्, मैं आपकी शरण में आया हूँ। अब आप जो भी ठीक समझें–कृपा कीजिए या दण्ड दीजिए।

भगवान् ने ऐसा निर्णय सुनाया जिससे यमुना का जल स्वच्छ रहे–

नात्र स्थेयं त्वया सर्प समुद्रं याहि मा चिरम्।
स्वज्ञात्यपत्यदाराढ्यो गोनृभिर्भुज्यतां नदी॥ १०.१६.६०॥

सरल भावार्थ—भगवान् ने कहा, सर्प, अब तुझे यहाँ नहीं रहना चाहिए। तू अपने कुटुम्ब के साथ यहाँ से समुद्र में चला जा ताकि गौएँ तथा मनुष्य स्वच्छ जल का उपभोग कर सकें।

इस प्रसंग से पर्यावरण को साफ़ करने का संदेश भी मिलता है।

गोवर्धन-धारण

पुराने ढंग से किए जाने वाले इन्द्र-यज्ञ को छोड़कर, नए प्रकार का यज्ञ करवाने के लिए, भगवान् श्रीकृष्ण ने नन्द बाबा के समक्ष अपना सुझाव रखा—

किमिन्द्रेणेह भूतानां स्वस्वकर्मानुवर्तिनाम्॥ १०.२४.१५॥
तस्मात् सम्पूजयेत् कर्म स्वभावस्थः स्वकर्मकृत्।
अञ्जसा येन वर्तेत तदेवास्य हि दैवतम्॥ १०.२४.१८॥

सरल भावार्थ—भगवान् ने कहा, पिताजी, इंद्र-यज्ञ करने की क्या आवश्यकता है? यह संसार तो कर्म-प्रधान है—जो जैसा करता है, वैसा फल उसे मिलता है, इसलिए हमें उनका पूजन करना चाहिए जिनकी सहायता से स्वधर्म का पालन होता है।

नन्द बाबा ने कहा कि हमने तो इंद्र-यज्ञ के लिए सामग्री इकट्ठी की है। तब भगवान् ने अपना नया सुझाव दिया—

तस्माद् गवां ब्राह्मणानामद्रेश्चारभ्यतां मखः।
य इन्द्रयागसम्भारास्तैरयं साध्यतां मखः॥ १०.२४.२५॥

सरल भावार्थ—भगवान् ने कहा, पिताजी, जो सामग्री इन्द्र यज्ञ के लिए इकट्ठी की गई है, उसके द्वारा हम गाय, ब्राह्मण तथा गिरिराज की पूजा करें।

अन्येभ्यश्चाश्वचाण्डालपतितेभ्यो यथार्हतः।
यवसं च गवां दत्त्वा गिरये दीयतां बलिः॥ १०.२४.२८॥

सरल भावार्थ—इनके अतिरिक्त हम चाण्डालों, पतितों तथा (गाय के अलावा) अन्य पशुओं को उनकी आवश्यकतानुसार वस्तुएँ दें। गायों को भरपूर चारा दें और इन्द्र के स्थान पर गिरिराज को भोग लगाएँ।

नन्द बाबा ने भगवान् के सुझावों को पूरी मान्यता दी। अपनी पूजा बंद किए जाने पर इन्द्र बहुत कुपित हुआ और वह व्रजवासियों को परेशान करने लगा—

इत्थं मघवताऽऽज्ञप्ता मेघा निर्मुक्तबन्धनाः।
नन्दगोकुलमासारैः पीडयामासुरोजसा॥ १०.२५.८॥

सरल भावार्थ—इन्द्र ने मेघों को आज्ञा दी और वे बड़े वेग से व्रज पर चढ़ आए और मूसलाधार पानी बरसाकर सारे व्रजवासियों को पीड़ित करने लगे।

किन्तु भगवान् ने सबकी रक्षा की—

वीक्ष्यमाणो दधावद्रिं सप्ताहं नाचलत् पदात्॥ १०.२५.२३॥

सरल भावार्थ—भगवान् ने सात दिन तक पर्वत को उठाए रखा।

ग्वालों तथा गोपिकाओं के साथ प्रेम

कृष्ण और बलराम ग्वालबालों के साथ बछड़े चराते और तरह-तरह के खेल खेलते थे—

अविदूरे व्रजभुवः सह गोपालदारकैः।
चारयामासतुर्वत्सान् नानाक्रीडापरिच्छदौ॥ १०.११.३८॥

सरल भावार्थ—राम और श्याम, अन्य ग्वालबालों के साथ खेलने के लिए, तरह-तरह का सामान लेकर घर से निकल पड़ते और गोकुल-वृन्दावन के पास बछड़ों को चराते।

सहपशुपालबलश्चुकूज वेणुम्॥ १०.२१.२॥
तद् व्रजस्त्रिय आश्रुत्य वेणुगीतं स्मरोदयम्॥ १०.२१.३॥

सरल भावार्थ—वृन्दावन के पास पहुँचने पर भगवान् श्री कृष्ण बाँसुरी पर मधुर तान छेड़ते। उसे सुनकर गोपियों का हृदय प्रेम से परिपूर्ण हो जाता।

उपगीयमान उद्गायन् वनिताशतयूथपः।
मालां बिभ्रद् वैजयन्तीं व्यचरन्मण्डयन् वनम्॥ १०.२९.४४॥

सरल भावार्थ—भगवान् श्रीकृष्ण वैजयन्ती माला पहने वृन्दावन को शोभायमान करते हुए विचरण करते। कभी गोपियाँ अपने प्रियतम श्रीकृष्ण के गुण और लीलाओं का गान करतीं, तो कभी श्रीकृष्ण गोपियों के प्रेम और सौन्दर्य के गीत गाने लगते।

कंस का उद्धार

कंस ने कृष्ण और बलराम को मारने की गुप्त योजना बनाई और अक्रूरजी से कहा कि दोनों भाइयों को व्रज से मथुरा आने का निमंत्रण दो—

एतज्ज्ञात्वाऽनय क्षिप्रं रामकृष्णाविहार्भकौ।
धनुर्मुखनिरीक्षार्थं द्रष्टुं यदुपुरश्रियम्॥ १०.३६.३७॥

सरल भावार्थ—कंस बोला, हे अक्रूरजी, आप व्रज जाएँ और बलराम तथा कृष्ण को मेरा निमंत्रण दें—उनसे केवल इतना कहें कि मथुरा चलकर शहर की शोभा देखें और धनुष-यज्ञ का दर्शन भी करें।

कंस का संदेश लेकर अक्रूरजी व्रज पहुँचे—

ददर्श कृष्णं रामं च व्रजे गोदोहनं गतौ।
पीतनीलाम्बरधरौ शरदम्बुरुहेक्षणौ॥ १०.३८.२८॥

सरल भावार्थ—व्रज़ में पहुँचकर अक्रूरजी ने श्रीकृष्ण और बलराम—दोनों भाइयों को गाय दुहने के स्थान में देखा। श्रीकृष्ण पीताम्बर धारण किए हुए थे और बलराम नीलाम्बर। उन दोनों भाइयों के नेत्र शरतकालीन कमल के समान खिले हुए थे।

मथुरा पहुँचकर श्रीकृष्ण भगवान् ने कुब्जा को (जो तीन जगह पर टेढ़ी थी) अपने दर्शन दिए—

प्रसन्नो भगवान् कुब्जां त्रिवक्रां रुचिराननाम्॥ १०.४२.६॥

सरल भावार्थ—चाहे कुरूप हो या सुरूप, भगवान् सबको प्यार करते हैं। तीन

जगह से टेढ़ी, किन्तु सुन्दर मुखवाली कुब्जा को भगवान् श्रीकृष्ण ने प्रसन्न होकर दर्शन दिए।

अगले दिन कंस ने, मल्ल-क्रीड़ा (दंगल) के बहाने, कृष्ण-बलराम आदि को अखाड़े में बुलाया—

व्युष्टायां निशि कौरव्य सूर्ये चाद्भ्यः समुत्थिते।
कारयामास वै कंसो मल्लक्रीडामहोत्सवम्॥ १०.४२.३२॥

सरल भावार्थ—जब रात बीत गई और सूर्यनारायण पूर्व दिशा में दिखलाई दिए, तब कंस ने मल्ल-क्रीड़ा (दंगल) का महोत्सव प्रारम्भ करवाया।

कंस की गुप्त योजना थी कि उसके बड़े-बड़े पहलवान, बलराम और कृष्ण को मार डालें। किन्तु भगवान् को कौन मार सकता है? उनके विधान के अनुसार, उस अवसर पर, पाँच पहलवानों का उद्धार हो गया—

चाणूरे मुष्टिके कूटे शले तोशलके हते।
शेषाः प्रदुद्रुवुर्मल्लाः सर्वे प्राणपरीप्सवः॥ १०.४४.२८॥

सरल भावार्थ—कृष्ण-बलराम के साथ दंगल में भाग लेने वाले पाँच पहलवान मारे गये—उनके नाम थे, चाणूर, मुष्टिक, कूट, शल और तोशल। अन्य पहलवान अपने प्राण बचाने के लिए स्वयं वहाँ से भाग खड़े हुए।

तत्पश्चात् कंस की बारी आई—

प्रगृह्य केशेषु चलत्किरीटं।
निपात्य रंगोपरि तुंगमंचात्॥ १०.४४.३७॥

सरल भावार्थ—भगवान् के तेज के प्रभाव से कंस का मुकुट गिर गया। तत्पश्चात् वह स्वयं भी कालग्रस्त हो गया।

श्री शुकदेवजी कहते हैं कि कंस को सद्गति प्राप्त हुई—

ददर्श चक्रायुधमग्रतो य-
स्तदेव रूपं दुरवापमाप॥ १०.४४.३९॥

सरल भावार्थ—चाहे द्वेषभाव से ही क्यों न हो—कंस अपनी आँखों के सामने सुदर्शनचक्रधारी भगवान् श्रीकृष्ण को ही देखता रहता था, इसलिए उसे उसी रूप की प्राप्ति हुई (यद्यपि उस रूप को प्राप्त करना योगियों के लिए भी कठिन है)।

तत्पश्चात् भगवान् ने अपने माता-पिता को जेल से छुड़ाया और अपने नाना उग्रसेन ने मथुरा का राज्य भार संभाला।

मुचुकुन्द को दर्शन

यह प्रसंग भगवान् श्रीकृष्ण द्वारा मथुरा छोड़कर द्वारका जाने के समय का है। मुचुकुन्द इक्ष्वाकु वंश के पुराने राजा थे। कार्तिकेय द्वारा देवताओं का सेनापतित्व स्वीकार करने से पहले मुचुकुन्द ने असुरों को पराजित किया था। किन्तु उसके पश्चात् उन्होंने लम्बी नींद ली और मथुरा के पास एक गुफा में भगवान् के आगमन की प्रतीक्षा की। जब भगवान् वहाँ पहुँचे, तब उन्होंने स्वयं ही मुचुकुन्द को अपना परिचय दिया—

सोऽहं तवानुग्रहार्थं गुहामेतामुपागतः।
प्रार्थितः प्रचुरं पूर्वं त्वयाहं भक्तवत्सलः॥ १०.५१.४३॥

सरल भावार्थ—भगवान् ने कहा, प्रिय मुचुकुन्द, तुमने पहले मेरी बहुत आराधना की है और मैं हूँ भक्तवत्सल। इसलिए मैं स्वयं तुम्हें दर्शन देने के लिए इस गुफा में आया हूँ।

भगवान् द्वारा वर देने का संकेत पाने पर भी, मुचुकुन्द अपने निष्काम-भाव पर दृढ़ रहे—

न कामयेऽन्यं तव पादसेवनात्॥ १०.५१.५६॥

सरल भावार्थ—मुचुकुन्द ने कहा, भगवन्, आपके चरणों की सेवा के अतिरिक्त, मुझे और किसी वर की इच्छा नहीं है।.

किन्तु भगवान् ने स्वयं ही मुचुकुन्द को उच्च कोटि की शिक्षा देते हुए 'सर्वभूतसुहृद' को महत्ता दी—

जन्मन्यनन्तरे राजन् सर्वभूतसुहृत्तमः ॥ १०.५१.६४॥

सरल भावार्थ–मुचुकुन्द को आशीर्वाद देते हुए भगवान् ने कहा, राजन्, अगले जन्म में तुम समस्त प्राणियों के सच्चे हितैषी बनोगे।

और साथ ही, 'पशुवध' के रूप में किए हुए अपने पुराने पाप को छोड़ देने की सलाह दी–

क्षात्रधर्मस्थितो जन्तून् न्यवधीर्मृगयादिभिः।
समाहितस्तत्तपसा जह्यघं मदुपाश्रितः॥ १०.५१.६३॥

सरल भावार्थ–भगवान् ने कहा, प्रिय मुचुकुन्द, तुमने क्षत्रियधर्म के बहाने से शिकार किया था और पशुओं का वध किया था। मेरी सलाह है कि तुम 'पशु-वध' रूपी पाप को छोड़ दो और इसे मेरी उपासना समझो।

भगवान् के उपरोक्त शब्दों में श्रीमद्भागवत के दो महत्त्वपूर्ण संदेश हैं–

(अ) सर्वभूतसुहृद

(आ) पशु-वध को छोड़ना

इनका उल्लेख अगले अध्यायों में भी किया जाएगा।

जरासंध का उद्धार

जरासंध कंस का ससुर था। वह मगध का राजा था, किन्तु था बहुत क्रूर एवं अत्याचारी। उसने बीस हज़ार आठ सौ राजाओं को जीतकर जेल में डाल दिया था। इन पीड़ित राजाओं का मित्र भगवान् श्रीकृष्ण के पास द्वारका पहुँचा और उसने इन कैदी राजाओं की दयनीय दशा का चित्रण किया–

यो भूभुजोऽयुतमतंगजवीर्यमेको
बिभ्रद् रुरोध भवने मृगराडिवावीः॥ १०.७०.२९॥

सरल भावार्थ–पीड़ित राजाओं के मित्र ने कहा, भगवन्, जरासंध अकेला ही दस हज़ार हाथियों का बल रखता है और वह बंदी राजाओं पर ऐसा आतंक थोपता है जैसा सिंह भेड़ों पर।

भगवान् श्री कृष्ण ने भीम की सहायता से जरासंध की क्रूरता का अन्त करवाया और कैदी राजाओं को मुक्त किया–

मोचयामास राजन्यान् संरुद्धा मागधेन ये॥ १०.७२.४८॥

ते निर्गता गिरिद्रोण्यां मलिना मलवाससः॥ १०.७३.१ ॥
क्षुत्क्षामाः शुष्कवदनाः संरोधपरिकर्शिताः॥ १०.७३.२ ॥

सरल भावार्थ—श्री शुकदेवजी कहते हैं—जिन राजाओं को जरासंध ने कैदी बना रखा था, उनको भगवान् श्रीकृष्ण ने मुक्त किया। जब ये राजा जेल से बाहर आए, तब उनके शरीर और वस्त्र बहुत मैले थे। वे भूख से दुर्बल हो रहे थे और उनके मुख सूख गए थे। जेल में बंद रहने के कारण उनके शरीर का एक-एक अंग ढीला पड़ गया था।

मुक्त किए गए राजाओं ने भगवान् को नमस्कार किया—

प्रणतक्लेशनाशाय गोविन्दाय नमो नमः॥ १०.७३.१६ ॥

सरल भावार्थ—राजाओं ने कहा, हे भगवन्, हमने दुखी होकर आपको पुकारा और आपने हमारा क्लेश दूर कर दिया। हम आपके कृतज्ञ हैं और आपको नमस्कार करते हैं।

इस विचार से कि भविष्य में कोई दूसरा जरासंध उन्हें या उनकी प्रजा को फिर से न सताए, भगवान् ने उन राजाओं को शिक्षा भी दी—

प्रजा धर्मेण रक्षथ॥ १०.७३.२१ ॥

सरल भावार्थ—भगवान् ने कहा, हे राजागण, अत्याचारियों से प्रजा की रक्षा करना आप लोगों का धर्म है। कुशलतापूर्वक अपने स्वधर्म का पालन करना।

सुदामा-मिलन

सुदामा श्रीकृष्ण भगवान् के बचपन के मित्र थे। उन दोनों ने सान्दीपनि मुनि के गुरुकुल में रहकर साथ-साथ विद्याध्ययन किया था। किन्तु सुदामा का गृहस्थ जीवन बहुत गरीबी में बीत रहा था—

यदृच्छयोपपन्नेन वर्तमानो गृहाश्रमी।
तस्य भार्या कुचैलस्य क्षुत्क्षामा च तथाविधा॥ १०.८०.७ ॥

सरल भावार्थ—श्रीशुकदेवजी कहते हैं—सुदामा गरीब थे, किन्तु स्वधर्मपालन करते हुए जो कुछ मिल जाता उसी से संतुष्ट होकर अपनी गृहस्थी चला रहे थे। उनकी पत्नी भी रूखे-सूखे भोजन से परिवार को चला रही थी।

एक दिन, अपनी गरीबी से दुखी होकर, पत्नी ने सुदामा को सुझाव दिया कि तुम अपने पुराने मित्र कृष्ण के पास जाओ—

तमुपैहि महाभाग साधूनां च परायणम्।
दास्यति द्रविणं भूरि सीदते ते कुटुम्बिने॥ १०.८०.१०॥

सरल भावार्थ—सुदामा की पत्नी ने कहा, पतिदेव, हमारी गरीबी का एक ही इलाज है—तुम अपने मित्र कृष्ण के पास जाओ। वे सज्जन व्यक्तियों की सब प्रकार से रक्षा करते हैं। वे हमारा दुःख भी दूर कर देंगे।

पत्नी के बार-बार कहने पर सुदामा भी राज़ी हो गए—

अयं हि परमो लाभ उत्तमश्लोकदर्शनम्॥ १०.८०.१२॥

सरल भावार्थ—सुदामा ने सोचा, धन पाने की तो कोई बात नहीं, इतने दिनों बाद कृष्ण से दुबारा मिलना हो जाय, यह तो जीवन का बहुत बड़ा लाभ है।

पत्नी ने पड़ोसियों के घर से चार मुट्ठी चिउड़े माँगकर सुदामा को दिए—

याचित्वा चतुरो मुष्टीन् विप्रान् पृथुकतण्डुलान्।
चैलखण्डेन तान् बद्ध्वा भर्त्रे प्रादादुपायनम्॥ १०.८०.१४॥

सरल भावार्थ—कृष्ण को भेंट देने के लिए सुदामा के घर में कुछ भी नहीं था, इसलिए सुदामा की पत्नी ने पड़ोसियों के घर से चार मुट्ठी चिउड़े माँगकर एक कपड़े में बाँध दिए।

अपनी गरीबी और कृष्ण के ऐश्वर्य के बीच बड़ा अन्तर होने के कारण, सुदामा यह सोच रहे थे कि—

कृष्णसन्दर्शनं मह्यं कथं स्यादिति चिन्तयन्॥ १०.८०.१५॥

सरल भावार्थ—मुझे कृष्ण के दर्शन कैसे प्राप्त होंगे?

किन्तु भगवान् श्रीकृष्ण ने पुरानी मित्रता को पूरा निभाया—

सहसोत्थाय चाभ्येत्य दोर्भ्यां पर्यग्रहीन्मुदा॥ १०.८०.१८॥
स्वागतमब्रवीत्॥ १०.८०.२२॥

कथयाञ्चक्रतुर्गाथाः पूर्वा गुरुकुले सतोः।
आत्मनो ललिता राजन् करौ गृह्य परस्परम्॥ १०.८०.२७॥

सरल भावार्थ—सुदामा को देखते ही कृष्ण झटपट उठ खड़े हुए और बड़ी प्रसन्नता से उन्हें अपने भुजपाश में बाँध लिया। फिर स्वागतपूर्वक उन्हें घर के अन्दर लाए। कृष्ण और सुदामा ने एक दूसरे का हाथ पकड़कर बचपन की उन आनन्ददायक घटनाओं का स्मरण किया, जो गुरुकुल में रहते समय घटित हुई थीं।

कृष्ण ने सुदामा के तन्दुल को बहुत प्रेम से खाया—

स्वयं जहार किमिदमिति पृथुकतण्डुलान्॥ १०.८१.८॥
नन्वेतदुपनीतं मे परमप्रीणनं सखे।
तर्पयन्त्यंग मां विश्वमेते पृथुकतण्डुलाः॥ १०.८१.९॥

सरल भावार्थ—पोटली में बँधा हुआ चिउड़ा—'यह क्या है?'—ऐसा कहकर कृष्ण ने स्वयं ही छीन लिया। चिउड़े का स्वाद लेकर कृष्ण बड़े प्रेम से बोले—सुदामा, तुम मेरी पसन्द की चीज़ लाए हो। ये चिउड़े न केवल मुझे बल्कि सारे संसार को तृप्त करने के लिए पर्याप्त हैं।

कृष्ण ने गीता का 'पत्रं पुष्पं फलं तोयं' श्लोक भी बोला—

पत्रं पुष्पं फलं तोयं यो मे भक्त्या प्रयच्छति।
तदहं भक्त्युपहृतमश्नामि प्रयतात्मनः॥ १०.८१.४॥

सरल भावार्थ—कृष्ण बोले, समर्पण-भाव से दी हुई वस्तु मुझे अत्यन्त प्रिय होती है और पत्र-पुष्प, फल-जल की भेंट से मेरा मन खिल उठता है।

कृष्ण यह जानकर भी अत्यन्त हर्षित हुए कि अपनी सामान्य अवस्था में परिवार की जिम्मेदारी निभाते हुए सुदामा यथाशक्ति समाज सेवा भी करते हैं। कृष्ण ने कहा कि ऐसे व्यक्ति संसार में दुर्लभ हैं—

केचित् कुर्वन्ति कर्माणि कामैरहतचेतसः।
त्यजन्तः प्रकृतीर्दैवीर्यथाहं लोकसंग्रहम्॥ १०.८०.३०॥

सरल भावार्थ—श्री कृष्ण भगवान् ने कहा—जगत् में ऐसे लोग बहुत कम होते हैं, जो निःस्वार्थभाव से, अपने परिवार की सेवा से ऊपर उठकर जनसेवा करते हैं। इनका कार्य भगवान् द्वारा किए जाने वाले लोक-हित कार्य के समान है।

इस श्लोक में 'लोकसंग्रह' शब्द का उपयोग करके श्रीमद्भागवत ने भगवद्गीता से अपनी समानता को परिपक्व बनाया है। तीसरे अध्याय में लोकसंग्रह से सम्बन्धित अन्य प्रसंगों का भी उल्लेख किया जाएगा।

भगवान् श्री कृष्ण ने अपने कारीगरों को भेजकर सुदामा के पुराने घर के स्थान पर नया घर बनवा दिया, किन्तु प्रत्यक्ष रूप से सुदामा को कोई धन नहीं दिया और न ही सुदामा ने कुछ माँगा—

स चालब्ध्वा धनं कृष्णान्न तु याचितवान् स्वयं॥ १०.८१.१४॥

सरल भावार्थ—श्री शुकदेवजी कहते हैं—सुदामा को प्रत्यक्ष रूप में कुछ भी नहीं मिला, फिर भी उन्होंने कुछ माँगा नहीं।

जब सुदामा अपने गाँव में पहुँचे, तब उनको ज्ञात हुआ कि कृष्ण ने परोक्ष रूप से सहायता देकर उनकी दरिद्रता को मिटा दिया है।

योगीश्वर-निमि संवाद तथा कृष्ण-उद्धव संवाद

श्रीमद्भागवत का ग्यारहवाँ स्कंध आध्यात्मिक ज्ञान-चर्चा की दृष्टि से बहुत महत्त्वपूर्ण है। इसके पूर्वार्ध में 'नौ योगीश्वरों और राजा निमि का संवाद' है। उत्तरार्ध में 'कृष्ण-उद्धव संवाद' है जिसकी महिमा श्रीमद्भागवत ने स्वयं गाई है—

उद्धवस्य च संवादो वासुदेवस्य चाद्भुतः॥ १२.१२.४१॥
यत्रात्मविद्या ह्यखिला प्रोक्ता धर्मविनिर्णयः॥ १२.१२.४२॥

सरल भावार्थ—सूतजी कहते हैं—भगवान् श्रीकृष्ण और उद्धव का संवाद बहुत अद्भुत है, उसमें आत्म-ज्ञान तथा धर्म सम्बन्धी विषयों का विस्तृत विवेचन है।

तीसरे स्कंध में श्री शुकदेवजी ने लिखा है कि भगवान् के मन में उद्धवजी के प्रति कितना दृढ़ विश्वास था—

अस्माल्लोकादुपरते मयि ज्ञानं मदाश्रयम्।
अर्हत्युद्धव एवाद्धा सम्प्रत्यात्मवतां वरः॥ ३.४.३०॥

सरल भावार्थ—अपनी सांसारिक लीला समाप्त करते समय भगवान् श्री कृष्ण का यह विचार था कि अब उद्धव ही मेरे ज्ञान को ग्रहण करने के सच्चे अधिकारी हैं।

स्थानाभाव के कारण, यद्यपि ग्याहरवें स्कंध के दोनों महत्त्वपूर्ण संवादों का सार वर्तमान अध्याय में सम्मिलित नहीं किया गया है, फिर भी उसका समुचित उपयोग अगले अध्यायों में किया जाएगा।

जनमेजय द्वारा सर्पयज्ञ को रोकना

बारहवें स्कंध का महत्त्वपूर्ण प्रसंग है 'जनमेजय द्वारा सर्पयज्ञ को रोकना'। शृंगी ऋषि के शाप के कारण परीक्षित् की मृत्यु सर्पराज तक्षक के डसने से हुई। तत्पश्चात् परीक्षित् के पुत्र जनमेजय ने सर्पों को भस्म करने के लिए यज्ञ का आयोजन किया, किन्तु महर्षि वृहस्पति की सलाह मानकर वह यज्ञ बंद कर दिया गया—

सर्पा अनागसो दग्धाः॥ १२.६.२७॥
नैष त्वया मनुष्येन्द्र वधमर्हति सर्पराट्॥ १२.६.२४॥

सरल भावार्थ—महर्षि वृहस्पति ने जनमेजय से कहा, राजन्, इस यज्ञ में बहुत से निरपराध सर्प जला दिए गए हैं, इसलिए अब इस हिंसा को बंद कर देना चाहिए। सर्पराज तक्षक को मारना आपके योग्य काम नहीं है।

श्रीमद्भागवत ने क्षमा करने की कथाओं को महत्त्व दिया है जिनमें उपरोक्त कथा भी सम्मिलित है। इस प्रकार की कथाओं का उल्लेख वर्तमान पुस्तक के पाँचवें अध्याय में किया जाएगा।

अध्याय 2

स्वधर्मपालन तथा भक्ति एवं कर्म का समन्वय

पिछले अध्याय में श्रीमद्‌भागवत के महत्त्वपूर्ण प्रसंगों का संक्षिप्त विवरण दिया गया। अब श्रीमद्‌भागवत के मुख्य संदेशों को प्रस्तुत करने का क्रम आरम्भ किया जाएगा। यह क्रम सात अध्यायों में पूरा होगा—प्रत्येक अध्याय में एक, दो या तीन संदेशों की व्याख्या होगी। वर्तमान अध्याय में दो संदेश हैं। पहला संदेश है 'स्वधर्मपालन' जिसका संकेत पिछले अध्याय में भक्त ध्रुव की कथा के प्रसंग में दिया गया था। दूसरा संदेश भी भक्त ध्रुव की जीवन-गाथा से सम्बन्धित है और उसका शीर्षक है 'भक्ति एवं कर्म का समन्वय'। वर्तमान अध्याय में, इन दोनों संदेशों का विश्लेषण करने के लिए, निम्नलिखित पाँच विषयों पर प्रकाश डाला जाएगा और पिछले अध्याय में वर्णित प्रसंगों पर आधारित उदाहरण भी दिए जाएँगे—

(अ) स्वधर्मपालन

(आ) निष्काम भक्ति

(इ) निष्काम कर्म

(ई) भक्ति एंव कर्म का समन्वय

(उ) भगवान् से क्या माँगें?

अब क्रम से इन विषयों पर श्रीमद्‌भागवत के विचारों का अवलोकन होगा।

(अ) स्वधर्मपालन

श्रीमद्‌भागवत ने स्वधर्मपालन का गुणगान किया है। भगवान् के प्रसिद्ध भक्त—ध्रुव एवं प्रह्लाद—स्वधर्मपालन में अग्रणी थे—उन्होंने राज्य-संचालन का दायित्व कुशलतापूर्वक सँभाला। भगवान् के विभिन्न अवतारों ने भी अपनी शिक्षा में स्वधर्मपालन को प्राथमिकता दी। उदाहरणत: तीसरे स्कंध में, कपिल-भगवान् के उपेदश (कपिल-गीता) के अन्तर्गत निम्नलिखित श्लोक में—

निषेवितेनानिमित्तेन स्वधर्मेण महीयसा।
क्रियायोगेन शस्तेन नातिहिंस्रेण नित्यशः॥ ३.२९.१५॥

सरल भावार्थ—साधना की सफलता के लिए स्वधर्मपालन का प्रथम स्थान है, किन्तु इसके भी दो विशेष अंग हैं—निष्काम भाव तथा अहिंसा।

चौथे स्कंध में पृथु-अवतार ने स्वधर्मपालन को ही भगवान् की पूजा समझने का उपदेश दिया—

स्वधर्मयोगेन यजन्ति मामकाः॥ ४.२१.३६॥

सरल भावार्थ—पृथु ने अपनी प्रजा को उपदेश देते हुए कहा—स्वधर्मपालन ही भगवान् की पूजा है।

पाँचवें स्कंध में श्री शुकदेवजी ने भी जड़भरत की कथा के प्रसंग में वही भाव प्रदर्शित किया—

स्वधर्ममाराधनमच्युतस्य॥ ५.१०.२३॥

सरल भावार्थ—श्रीशुकदेवजी कहते हैं—स्वधर्मपालन ही भगवान् की पूजा है।

ग्यारहवें स्कंध में भगवान् श्रीकृष्ण उद्धवजी से कहते हैं—

इति मां यः स्वधर्मेण भजन् नित्यमनन्यभाक्।
सर्वभूतेषु मद्भावो मद्भक्तिं विन्दते दृढाम्॥ ११.१८.४४॥

सरल भावार्थ—भगवान् कहते हैं, हे उद्धव, स्वधर्मपालन ही भगवान् की सेवा है और उसी के फलस्वरूप मानव में माधव के दर्शन होते हैं और भगवद्भक्ति दृढ़ होती है।

दसवें स्कंध में श्री अक्रूरजी, धृतराष्ट्र को सम्बोधित करते हुए, स्वधर्मपालन न करने वालों की दुर्दशा का चित्रण करते हैं—

स्वयं किल्बिषमादाय तैस्त्यक्तो नार्थकोविदः।
असिद्धार्थो विशत्यन्धं स्वधर्मविमुखस्तमः॥ १०.४९.२४॥

सरल भावार्थ—अक्रूरजी ने कहा, महाराज धृतराष्ट्र, स्वधर्म से विमुख होने का परिणाम होता है—विनाश ही विनाश। जिनके लिए व्यक्ति अधर्म करता है, वे उसका

साथ नहीं देते। अधर्म करने वाला अपना लौकिक स्वार्थ भी सिद्ध नहीं कर सकता।

स्वधर्मपालन को महत्ता देकर श्रीमद्भागवत ने भगवद्गीता से अपनी समानता को स्पष्ट कर दिया है।

(आ) निष्काम भक्ति

'निष्काम' शब्द का वास्तविक तात्पर्य 'निःस्वार्थ भाव' से है अर्थात् भक्त के मन में स्वयं अपने लिए किसी भी फल या लाभ की कामना नहीं होती। श्रीमद्भागवत में इस भाव को दर्शाने के लिए कई शब्द प्रयुक्त हुए हैं।

पहले स्कंध में, श्रीशुकदेव जैसे ज्ञानियों की महानता के लक्षण के रूप में, उनकी अहैतुकी भक्ति को प्रमुखता दी गई है—

आत्मारामाश्च मुनयो निर्ग्रन्था अप्युरुक्रमे।
कुर्वन्त्यहैतुकीं भक्तिमित्थम्भूतगुणो हरिः॥ १.७.१०॥

सरल भावार्थ—सूतजी कहते हैं, श्रीशुकदेवजी जैसे ज्ञानी (जिनकी अविद्या की गाँठ खुल गई है)—उनकी भक्ति अहैतुकी (अर्थात् निःस्वार्थ) होती है। भगवान् के प्रति उनकी स्वाभाविक (अर्थात् सहज) वृत्ति होती है।

तीसरे स्कंध में, कपिल-गीता प्रसंग में, 'अनिमित्ता' शब्द के द्वारा निष्काम भक्ति की श्रेष्ठता प्रतिष्ठित की गई है—

देवानां गुणलिंगानामानुश्रविककर्मणाम्।
सत्त्व एवैकमनसो वृत्तिः स्वाभाविकी तु या॥ ३.२५.३२॥
अनिमित्ता भागवती भक्तिः सिद्धेर्गरीयसी॥ ३.२५.३३॥

सरल भावार्थ—कपिल भगवान् कहते हैं, भगवान् की अहैतुकी भक्ति के चार लक्षण हैं—निष्काम भाव, सहज-भाव से भगवत्-प्रेम, सात्त्विकता, तथा विषयों में अनासक्ति।

पाँचवें स्कंध में, भरत-महिमा प्रसंग में, अकिंचना भक्ति के द्वारा वही भाव प्रकट किया गया है—

यस्यास्ति भक्तिर्भगवत्यकिंचना
सर्वैर्गुणैस्तत्र समासते सुराः।

हरावभक्तस्य कुतो महद्गुणा
मनोरथेनासति धावतो बहिः॥ ५.१८.१२॥

सरल भावार्थ—श्री शुकदेवजी कहते हैं—जिस व्यक्ति की भगवान् में निष्काम भक्ति होती है, उसके हृदय में सारे सात्त्विक तथा दैवी गुण निवास करते हैं। इसके विपरीत जो भगवान् का भक्त नहीं है, वह तो तरह-तरह के संकल्प करके तुच्छ बाहरी विषयों के पीछे दौड़ता है—उसमें सद्गुण कहाँ से आएँगे?

सातवें स्कंध में, भक्त शिरोमणि प्रह्लाद ने, भगवान् द्वारा वर माँगने के लिए सम्बोधित किए जाने पर भी, अपने लिए कुछ भी नहीं माँगा—

अहं त्वकामस्त्वद्भक्तस्त्वं च स्वाम्यनपाश्रयः।
नान्यथेहावयोरर्थो राजसेवकयोरिव॥ ७.१०.६॥

सरल भावार्थ—प्रह्लाद ने कहा, हे भगवन्, मैं आपका निष्काम भक्त हूँ और आप मेरे निरपेक्ष स्वामी हैं। संसार में जो देखने को मिलता है (जैसे राजा और उसके मतलबी सेवक)—उससे भिन्न है मेरा और आपका सम्बन्ध।

यदि रासीश मे कामान् वरांस्त्वं वरदर्षभ।
कामानां हृद्यसंरोहं भवतस्तु वृणे वरम्॥ ७.१०.७॥

सरल भावार्थ—प्रह्लाद ने कहा, हे भगवन्, यदि आप मुझे मुँहमाँगा वर देना ही चाहते हैं, तो यह वर दीजिए कि मेरे हृदय में कभी किसी कामना का बीज अंकुरित ही न हो।

दसवें स्कंध में, अक्रूरजी की कथा के प्रसंग में, श्री शुकदेवजी ने निष्काम भाव की महिमा गाई है—

किमलभ्यं भगवति प्रसन्ने श्रीनिकेतने।
तथापि तत्परा राजन्न हि वाञ्छन्ति किंचन॥ १०.३९.२॥

सरल भावार्थ—श्री शुकदेवजी कहते हैं, अक्रूरजी को साक्षात् अनुभव हुआ कि भगवान् श्री कृष्ण उन पर प्रसन्न हैं और वह यह भी जानते थे कि भगवान् के

प्रसन्न होने पर जो भी चाहो वही वस्तु प्राप्त हो सकती है। किन्तु अक्रूरजी निष्काम भक्त थे, इसलिए उन्होंने किसी भी वस्तु की कामना नहीं की।

दसवें स्कंध में ही, कुब्जा की भक्ति की भी सराहना की गई है—

तस्यै कामवरं दत्त्वा मानयित्वा च मानदः।
सहोद्धवेन सर्वेशः स्वधामागमदर्चितम्॥ १०.४८.१०॥
दुराराध्यं समाराध्य विष्णुं सर्वेश्वरेश्वरम्।
यो वृणीते मनोग्राह्यमसत्त्वात् कुमनीष्यसौ॥ १०.४८.११॥

सरल भावार्थ—श्री शुकदेवजी कहते हैं, कुब्जा ने भगवान् से और कुछ नहीं माँगा, केवल दर्शन प्राप्त करने की इच्छा प्रकट की। भगवान् ने भी कुब्जा को पूरा मान दिया और उसकी दर्शन की इच्छा पूरी की। तत्पश्चात् भगवान् उद्धवजी के साथ अपने घर लौट गए। कुब्जा ने निष्काम भक्ति के आदर्श को निभाया। यदि कोई व्यक्ति भगवान् से विषय-सुख माँगे तो यह समझना उचित है कि वह व्यक्ति दुर्बुद्धि है।

श्रीमद्भागवत ने यह स्पष्ट कर दिया है कि निष्काम भक्ति रूपी अमृत की धारा को प्रवाहित करने के लिए गृहस्थाश्रम या स्वधर्म को छोड़ने की आवश्यकता नहीं है। सातवें स्कंध में नारदजी युधिष्ठिर से कहते हैं—

एतैरन्यैश्च वेदोक्तैर्वर्तमानः स्वकर्मभिः।
गृहेऽप्यस्य गतिं यायाद् राजंस्तद्भक्तिभाङ्नरः॥ ७.१५.६७॥

सरल भावार्थ—घर में रहते हुए, जो व्यक्ति सात्त्विक वृत्ति से स्वधर्मपालन करता है, उसकी भक्ति उच्च कोटि की है और उसे परम गति प्राप्त होती है।

यह भी उल्लेखनीय है कि छठे स्कंध में, अजामिलोपाख्यान प्रसंग में, भक्त के लिए भी कर्म की अनिवार्यता की घोषणा करने वाला, भगवद्गीता का निम्नलिखित श्लोक, श्रीमद्भागवत में है—

न हि कश्चित्क्षणमपि जातु तिष्ठत्यकर्मकृत्॥ ६.१.५३॥

सरल भावार्थ—श्री शुकदेवजी कहते हैं—कर्म सबके लिए अनिवार्य है। कोई भी व्यक्ति, बिना कर्म किए, एक क्षण भी नहीं रह सकता।

(इ) निष्काम कर्म

'निष्काम कर्म' स्वधर्मपालन का ही एक अंग है (जिसका विवेचन ऊपर (अ) विभाग में किया जा चुका है)। 'निष्काम कर्म' का नाम लेते ही श्रीमद्भगवद्गीता का स्मरण होता है। श्रीमद्भागवत में भी पृथु तथा ऋषभदेव जैसे कर्मयोगियों के ज्वलन्त उदाहरण हैं। चौथे स्कंध में, राजा पृथु की कर्मयोगनिष्ठा के प्रसंग में 'अकाम' शब्द प्रयुक्त हुआ है—

यमैरकामैर्नियमैश्चाप्यनिन्दया
निरीहया द्वन्द्वतितिक्षया च॥ ४.२२.२४॥

सरल भावार्थ—श्री शुकदेवजी कहते हैं कि पृथु ने निष्काम भाव को अपनी साधना का अंग बना लिया था—और उसके साथ उन्होंने यम-नियम का भी पालन किया। उनमें पर-हित भाव भी था, इसलिए वे किसी की निन्दा नहीं करते थे। उन्होंने सुख-दु:ख आदि द्वन्द्वों को सहन करने का अभ्यास भी किया। श्री मैत्रेय जी कहते हैं कि राजा पृथु देशकाल पात्रानुकूल कर्म करते थे—

कर्माणि च यथाकालं यथादेशं यथाबलम्।
यथोचितं यथावित्तमकरोद् ब्रह्मसात्कृतम्॥ ४.२२.५०॥

सरल भावार्थ—पृथु के सभी कर्म समय, स्थान, शक्ति और धर्म के अनुकूल होते थे और वह इन कार्यों को ईश्वरार्पण बुद्धि से करते थे।

भगवान् ने प्रसन्न होकर पृथु से वर माँगने के लिए कहा—

वरं च मत् कञ्चन मानवेन्द्र।
वृणीष्व तेऽहं गुणशीलयन्त्रित:॥ ४.२०.१६॥

सरल भावार्थ—भगवान् ने कहा, पृथु, तुम्हारे शील स्वभाव और गुणों ने मुझे वश में कर लिया है, इसलिए जो तुम्हारी इच्छा हो, मुझसे वर माँग लो।

किन्तु पृथु के मन में स्वयं अपने लिए न विषयभोग माँगने की इच्छा थी, न मुक्ति की, इसलिए उन्होंने मार्ग-दर्शन की चिन्ता भी भगवान् पर ही छोड़ दी—

यथा चरेद्बालहितं पिता स्वयं
तथा त्वमेवार्हसि न: समीहितुम्॥ ४.२०.३१॥

सरल भावार्थ—पृथु ने कहा, भगवन्, आप कहते हैं कि जो इच्छा हो सो माँग लो, किन्तु जिस प्रकार पिता स्वयं ही पुत्र के कल्याण का निर्णय लेता है, उसी प्रकार आप स्वयं मेरे हित के विषय में निर्णय लें।

ऋषभदेवजी की कर्तव्यपरायणता का वर्णन पाँचवें स्कंध में है। वह न केवल स्वयं निष्काम कर्मयोगी थे, उनकी प्रजा ने भी उनसे वही भाव सीख लिया था—

यद् यच्छीर्षण्याचरितं तत्तदनुवर्तते लोकः॥ ५.४.१५॥
भगवतर्षभेण परिरक्ष्यमाण एतस्मिन् वर्षे न
कश्चन पुरुषो वाञ्छति॥ ५.४.१८॥

सरल भावार्थ—श्री शुकदेवजी कहते हैं, श्रेष्ठ व्यक्ति जैसा आचरण करता है, सामान्य लोग उसी का अनुसरण करते हैं। भगवान् ऋषभदेव के शासनकाल में इस देश का कोई भी व्यक्ति अपने लिए किसी वस्तु की कामना नहीं करता था।

यह भी उल्लेखनीय है कि, निष्काम कर्म का मूल सिद्धान्त (अर्थात् सफलता-असफलता में समत्व भाव रखने का सिद्धान्त) दसवें स्कंध में, अक्रूरजी द्वारा उच्चरित हुआ है—

सिद्ध्यसिद्ध्योः समं कुर्यात्॥ १०.३६.३८॥

सरल भावार्थ—अक्रूरजी ने कहा, चाहे सफलता मिले या असफलता, दोनों स्थितियों में समभाव रखकर कर्म करना उचित है।

(ई) भक्ति तथा कर्म का समन्वय

भक्ति और कर्म के समन्वय का ज्वलन्त उदाहरण ध्रुव की जीवन गाथा है, जो चौथे स्कंध में वर्णित है। सौतेली माँ के भेदभावपूर्ण व्यवहार के कारण ध्रुव ने भगवान् की शरण ली और उनकी साधना सफल हुई। भगवान् की कृपा से ध्रुव को उच्चतम पद (ध्रुव लोक) की प्राप्ति हुई, यद्यपि ध्रुव ने माँगा कुछ नहीं। साथ ही उनके मन में से अपनी सौतेली माँ के प्रति बदला लेने की इच्छा समाप्त हो गई। ध्रुव के घर लौटने पर, घर में पुराने भेदभाव के स्थान पर, परस्पर-भाव का वातावरण फैल गया—

ननाम मातरौ शीर्ष्णा सत्कृतः सज्जनाग्रणीः॥ ४.९.४५॥

सुरुचिस्तं समुत्थाप्य पादावनतमर्भकम्।
परिष्वज्याह जीवेति बाष्पगद्गदया गिरा॥ १४.९.४६॥

सरल भावार्थ—श्री मैत्रेयजी कहते हैं, पुरानी बातों को भुलाकर ध्रुव ने अपनी सगी माँ तथा सौतेली माँ—दोनों को प्रणाम किया। ऐसा व्यवहार ध्रुव की सज्जनता का प्रतीक था। ध्रुव की सौतेली माँ (सुरुचि) ने भी प्रेम का बदला प्रेम से दिया—चरणों पर झुके हुए बालक ध्रुव को उठाकर हृदय से लगा लिया और अश्रुगद्गद् वाणी से 'चिरंजीवी हो' ऐसा आशीर्वाद दिया।

जब ध्रुव बड़े हुए, तब भगवान् के आदेशानुसार, उन्होंने धर्मपूर्वक पृथ्वी का पालन किया—

प्रस्थिते तु वनं पित्रा दत्त्वा गां धर्मसंश्रयः।
षट्त्रिंशद्वर्षसाहस्रं रक्षिताव्याहतेन्द्रियः॥ ४.९.२२॥

सरल भावार्थ—भगवान् ने ध्रुव को आदेश दिया था कि तेरे पिता वन में जाने से पूर्व तुझे राज्य की जिम्मेदारी सौंपेगे और तू धर्मपूर्वक, लम्बे समय तक पृथ्वी का पालन करना। (धुव्र ने इस आदेश को पूरा निभाया)।

इस प्रकार ध्रुव के चरित्र में निष्काम भक्ति तथा निष्काम कर्म—दोनों का समन्वय था।

भक्ति तथा कर्म के समन्वय का दूसरा उदाहरण मुचुकुन्द की कथा के अन्तर्गत दसवें स्कंध में है। राजा मुचुकुन्द ने, कार्तिकेय से भी पहले, देवताओं की प्रार्थना स्वीकार करके, असुरों के आक्रमण से उनकी रक्षा की भी। तत्पश्चात्, बहुत समय बीतने पर, द्वापर युग में, भगवान् श्रीकृष्ण ने (मथुरा के पास एक गुफा में) मुचुकुन्द को अपने दर्शन दिए और वर माँगने के लिए कहा। किन्तु मुचुकुन्द अपने निष्काम-भाव पर दृढ़ रहे।

न कामयेऽन्यं तव पादसेवनात्॥ १०.५१.५६॥

सरल भावार्थ—मुचुकुन्द ने कहा, भगवन्, आपके चरणों की सेवा के अतिरिक्त, मुझे और किसी वर की इच्छा नहीं है।

भगवान् का यह विधान था कि जन्म-जन्मान्तरों तक, भक्ति तथा कर्म का समन्वय, मुचुकुन्द के चरित्र में बना रहे, इसलिए भगवान् ने उसे दो आशीर्वाद दिए—

क्षात्रधर्मस्थितो जन्तून् न्यवधीर्मृगयादिभिः।
समाहितस्तत्तपसा जह्यघं मदुपाश्रितः॥ १०.५१.६३॥
जन्मन्यनन्तरे राजन् सर्वभूतसुहृत्तमः॥ १०.५१.६४॥

सरल भावार्थ—भगवान् ने कहा, प्रिय मुचुकुन्द, तुमने क्षत्रियधर्म के बहाने से पशु-वध किया था। तुम्हें मेरा आशीर्वाद है कि भविष्य में कोई भी तामसिक कर्म, किसी भी बहाने से, तुम नहीं करोगे। तुम्हें मेरा दूसरा आशीर्वाद है कि तुम अगले जन्म में समस्त प्राणियों के सच्चे हितैषी बनोगे।

इस कथा के माध्यम से श्रीमद्भागवत ने यह संदेश दिया है कि भक्ति एवं कर्म के समन्वय का अगला कदम है 'सर्वभूतसुहृद'। इसलिए वर्तमान पुस्तक के तीसरे अध्याय में सर्वभूतसुहृद तथा उससे सम्बन्धित भावों का विश्लेषण किया जाएगा।

(उ) भगवान् से क्या माँगें?

श्रीमद्भागवत का स्पष्ट संदेश यह है कि स्वर्ग की कामना करना निष्काम भाव के विरुद्ध है। ग्यारहवें स्कंध में श्रीकृष्ण भगवान् उद्धवजी से कहते हैं—

स्वधर्मस्थो यजन् यज्ञैरनाशीः काम उद्धव॥ ११.२०.१०॥
न नरः स्वर्गतिं कांक्षेत् ॥ ११.२०.१३॥

सरल भावार्थ—भगवान् कहते हैं, निष्काम भाव से स्वधर्म का पालन करने वाला स्वर्ग की कामना कैसे कर सकता है?

'भगवान् से क्या माँगें'—इस प्रश्न के उत्तर में कुन्तीदेवी द्वारा की गई स्तुति का श्रीमद्भागवत ने, पहले स्कंध में, मार्मिक वर्णन किया है—

नमोऽकिंचनवित्ताय॥ १.८.२७॥
विपदः सन्तु नः शश्वत्तत्र तत्र जगद्गुरो।
भवतो दर्शनं यत्स्यादपुनर्भवदर्शनम्॥ १.८.२५॥

सरल भावार्थ—कुन्ती देवी ने कहा, भगवन्, आप निर्धनों के परम धन हैं, अनाथों के नाथ हैं। हमारे जीवन में पद-पद पर विपत्तियाँ आती रहें; क्योंकि विपत्तियों में ही आपका स्मरण होता है और उसी से परम शान्ति मिलती है।

तत्पश्चात् श्रीमद्भागवत ने यह भी स्पष्ट किया है कि कुन्तीदेवी जैसी त्यागभावना संसार में दुर्लभ है; क्योंकि अधिकतर प्राणी (तथा देवता भी) स्वार्थी होते हैं। छठे स्कंध में ऋषि दधीचि से शरीर-त्याग की प्रार्थना करने वाले देवताओं ने स्वयं अपने को भी साधारण लोगों की भाँति स्वार्थी बतलाया—

स्वार्थपरो लोकः॥ ६.१०.६ ॥

सरल भावार्थ—देवताओं ने ऋषि दधीचि से कहा, हम आपसे बहुत बड़ी वस्तु माँगने के लिए आए हैं; क्योंकि साधारण लोगों की तरह हम भी स्वार्थी हैं।

दसवें स्कंध में, भगवान् श्रीकृष्ण ने, अक्रूरजी का सम्मान करते हुए, देवताओं की स्वार्थभावना को लक्ष्य करके, निम्नलिखित शब्द कहे—

देवाः स्वार्था न साधवः॥ १०.४८.३० ॥

सरल भावार्थ—भगवान् ने कहा, देवता स्वार्थी होते हैं, किन्तु सन्तजन निःस्वार्थ भावना से प्रेरित होते हैं।

भगवान् के वचनों का तात्पर्य यह है कि, अपने व्यक्तिगत लाभ से ऊपर उठकर, सन्त जन सर्वहित के लिए प्रयत्न करते हैं और विशेषतः दीन-दुखियों के लिए उनकी आवश्यकतानुसार जीवनोपयोगी साधन उपलब्ध कराने की इच्छा रखते हैं। श्रीमद्भागवत के ऐसे संदेशों की व्याख्या तथा दृष्टान्त वर्तमान पुस्तक के चौथे तथा पाँचवें अध्यायों में प्रस्तुत किए जाएँगे।

अध्याय 3

प्राणीमात्र में सम-भाव, सर्वभूतसुहृद तथा लोकसंग्रह

पिछले अध्याय में श्रीमद्भागवत के संदेशों को प्रस्तुत करने का क्रम शुरू किया गया। वर्तमान अध्याय उस क्रम को एक कदम आगे ले जाएगा। जिन संदेशों की व्याख्या इस अध्याय में की जाएगी, वे हैं—प्राणीमात्र के प्रति सम-भाव, सुहृद-भाव तथा सेवा-भाव। ये तीनों भाव एक दूसरे से जुड़े हुए हैं और श्रीमद्भागवत में इन तीनों की महिमा गाई गई है। संक्षेप में, सबको एक दृष्टि (अर्थात् समदृष्टि) से देखने का तात्पर्य है—जाति-पाँति, अमीर-गरीब, पुरुष-स्त्री आदि भिन्नताओं पर आधारित, या धार्मिक सम्प्रदायों के कारण, किसी प्रकार का भेदभाव न रखना। समदृष्टि के साथ-साथ होता है सुहृद-भाव अर्थात् सच्चे मित्र की भाँति सबका भला चाहना और बदले में किसी प्रकार के लाभ की आशा न करना। इस शृंखला का तीसरा भाव है सेवा-भाव जिसके लिए भगवद्गीता ने 'लोकसंग्रह' शब्द का प्रयोग किया है—और वर्तमान प्रसंग में इसका उल्लेख करना उचित है; क्योंकि 'लोकसंग्रह' शब्द श्रीमद्भागवत में भी प्रयुक्त हुआ है और आधुनिक समाज के लिए वैदिक धर्म का यह विशेष संदेश है। अब इन तीनों भावों के उदाहरण, क्रमशः, श्रीमद्भागवत के आधार पर, प्रस्तुत किए जाएँगे।

प्राणीमात्र में सम-भाव

सम-भाव का व्यावहारिक अर्थ तथा उसका महत्त्व समझाने वाले अनेकों प्रसंग श्रीमद्भागवत में हैं, इसलिए उनको चार विभागों में बाँटकर लिखना उचित होगा—

(अ) सामूहिक समभाव के उदाहरण

(आ) भगवान् की समदृष्टि

(इ) भक्तों की समदृष्टि

(ई) समदृष्टि का दीर्घकालीन लाभ

अब क्रमशः इन प्रसंगों की व्याख्या प्रस्तुत है।

(अ) सामूहिक समभाव के उदाहरण

सामूहिक समभाव से तात्पर्य यह है कि किसी वर्ग (जैसे नस्ल, जाति, सम्प्रदाय) के प्रति भेदभाव न रखना।

श्रीमद्भागवत में से इस प्रकार के तीन प्रसंग उल्लेखनीय हैं—

पहला प्रसंग सर्प (नस्ल) से सम्बन्धित है। सर्प के प्रति भेदभाव का कारण (कुछ समय के लिए) यह था कि सर्पराज तक्षक के डसने से परीक्षित् की मृत्यु हुई। तत्पश्चात् परीक्षित् के पुत्र जनमेजय ने सर्पों को भस्म करने के लिए यज्ञ का आयोजन किया। सर्पों के विरुद्ध उत्पन्न हुआ यह भेदभाव शीघ्र ही मिट जाय—इस उद्देश्य से महर्षि बृहस्पति ने, बारहवें स्कंध में, जनमेजय को समझाया—

सर्पचौराग्निविद्युद्भ्यः क्षुत्तृड्व्याध्यादिभिर्नृप।
पञ्चत्वमृच्छते जन्तुर्भुङ्क्त आरब्धकर्म तत्॥ १२.६.२६॥

सरल भावार्थ—महर्षि बृहस्पति ने कहा, राजन्, ऊपरी तौर पर देखने में प्रतीत होता है कि अपने स्वजनों की मृत्यु सांप, चोर, आग, बिजली आदि दुर्घटना से या भूख-प्यास, रोग और शारीरिक व्याधि से हुई है, किन्तु वास्तव में तो सभी प्राणी अपने-अपने कर्म का ही फल पाते हैं।

तस्मात् सत्रमिदं राजन् संस्थीयेताभिचारिकम्।
सर्पा अनागसो दग्धा जनैर्दिष्टं हि भुञ्जते॥ १२.६.२७॥

सरल भावार्थ—महर्षि बृहस्पति ने कहा, राजन्, तुम्हारे इस यज्ञ में बहुत से निरपराध सर्प जला दिए गए हैं, इसलिए अब इस यज्ञ को बन्द कर देना चाहिए। परीक्षित् की मृत्यु के लिए सर्पों को दोष देना उचित नहीं।

महर्षि बृहस्पति के द्वारा दिया गया, भेदभाव को मिटाने वाला ज्ञान, जनमेजय की समझ में आ गया—

इत्युक्तः स तथेत्याह महर्षेर्मानयन् वचः।
सर्पसत्रादुपरतः पूजयामास वाक्पतिम्॥ १२.६.२८॥

सरल भावार्थ—सूतजी कहते हैं, महर्षि बृहस्पति की बात का सम्मान करके, जनमेजय ने कहा कि 'आपकी सलाह हितकारी है'। जनमेजय ने तुरन्त सर्प-यज्ञ बंद करा दिया और कृतज्ञतापूर्ण भाव से महर्षि बृहस्पति की पूजा की।

सूतजी कहते हैं कि उपरोक्त प्रसंग का व्यापक संदेश है 'निर्वैर-भाव'—

अतिवादांस्तितिक्षेत नावमन्येत कञ्चन।
न चेमं देहमाश्रित्य वैरं कुर्वीत केनचित्॥ १२.६.३४॥

सरल भावार्थ—श्रीमद्भागवत की समाप्ति करते हुए सूतजी कहते हैं—भगवान् का उत्तम भक्त वही है जो दूसरों की कटु वाणी सहन कर ले और बदले में किसी का अपमान न करे—इस क्षणभंगुर शरीर में अहंता-ममता करके किसी भी प्राणी से कभी वैर न करे।

दूसरा प्रसंग जाति पर आधारित भेदभाव को मिटाने का है। ग्यारहवें स्कंध में योगीश्वरजी, राजा निमि के निमित्त, मानव जाति को यह शिक्षा देते हैं—

न यस्य जन्मकर्मभ्यां न वर्णाश्रमजातिभिः।
सज्जतेऽस्मिन्नहंभावो देहे वै स हरेः प्रियः॥ ११.२.५१॥

सरल भावार्थ—भगवान् का उत्तम भक्त वही है, जो अहंकार छोड़कर सबके प्रति सम-भाव रखता है अर्थात् जन्म, कर्म, वर्ण, आश्रम, जाति आदि के आधार पर किसी से भेद-भाव नहीं रखता।

इस शिक्षा को व्यापक रूप से समझना उचित है अर्थात् स्त्री-पुरुष की भिन्नता के आधार पर भेद-भाव रखना श्रीमद्भागवत की शिक्षा के विरुद्ध है।

तीसरा प्रसंग धार्मिक मान्यता पर आधारित भेदभाव को मिटाने का है। इस प्रकार के संदेश का सबसे प्रसिद्ध उदाहरण यह है कि श्रीमद्भागवत ने भगवान् बुद्ध की गणना चौबीस अवतारों में की है—यह जानते हुए भी कि बौद्ध धर्म के अनुयायी अपने आपको वैदिक धर्म से भिन्न समझते हैं। इसी संदेश का एक और उदाहरण है—शिव-भक्त तथा कृष्ण-भक्त में कोई भेद न देखना—इसका विवरण अगले विभाग (आ) के अन्तर्गत देना उचित होगा।

(आ) भगवान् की समदृष्टि

'भगवान् समदर्शी हैं'—यह वैदिक धर्म का मूल सिद्धान्त है। श्रीमद्भागवत ने

अनेकों प्रकार से यह भाव व्यक्त किया है। ग्यारहवें स्कंध में श्रीकृष्ण भगवान् उद्धवजी को अपनी विभूतियों का ज्ञान देते हुए कहते हैं—

गुणानां चाप्यहं साम्यं॥ ११.१६.१०॥

सरल भावार्थ—भगवान् कहते हैं कि गुणों की साम्य-अवस्था या मूल रूप से 'साम्य-भाव'—यह मेरी ही विभूति है।

दसवें स्कंध में उद्धवजी, भगवान् की समदृष्टि का वर्णन दूसरे प्रकार से करते हैं—

न ह्यस्यास्ति प्रियः कश्चिन्नाप्रियो वास्त्यमानिनः।
नोत्तमो नाधमो नापि समानस्यासमोऽपि वा॥ १०.४६.३७॥

सरल भावार्थ—उद्धवजी कहते हैं—भगवान् की दृष्टि में सब समान हैं—न कोई प्रिय है और न कोई अप्रिय। उनके लिए न कोई उत्तम है और न कोई अधम—यहाँ तक कि विषमता का भाव रखने वाला व्यक्ति भी उनके लिए विषम नहीं है।

समदृष्टि का उल्लेख करते ही प्रश्न उठता है—स्त्रियों के प्रति व्यवहार का। भगवान् श्रीकृष्ण कुब्जा के निवास-स्थान पर गए—यह इस भाव का प्रतीक है कि जिन व्यक्तियों को कुरूप नारी या निर्धन नारी समझकर समाज ने प्रतिष्ठा नहीं दी, उनका सम्मान भगवान् करते हैं। कुब्जा की कथा में तथा भगवान् श्री राम द्वारा शबरी की कुटिया में जाने की कथा में स्पष्टतः समानता है।

श्रीमद्भागवत ने भगवान् के विभिन्न अवतारों की समदृष्टि का वर्णन किया है। चौथे स्कंध में, पृथु-अवतार की कथा कहते हुए, श्री मैत्रेय जी, भगवद्गीता के प्रसिद्ध शब्द 'समः सर्वेषु भूतेषु' का प्रयोग करते हैं—

समः सर्वेषु भूतेषु प्रतपन् सूर्यवद्विभुः॥ ४.१६.६॥

सरल भावार्थ—मैत्रेयजी कहते हैं—पृथु सब प्राणियों के प्रति सम-भाव रखते थे। वे सूर्य-भगवान् की भाँति समदृष्टि से प्रजा की सेवा करते थे।

ऊपर (अ) विभाग में, जनमेजय के द्वारा, सर्पों के प्रति भेदभाव को समाप्त करने का प्रसंग वर्णित है। उसी के समानान्तर कथा कालियनाग की है। दसवें स्कंध में भगवान् श्री कृष्ण द्वारा कालियनाग को यमुना नदी से दूर (अर्थात् समुद्र में) भेजने

का प्रसंग है। भगवान् की इस लीला में नाग के प्रति भेदभाव नहीं था— यह भाव स्वयं नागपत्नियों ने निम्नलिखित श्लोक में प्रकट किया—

रिपोः सुतानामपि तुल्यदृष्टे—
धर्त्से दमं फलमेवानुशंसन्॥ १०.१६.३३॥

सरल भावार्थ—नागपत्नियों ने भगवान् श्री कृष्ण से कहा, हे प्रभो, आप 'तुल्यदृष्टि' हैं—आपकी दृष्टि में शत्रु और पुत्र में कोई भेदभाव नहीं है। कालियनाग को आपने जो शिक्षा दी है वह सबके लिए कल्याणकारी है।

समदृष्टि की व्याख्या करते हुए एक और प्रश्न विचारणीय है—क्या भगवान् की दृष्टि में देवता और दैत्य समान थे? इस प्रश्न का, संक्षेप में, उत्तर यह है कि भगवान् ने दैत्यों की क्रूरता का अन्त किया, किन्तु प्रह्लाद जैसे दैत्य-पुत्र को अभयदान दिया, जैसा कि सातवें स्कंध में वर्णित है। नृसिंहभगवान् ने अपने भक्तों को समदृष्टि अपनाने के लिए भी प्रेरित किया—

यत्र यत्र च मद्भक्ताः प्रशान्ताः समदर्शिनः।
साधवः समुदाचारास्ते पूयन्त्यपि कीकटाः॥ ७.१०.१९॥

सरल भावार्थ—नृसिंहभगवान् ने कहा, प्रिय प्रह्लाद, मेरे भक्तों को शान्त, समदर्शी और सदाचारी होना चाहिए। जहां ऐसे भक्त निवास करते हैं, वे स्थान पवित्र हो जाते हैं।

इस विभाग का अन्तिम संदेश है—शिव-भक्त तथा कृष्ण-भक्त में कोई भेद न देखना। दसवें स्कंध में वर्णित बाणासुर की कथा का यही सार है। बाणासुर दैत्य था और शिवभक्त था। उसने कुछ समय के लिए भगवान् श्रीकृष्ण का विरोध किया। तत्पश्चात् भगवान् शिवजी ने विरोध के स्थान पर एकत्व स्थापित करने के लिए भगवान् श्री कृष्ण से अनुरोध किया—

अयं ममेष्टो दयितोऽनुवर्ती
मयाभयं दत्तममुष्य देव।
सम्पाद्यतां तद् भवतः प्रसादो
यथा हि ते दैत्यपतौ प्रसादः॥ १०.६३.४५॥

सरल भावार्थ—भगवान् शिवजी ने श्रीकृष्ण भगवान् से कहा, हे देव, यह बाणासुर मेरा परम प्रिय, कृपापात्र और सेवक है। जिस प्रकार इसके परदादा दैत्यराज प्रह्लाद पर आपका कृपाप्रसाद है, वैसा ही कृपाप्रसाद आप इस (बाणासुर) पर भी करें।

शिवजी के सुझाव को 'तथास्तु' कहते हुए श्री कृष्ण भगवान् बोले—

अवध्योऽयं ममाप्येष वैरोचनिसुतोऽसुरः।
प्रह्लादाय वरो दत्तो न वध्यो मे तवान्वयः॥ १०.६३.४७॥

सरल भावार्थ—भगवान् श्रीकृष्ण ने शिवजी से कहा, हे भगवन्, जो आपका प्रिय है, वह मेरा भी प्रिय है। यह जानकर कि बाणासुर प्रह्लाद के वंश का है, उसके प्रति मेरा प्रेम दृढ़ हो गया है—मैंने प्रह्लाद को वर दिया था कि मैं तुम्हारे वंश में पैदा होने वाले किसी भी दैत्य का वध नहीं करूँगा।

इस प्रसंग में भगवान् श्रीकृष्ण ने भक्त प्रह्लाद को याद किया। अगले विभाग में प्रह्लाद तथा ध्रुव—दोनों की समदृष्टि का विवेचन है।

(इ) भक्तों की समदृष्टि

स्थानाभाव के कारण, यहाँ केवल दो भक्तों—ध्रुव, प्रह्लाद—की समदृष्टि के प्रसंगों का उल्लेख किया जाएगा।

श्रीमद्भागवत में ध्रुव के चरित्र का विस्तृत वर्णन है। जिस प्रकार जनमेजय ने सर्पों के विरुद्ध यज्ञ का आयोजन करके, उसे बीच में ही रोक दिया, उसी प्रकार ध्रुव ने यक्षों के साथ किया। (यद्यपि जनमेजय का जन्म ध्रुव के बाद—द्वापर युग में हुआ, किन्तु वर्तमान पुस्तक में जनमेजय का प्रसंग ऊपर (अ) विभाग में प्रस्तुत किया जा चुका है)। यक्षों ने ध्रुव के सौतेले भाई उत्तम का वध कर दिया था, इसलिए ध्रुव ने उनके विरुद्ध सैनिक कार्यवाही आरम्भ की। किन्तु मनुजी ने ध्रुव को शान्ति के मार्ग पर चलने की सलाह दी—

अलं वत्सातिरोषेण तमोद्वारेण पाप्मना।
येन पुण्यजनानेतानवधीस्त्वमनागसः॥ ४.११.७॥

सरल भावार्थ—मनुजी ने कहा, प्रिय ध्रुव, अब बस कर। अधिक क्रोध करना ठीक नहीं—इसी के वशीभूत होकर तुमने इतने निरपराध यक्षों का वध कर डाला।

नन्वेकस्यापराधेन प्रसंगाद् बहवोहता:।
भ्रातुर्वधाभितप्तेन त्वयांग भ्रातृवत्सल॥ ४.११.९॥

सरल भावार्थ—मनुजी ने कहा, बेटे, यह तो ठीक है कि तुम्हारा अपने भाई के प्रति बड़ा अनुराग था, परन्तु यह भी देखो कि अपराध किया एक यक्ष ने और उसके बदले में तुमने कितने यक्षों को दण्ड दिया।

तितिक्षया करुणया मैत्र्या चाखिलजन्तुषु।
समत्वेन च सर्वात्मा भगवान् सम्प्रसीदति॥ ४.११.१३॥

सरल भावार्थ—मनुजी ने कहा, बेटे, तुम भगवान् के भक्त हो इसलिए यह भी समझ लो कि भक्ति के साथ-साथ चार बातें आवश्यक हैं—अपने से बड़ों के प्रति सहनशीलता, छोटों के प्रति करुणा, बराबर वालों के साथ मित्रता, और सब प्राणियों के प्रति सम-भाव।

ध्रुव ने मनुजी की बात मानकर यक्षों के प्रति निर्वैर-भाव अपनाया, इसलिए कुबेरजी ने उनकी (अर्थात् ध्रुव की) प्रशंसा की—

भो भो: क्षत्रियदायाद परितुष्टोऽस्मि तेऽनघ।
यस्त्वं पितामहादेशाद् वैरं दुस्त्यजमत्यज:॥ ४.१२.२॥

सरल भावार्थ—कुबेरजी बोले, प्रिय ध्रुव, तुमने अपने दादाजी (अर्थात् मनुजी) की सलाह मानकर निर्वैर-भाव अपनाया, इससे मैं तुम पर बहुत प्रसन्न हूँ।

दूसरे भक्त—प्रह्लाद—की समदृष्टि, उनकी भक्ति पर आधारित थी। प्रह्लाद सब प्राणियों में भगवान् का दर्शन करते थे—इसलिए उनमें एकत्व-भाव था। वेदान्त की भाषा में इसे आत्मौपम्य-भाव कहते हैं अर्थात् सब प्राणियों में एक ही आत्मा को पहचानना। दैत्य बालकों को शिक्षा देते हुए, प्रह्लाद ने एकत्व-भाव तथा आत्मौपम्य-भाव—दोनों का सहारा लिया।

हरि: सर्वेषु भूतेषु भगवानास्त ईश्वर:।
इति भूतानि मनसा कामैस्तै: साधु मानयेत्॥ ७.७.३२॥
ततो हरौ भगवति भक्तिं कुरुत दानवा:।
आत्मौपम्येन सर्वत्र सर्वभूतात्मनीश्वरे॥ ७.७.५३॥

सरल भावार्थ—प्रह्लाद ने कहा, दैत्यबालको, सब प्राणियों में भगवान् के दर्शन करना सीखो—ऐसा सीखने पर तुम सबका सम्मान करोगे और यथाशक्ति सबकी इच्छाएँ भी पूर्ण करोगे। वेदान्त की भाषा में इसे 'आत्मौपम्य-भाव' कहते हैं अर्थात् सब प्राणियों में एक ही आत्मा को पहचानना। जो भी दृष्टिकोण तुम्हारी समझ में आए, उसी को अपनाओ और भगवद्-भक्ति को दृढ़ करो।

प्रह्लाद का जन्म दैत्य-वंश में हुआ था, किन्तु अपनी भक्ति और समदृष्टि के कारण वे भगवान् के प्यारे बन गए। उनका सुप्रभाव अनेकों पीढ़ियों तक बना रहा और उसी के फलस्वरूप, बलि तथा बाणासुर को भी भगवान् ने अपनी शरण में लिया। अगले विभाग में समदृष्टि के दीर्घकालीन लाभ का एक और उदाहरण दिया जाएगा।

(ई) समदृष्टि का दीर्घकालीन लाभ

छठे स्कंध में श्री शुकदेवजी, वृत्रासुर तथा चित्रकेतु की कथा सुनाते हैं, जिसका सारांश यह है कि यदि कोई व्यक्ति समदृष्टि प्राप्त कर ले, तो उसका लाभ दीर्घकालीन होता है।

चित्रकेतु की समदृष्टि की भगवान् शिवजी ने प्रशंसा की—

तस्य चायं महाभागश्चित्रकेतुः प्रियोऽनुगः।
सर्वत्र समदृक् शान्तो ह्यहं चैवाच्युतप्रियः॥ ६.१७.३४॥
तस्मान्न विस्मयः कार्यः पुरुषेषु महात्मसु।
महापुरुषभक्तेषु शान्तेषु समदर्शिषु॥ ६.१७.३५॥

सरल भावार्थ—भगवान् शिवजी ने चित्रकेतु की प्रशंसा पार्वतीजी से की—भगवान् का प्रिय चित्रकेतु शान्त एवं समदर्शी है और यदि उस समदृष्टि का उसे कोई अनोखा लाभ भी मिले तो उस विषय में तुम्हें किसी प्रकार का आश्चर्य नहीं करना चाहिए।

श्री शुकदेवजी जी कहते हैं कि यद्यपि किसी कारण से चित्रकेतु का पुनर्जन्म दैत्य वंश में, वृत्रासुर के रूप में हुआ, फिर भी वृत्रासुर मृत्यु से पहले भगवद् भक्त हो गया। असुर-भाव को छोड़कर भगवद्-भाव को प्राप्त करना—वृत्रासुर के जीवन में इस प्रकार के परिवर्तन की प्रशंसा स्वयं इंद्र ने की—

> अहो दानव सिद्धोऽसि यस्य ते मतिरीदृशी॥ ६.१२.१९॥
> यद् विहायासुरं भावं महापुरुषतां गतः ॥ ६.१२.२०॥

सरल भावार्थ—इन्द्र ने वृत्रासुर से कहा, अहो दानव, मुझे आश्चर्य है कि तुम अचानक इतने महान् हो गए—तुमने असुर-भाव छोड़ दिया और भगवद्-भाव अपना लिया।

यह उल्लेखनीय है कि असुर के रूप में वृत्रासुर ने देवताओं को संकट में डाल दिया था। उसी का वध करने के लिए देवताओं ने ऋषि दधीचि से शरीर-त्याग की प्रार्थना की और वज्र का निर्माण किया। किन्तु वृत्रासुर ने कहा कि जब मुझे भगवान् के दर्शन हो गए, तभी से मैंने शत्रु-भाव छोड़ दिया—

> नन्वेष वज्रस्तव शक्र तेजसा
> हरेर्दधीचेस्तपसा च तेजितः।
> तेनैव शत्रुं जहि विष्णुयन्त्रितो
> यतो हरिर्विजयः श्रीर्गुणास्ततः॥ ६.११.२०॥

सरल भावार्थ—वृत्रासुर ने इन्द्र से कहा, तू मुझे पराजित नहीं कर सकता था, किन्तु तूने ऋषि दधीचि तथा भगवान् से सहायता लेकर वज्र का निर्माण कर लिया है। देखने में ऐसा प्रतीत होगा कि तूने वज्र से मुझे मारा, किन्तु सत्य तो यह है कि जिसे भगवान् का सहारा प्राप्त होता है, उसी को विजय, लक्ष्मी और सारे गुण प्राप्त होते हैं।

श्रीमद्भागवत ने लिखा है कि भगवान् ने वृत्रासुर को परम गति दी। महाभारत ने वृत्रासुर के विचारों को 'वृत्र-गीता' नाम से सम्मानित किया है।

सर्वभूतसुहृद

सरल भाषा में 'सर्वभूतसुहृद' का अर्थ है—सब प्राणियों के प्रति मैत्री-भाव रखने वाला। श्रीमद्भागवत ने भगवान् को सर्वभूतसुहृद बतलाकर प्राणीमात्र के सामने भी वही आदर्श प्रस्तुत किया है। स्वार्थ या स्वजनलाभ से ऊपर उठकर सब प्राणियों का, मित्र की भाँति भला चाहना, प्रत्येक साधक का स्वधर्म है, चाहे वह भक्तियोगी हो या कर्मयोगी या ज्ञानयोगी। इस आदर्श का समर्थन करने वाले प्रसंग श्रीमद्भागवत में इतने अधिक हैं कि उनका एक भाग यहाँ प्रस्तुत है—शेष भाग को अगले अध्यायों में आवश्यकतानुसार देना उचित होगा।

आठवें स्कंध में समुद्र-मंथन की कथा वर्णित है। यद्यपि देवता तथा असुर अधिकतर आपस में लड़ते रहते थे, फिर भी समुद्र-मंथन से अमृत प्राप्त करने के लिए दोनों वर्गों ने मिलकर प्रयत्न किया। आरम्भ में अमृत के स्थान पर हालाहल नाम का अत्यन्त उग्र विष निकला। इस विष से संसार को बचाने के लिए प्रजापतियों ने भगवान् शिवजी की स्तुति की। श्री शुकदेवजी कहते हैं—

तद्वीक्ष्य व्यसनं तासां कृपया भृशपीड़ितः।
सर्वभूतसुहृद् देव इदमाह सतीं प्रियाम्॥ ८.७.३६॥
आसां प्राणपरीप्सूनां विधेयमभयं हि मे॥ ८.७.३८॥

सरल भावार्थ—श्री शुकदेवजी कहते हैं, प्रजा का संकट देखकर भगवान् शिवजी के हृदय में कृपा वश बड़ी व्यथा हुई; क्योंकि वे सर्वभूतसुहृद हैं। उन्होंने अपनी प्रिया सती से कहा कि, संकट की इस घड़ी में, मेरा यह कर्त्तव्य है कि मैं प्रजा को निर्भय कर दूँ।

भगवान् शिवजी के द्वारा सर्वभूतहित के लिए महान् कार्य करने का दूसरा उदाहरण नवें स्कंध में वर्णित है। गंगावतरण प्रसंग में, राजा भगीरथ ने भगवान् शिवजी से प्रार्थना की कि आप गंगाजी को पृथ्वीतल पर लाने की योजना को अपना आशीर्वाद दें। श्री शुकदेवजी कहते हैं कि भगवान् शिवजी ने 'तथास्तु' बोल दिया—

तथेति राज्ञाभिहितं सर्वलोकहितः शिवः॥ ९.९.९॥

सरल भावार्थ—श्री शुकदेवजी कहते हैं, भगवान् शिवजी ने सब प्राणियों का हित करने की भावना से राजा भगीरथ की प्रार्थना को स्वीकृति दे दी।

दसवें स्कंध में, जब भगवान् शिवजी का भक्त बाणासुर अपने कुकर्मों के कारण भगवान् श्रीकृष्ण द्वारा दण्डित हुआ, तब शिवजी ने बाणासुर को अभयदान दिलवाने के लिए भगवान् श्रीकृष्ण से प्रार्थना की—

समं प्रशान्तं सुहृदात्मदैवम्
भवापवर्गाय भजाम देवम्॥ १०.६३.४४॥

सरल भावार्थ—शिवजी ने भगवान् श्रीकृष्ण से प्रार्थना की—आप सब प्राणियों के प्रति समभाव रखते हैं तथा सबके सुहृद हैं, आप बाणासुर को अभयदान दें, यह मेरी प्रार्थना है।

दसवें स्कंध में ही, जब ब्रह्माजी ने (मोहवश) व्रज के ग्वालों तथा बछड़ों को छिपाने का निष्फल प्रयत्न किया, तब उन्होंने भगवान् श्रीकृष्ण से क्षमा माँगी। श्री शुकदेवजी कहते हैं—

कृष्णमेनमवेहि त्वमात्मानमखिलात्मनाम्।
जगद्धिताय सोऽप्यत्र देहीवाभाति मायया॥ १०.१४.५५॥

सरल भावार्थ—श्री शुकदेवजी कहते हैं, ब्रह्माजी ने समझ लिया कि व्रज के निवासियों को कोई हानि नहीं पहुँचा सकता; क्योंकि उनकी रक्षा कृष्ण कर रहे हैं, जो कि सब आत्माओं के आत्मा हैं और जिन्होंने संसार के कल्याण के लिए यह शरीर धारण किया है।

'गोपिकागीत' के निम्नलिखित श्लोक में भी गोपियों ने श्रीकृष्ण के विश्व-मंगल स्वरूप को याद किया—

व्रजवनौकसां व्यक्तिरंग ते
वृजिनहन्त्र्यलं विश्वमंगलम्॥ १०.३१.१८॥

सरल भावार्थ—गोपियों ने गीत गाया, प्यारे श्यामसुंदर, तुम्हारी यह अभिव्यक्ति व्रज-वनवासियों के सम्पूर्ण दुःख-ताप को मिटाने वाली है और सम्पूर्ण विश्व का मंगल करने के लिए है।

ग्यारहवें स्कंध में भगवान् श्रीकृष्ण उद्धवजी से कहते हैं कि परम ज्ञानी महात्मा भी सर्वभूतसुहृद के आदर्श तक पहुँचना चाहते हैं—

सर्वभूतसुहृच्छान्तो ज्ञानविज्ञाननिश्चयः ॥ ११.७.१२॥

सरल भावार्थ—भगवान् श्रीकृष्ण कहते हैं, उद्धवजी, ज्ञान-विज्ञान पर आधारित साधना का लक्ष्य है—सर्वभूतसुहृद की स्थिति तक पहुँचना और परम शान्ति प्राप्त करना।

इसी प्रकार का भाव, पहले स्कंध में, परीक्षित् स्वयं अपने भविष्य के लिए व्यक्त करते हैं—

पुनश्च भूयाद्भगवत्यनन्ते
रतिः प्रसंगश्च तदाश्रयेषु।

महत्सु यां यामुपयामि सृष्टिं
मैत्र्यस्तु सर्वत्र नमो द्विजेभ्यः॥ १.१९.१६॥

सरल भावार्थ—परीक्षित् ने ऋषियों से कहा, मुझे कर्मवश चाहे जिस योनि में जन्म लेना पड़े, मेरा लक्ष्य यह है कि भगवान् श्रीकृष्ण के चरणों में मेरा अनुराग बना रहे, उनके भक्तों के प्रति मेरी श्रद्धा दृढ़ हो, और समस्त प्राणियों के प्रति मेरे मन में मैत्री-भाव स्थापित हो। आप सब मुझे ऐसा आशीर्वाद दें।

लोकसंग्रह

अब तक के दो विभागों में 'सम-भाव' तथा 'सुहृद-भाव' से सम्बन्धित विवेचन प्रस्तुत किया गया। इस शृंखला का तीसरा अंग है 'सेवा-भाव' जिसका विश्लेषण 'लोकसंग्रह' नाम से किया जाएगा। संस्कृत-हिंदी कोश के अनुसार 'लोकसंग्रह' शब्द में कई भावों का समावेश है, जैसे लोक हित, लोक सेवा, प्राणीमात्र में एकत्वभाव। जो भाव उपनिषदों ने 'लोकानां असम्भेदाय'—शब्दों से प्रकट किया था, उसी के लिए भगवद्गीता तथा महाभारत ने 'लोकसंग्रह' शब्द का प्रयोग किया। आधुनिक समाज के लिए लोकसंग्रह का संदेश बहुत महत्त्वपूर्ण है। श्रीमद्भागवत ने भी लोकहित, लोकसंग्रह, जनसंग्रह—ऐसे अनेक शब्दों का उपयोग किया है।

दूसरे स्कंध में, परीक्षित् के प्रारम्भिक प्रश्न का उत्तर देते हुए (अर्थात् श्रीमद्भागवत के उपदेशात्मक भाग का लक्ष्य बतलाते हुए) श्री शुकदेवजी लोकहित को प्रमुखता देते हैं—

वरीयानेष ते प्रश्नः कृतो लोकहितं नृप॥ २.१.१॥

सरल भावार्थ—श्री शुकदेवजी कहते हैं, परीक्षित्, तुम्हारा प्रश्न बहुत उत्तम है; क्योंकि इसके उत्तर में मैं लोकहितकारी भावनाओं का वर्णन करूंगा।

लोकसंग्रह का व्यावहारिक पक्ष यह है कि पारस्परिक भेदभाव को मिटाकर 'वसुधैव कुटुम्बकम्' तथा 'सर्वे भवन्तु सुखिनः' की भावना को जागृत करना। दसवें स्कंध की समाप्ति (अर्थात् कृष्णावतार की लीला-समाप्ति) से कुछ पहले भगवान् श्री कृष्ण कुरुक्षेत्र गए। वहाँ नन्द-यशोदा तथा गोप-गोपिकाएँ आदि भी पहुँचे। सबके सम्मुख भाषण देते हुए भगवान् श्रीकृष्ण ने भेदबुद्धि को मिटाने पर ज़ोर दिया—

उपासिता भेदकृतो हरन्त्यघं
विपश्चितो घ्नन्ति मुहूर्तसेवया॥ १०.८४.१२॥

सरल भावार्थ—भगवान् श्रीकृष्ण बोले, सबसे बड़ी सामाजिक समस्या भेदबुद्धि को मिटाने की है। ज्ञानी महापुरुष ही इस समस्या को सुलझा सकते हैं।

कुरुक्षेत्र की इस सभा में अनेकों ऋषि-मुनि भी थे। श्रीशुकदेवजी कहते हैं कि सबके मन में लोकसंग्रह-हेतु कार्य करने की भावना जगी—

जनसंग्रह इत्यूचुः स्मयन्तस्तं जगद्गुरुम्॥ १०.८४.१५॥

सरल भावार्थ—सभा में उपस्थित ऋषि-मुनि समझ गए कि जगद्गुरु भगवान् श्री कृष्ण लोकसंग्रह के कार्यों में सबका योगदान चाहते हैं।

छठे स्कंध में, सृष्टि-रचना के आरम्भ में, भगवान् के द्वारा, प्रजापतियों को दिए गए आदेश का वर्णन है जिससे यह स्पष्ट हो जाता है कि प्राणियों की समृद्धि ही दैविक शक्तियों का लक्ष्य है—

प्रीतोऽहं ते प्रजानाथ यत्तेऽस्योद्बृंहणं तपः।
ममैष कामो भूतानां यद् भूयासुर्विभूतयः॥ ६.४.४४॥
ब्रह्मा भवो भवन्तश्च मनवो विवुधेश्वराः।
विभूतयो मम ह्येता भूतानां भूतिहेतवः॥ ६.४.४५॥

सरल भावार्थ—भगवान् ने प्रजापतियों से कहा, तुम सबने विश्व की वृद्धि के लिए तप किया है, इसलिए मैं तुम पर प्रसन्न हूँ। मेरी इच्छा है कि जगत् के समस्त प्राणी अभिवृद्ध और समृद्ध हों। ब्रह्मा, शिव, प्रजापति, मनु, इन्द्र—ये सब ईश्वरीय शक्तियाँ हैं और इन सबका लक्ष्य है—समस्त प्राणियों की अभिवृद्धि तथा समृद्धि।

प्राणियों की समृद्धि और सुख के लिए यह आवश्यक है कि उनकी सेवा और सहायता देशकालपात्रानुकूल हो। भगवान् श्रीकृष्ण की लीलाएँ इसी सिद्धान्त को प्रतिष्ठित करती हैं, जैसा कि अर्जुन ने पहले स्कंध में कहा है—

देशकालार्थयुक्तानि हृत्तापोपशमानि च।
हरन्ति स्मरतश्चित्तं गोविन्दाभिहितानि मे॥ १.१५.२७॥

सरल भावार्थ—अपने जीवन के सारे अनुभवों को याद करते हुए अर्जुन ने कहा—भगवान् श्रीकृष्ण ने मुझे जो शिक्षाएँ दी थीं, वे देश, काल और परिस्थिति के अनुरूप थीं और उन्हीं के कारण मैं शान्त चित्त होकर इतने कार्य करने में सफल हुआ।

श्रीमद्भागवत में इस प्रकार के अन्य दृष्टान्त भी हैं। उनकी चर्चा, नियमित रूप से, पाँचवें अध्याय में की जाएगी।

पुनश्च, छठे स्कंध में, ऋषि दधीचि, देवताओं का हित करने के लिए, सहर्ष अपना शरीर-त्याग कर देते हैं। सेवा-भाव का यह उच्चतम दृष्टान्त है। ऋषि दधीचि कहते हैं कि सच्चा सेवक वही है जो औरों के दुःख से दुखी हो और उनके सुख से सुखी हो—

एतावानव्ययो धर्मः पुण्यश्लोकैरुपासितः।
यो भूतशोकहर्षाभ्यामात्मा शोचति हृष्यति॥ ६.१०.९॥

सरल भावार्थ—ऋषि दधीचि कहते हैं—बड़े-बड़े महात्माओं ने सेवाधर्म के रूप को स्पष्ट किया है। उसका व्यावहारिक रूप यह है कि सेवक दूसरों को दुखी देखकर दुःख का अनुभव करे, और सुखी देखकर सुख का।

दसवें स्कंध में सुदामा-मिलन का महत्त्वपूर्ण प्रसंग है। भगवान् श्रीकृष्ण ने अपने पुराने मित्र का (जो निर्धनता का शिकार था) हृदय से स्वागत किया। कृष्ण यह जानकर भी अत्यन्त हर्षित हुए कि अपनी सामान्य अवस्था में परिवार की जिम्मेदारी निभाते हुए सुदामा यथाशक्ति समाज सेवा भी करते हैं। कृष्ण ने कहा कि ऐसे व्यक्ति संसार में दुर्लभ हैं—

केचित् कुर्वन्ति कर्माणि कामैरहतचेतसः।
त्यजन्तः प्रकृतीर्दैवीर्यथाहं लोकसंग्रहम्॥ १०.८०.३०॥

सरल भावार्थ—श्रीकृष्ण भगवान् ने कहा—जगत् में ऐसे लोग बहुत कम होते हैं जो निःस्वार्थभाव से, अपने परिवार की सेवा से ऊपर उठकर जनसेवा करते हैं। उनका कार्य भगवान् द्वारा किए जाने वाले 'लोकसंग्रह' के समान है।

श्रीमद्भागवत के अनुसार, लोकसंग्रहानुकूल कार्य करने वालों में राजा पृथु की विशेष गणना की गई है। पहले स्कंध में सूतजी कहते हैं—

ऋषिभिर्याचितो भेजे नवमं पार्थिवं वपुः।
दुग्धेमामोषधीर्विप्रास्तेनायं स उशत्तमः॥ १.३.१४॥

सरल भावार्थ—सूतजी कहते हैं, ऋषियों की प्रार्थना सुनकर भगवान् ने अपना नवाँ अवतार पृथु के रूप में लिया। इस अवतार में उन्होंने पृथ्वी से औषधियों का दोहन किया, इससे वह अवतार सबके लिए बहुत कल्याणकारी हुआ।

चौथे स्कंध ने राजा पृथु के कार्यों तथा गुणों का विस्तृत वर्णन किया है जिसमें से निम्नलिखित श्लोक वर्तमान प्रसंग में उल्लेखनीय है—

शरण्यः सर्वभूतानां मानदो दीनवत्सलः॥ ४.१६.१६॥

सरल भावार्थ—श्री मैत्रेयजी कहते हैं, राजा पृथु शरणागतवत्सल थे, सब प्राणियों को मान देते थे, और विशेषतः दीनों की सेवा करते थे।

इस श्लोक का महत्त्वपूर्ण संदेश यह भी है कि लोकसंग्रह-हेतु किए गए कार्यों में दीन-दुखियों की सेवा का उच्चतम स्थान है। दीन-दुखियों को प्राथमिकता देना 'यथाशक्ति' के सिद्धान्त के भी अनुकूल है; क्योंकि सामान्य व्यक्तियों की सेवा-क्षमता सीमित होती है। श्रीमद्भागवत के दीन-सेवा-विषयक प्रसंग अगले अध्याय में वर्णित हैं।

अध्याय 4

दीन दुखी की सेवा महान्

संस्कृत की एक प्रसिद्ध उक्ति है—

दरिद्रान् भर कौन्तेय, मा प्रयच्छेश्वरे धनम्।

सरल भावार्थ—हे कौन्तेय (अर्थात् लोकहितैषी व्यक्ति), जो कुछ तुम देना चाहते हो, उसे दरिद्रों को दो, धनवानों को नहीं। श्रीमद्भागवत ने भी सर्वभूतसुहृद तथा लोकसंग्रह का गुणगान करते हुए (जिसका विवेचन पिछले अध्याय में किया गया) दीन तथा आर्त व्यक्तियों की सेवा को विशेष महत्त्व दिया है। यह भाव आदि से अन्त तक श्रीमद्भागवत के अनेकों प्रसंगों में व्यक्त किया गया है। इनमें से चुने हुए दृष्टान्तों की मर्मस्पर्शी ध्वनि से, वर्तमान पुस्तक का यह अध्याय गुञ्जित है।

पहले स्कंध में, कुन्ती देवी को निमित्त बनाकर, श्रीमद्भागवत ने निर्धनों और अनाथों की कठिनाइयों की ओर ध्यान आकर्षित किया है। 'भगवान् से क्या माँगें?'—इस प्रश्न के उत्तर में कुन्ती देवी द्वारा की गई स्तुति का मार्मिक वर्णन है—

नमोऽकिंचनवित्ताय॥ १.८.२७॥
विपदः सन्तु नः शश्वत्तत्र तत्र जगद्गुरो।
भवतो दर्शनं यत्स्यादपुनर्भवदर्शनम्॥ १.८.२५॥

सरल भावार्थ—कुन्ती देवी ने कहा, भगवन्, आप निर्धनों के परमधन हैं, अनाथों के नाथ हैं। हमारे जीवन में पद-पद पर विपत्तियाँ आती रहें; क्योंकि विपत्तियों में ही आपका स्मरण होता है और उसी से परम शान्ति मिलती है।

तात्पर्य यह है कि कुन्तीदेवी को निर्धनों और अनाथों के प्रति सहानुभूति थी और उन्हें ऐसा प्रतीत होता था कि भगवान् के अतिरिक्त, सामान्य सांसारिक लोग, निर्धनों की सहायता को प्राथमिकता नहीं दे रहे हैं।

पहले स्कंध में ही, राजा परीक्षित् की महानता के लक्षण बतलाते हुए, सूतजी ने उनके लिए 'दीनवत्सल' शब्द का प्रयोग किया है और उनकी राजनीति की सराहना की है—

एष राज्ञां परो धर्मो ह्यार्तानामार्तिनिग्रहः॥ १.१७.११॥

सरल भावार्थ—राजा परीक्षित् की सम्मति में, राजाओं का परम धर्म यही है कि वे दुखियों का दु:ख दूर करें।

तीसरे स्कंध में, मैत्रेय मुनि से धर्मसम्बन्धी वार्ता करते हुए, विदुरजी ने उन्हें 'आर्तबन्धो' कहकर सम्बोधित किया और दुखी लोगों पर अनुग्रह करने के लिए उनकी स्तुति की—

अधर्मशीलस्य सुदु:खितस्य
अनुग्रहायेह चरन्ति नूनं॥ ३.५.३॥

सरल भावार्थ—विदुरजी ने कहा, मैत्रेयजी, जो लोग अधर्मपरायण हैं और अत्यन्त दुखी हैं, उन पर कृपा करने के लिए आप भिन्न-भिन्न स्थानों में जाते हैं।

तीसरे स्कंध में ही, कपिल भगवान् ने, निष्काम भक्ति के लक्षणों में, 'दीनों के प्रति दया' को उच्चं स्थान दिया—

भूतेषु मद्भावनया दीनानामनुकम्पया॥ ३.२९.१६, १७॥

सरल भावार्थ—कपिल भगवान् ने कहा, सच्चा भक्त वही है जो मानव में माधव के दर्शन करे और विशेषत: दीनों के प्रति दया भाव रखे।

चौथे स्कंध ने, ध्रुव की निष्काम भक्ति की महिमा गाते हुए, उनके सम-भाव का गुणगान किया है और उनकी दीनवत्सलता को विशेषत: सराहा है—

ददर्शात्मनि भूतेषु तमेवावस्थितं विभुम्॥ ४.१२.११॥
तमेवं शीलसम्पन्नं ब्रह्मण्यं दीनवत्सलम्॥ ४.१२.१२॥

सरल भावार्थ—श्री मैत्रेयजी कहते हैं, ध्रुव का सम-भाव इतना विकसित था कि वह सब प्राणियों में भगवान् को देखकर उनका सम्मान करते थे। दीनों के प्रति उनका विशेष अनुग्रह था।

चौथे स्कंध में ही वर्णित, राजा पृथु की दीनवत्सलता का उल्लेख पिछले अध्याय के अन्त में किया जा चुका है। क्षुधा से पीड़ित लोगों की सहायता के लिए उन्होंने अन्न का उत्पादन बढ़ाया—

तन्नो भवानीहतु रातवेऽन्नं
क्षुधार्दितानां नरदेवदेव॥ ४.१७.११ ॥
अन्नमीप्सितमूर्जस्वद् भगवान् वाञ्छते यदि॥ ४.१८.१० ॥

सरल भावार्थ—श्री मैत्रेयजी कहते हैं, अन्न के अभाव के कारण जो लोग कष्ट उठा रहे थे, उन्होंने राजा पृथु से निवेदन किया कि आप हमारी भूख को मिटाने का प्रबंध करें। राजा पृथु ने भूमण्डल को समतल किया और पृथ्वी ने अन्न का उत्पादन बढ़ाने में पूरा साथ दिया।

पुनश्च, चौथे स्कंध में ही श्री मैत्रेयजी कहते हैं कि दीनों की कठिनाइयों पर ध्यान न देना घोर पाप का लक्षण है—

ब्राह्मणः समदृक् शान्तो दीनानां समुपेक्षकः।
स्रवते ब्रह्म तस्यापि भिन्नभाण्डात्पयो यथा॥ ४.१४.४१ ॥

सरल भावार्थ—श्री मैत्रेयजी कहते हैं, दीनों की सेवा सबसे बड़ा धर्म है। जो दीनों की सेवा नहीं करता, उसका ब्रह्मज्ञान, समदृष्टि और ऊपर से दिखलाई देने वाला शान्त-भाव—ये सब नष्ट हो जाते हैं, जैसे फूटे हुए घड़े में से जल बह जाता है।

पाँचवें स्कंध में ऋषभदेव तथा उनके पुत्र भरत—दोनों के द्वारा किए गए दीनवत्सलता के कार्यों का विवरण है। ऋषभदेव ने सब लोगों को (विशेषतः निर्धनों को) पर्याप्त मात्रा में पानी मिले—इसका प्रबंध किया—(श्रीमद्भागवत का यह भाग गद्य में है)—

तस्य हीन्द्रः स्पर्धमानो भगवान् वर्षे न ववर्ष तदवधार्य
भगवानृषभदेवो योगेश्वरः प्रहस्यात्मयोगमायया
स्ववर्षमजनाभं नामाभ्यवर्षत्॥ ५.४.३॥

सरल भावार्थ–श्री शुकदेवजी कहते हैं, एक बार इन्द्र ने ईर्ष्यावश ऋषभदेव के राज्य (अजनाभखण्ड) में वर्षा नहीं की। तब योगेश्वर भगवान् ऋषभदेव ने इन्द्र की मूर्खता पर हँसते हुए अपनी योगमाया के प्रभाव से अपने राज्य में खूब जल बरसाया।

इस प्रसंग को समझाने के लिए दो बातें स्पष्ट करने की आवश्यकता है–

(अ) श्रीमद्भागवत के अनुसार, भारतवर्ष का पुराना नाम अजनाभखण्ड था।

(आ) इन्द्र के सहयोग के बिना पानी का प्रबन्ध किया अर्थात् कृत्रिम वर्षा की या कुएँ खुदवाए।

ऋषभदेव ने देखा कि निर्धन मजदूरों के प्रति देश के धनी लोगों का व्यवहार अच्छा नहीं है, इसलिए उन्होंने उच्च वर्ग से अनुरोध किया कि वे अकिंचन (अर्थात् गरीब व्यक्तियों) का अपमान न करें–

श्रुतधनकुलकर्मणां मदैर्ये
विदधति पापमकिंचनेषु सत्सु॥ ५.५.२५॥

सरल भावार्थ–जो लोग अपने शास्त्रज्ञान, धन, कुल या उच्च पद के नशे में आकर गरीब व्यक्तियों का तिरस्कार करते हैं, वे पाप के भागी हैं।

भरत ने अपने पिता के द्वारा किए गए लोकहितकारी कार्यक्रमों को आगे बढ़ाया–

स बहुविन्महीपतिः पितृपितामहवदुरुवत्सलतया स्वे
स्वे कर्मणि वर्तमानाः प्रजाः स्वधर्ममनुवर्तमानः
पर्यपालयत्॥ ५.७.४॥

सरल भावार्थ–श्रीशुकदेवजी कहते हैं, राजा भरत बहुत ज्ञानी थे। उन्होंने अपने पूर्वजों की भाँति स्वधर्मपालन किया। उनके राज्य में सामान्य लोग भी अपने-अपने कर्मों में लीन रहते थे। भरत के मन में गरीबों के प्रति वात्सल्यभाव था।

भरत की दीनवत्सलता के विषय में एक विशेष बात उल्लेखनीय है। न केवल अपने जीवनकाल में, किन्तु पुनर्जन्म के बाद भी (जब वे जड़ भरत के नाम से

प्रसिद्ध हुए) उन्होंने गरीब मजदूरों की दशा सुधारने का प्रयत्न किया। सिंधुदेश के राजा रहूगण की पालकी को ढोने वाले चार मजदूरों में से एक मजदूर का स्थान स्वयं भरत ने लिया जिससे उन्हें राजा से बातचीत करने का अवसर मिले। उचित अवसर पाकर भरत ने राजा को समझाया—

अंसेऽधि दार्वी शिबिका च यस्यां
सौवीरराजेत्यपदेश आस्ते।
यस्मिन् भवान् रूढनिजाभिमानो
राजास्मि सिन्धुष्विति दुर्मदान्धः॥ ५.१२.६॥
शोच्यानिमांस्त्वमधिकष्टदीनान्
विष्ट्या निगृह्णन्निरनुग्रहोऽसि।
जनस्य गोप्तास्मि विकत्थमानो
न शोभसे वृद्धसभासु धृष्टः॥ ५.१२.७॥

सरल भावार्थ—भरत ने राजा रहूगण को समझाया—ज़रा ध्यान दीजिए। मजदूरों के कंधों के ऊपर जो पालकी रखी हुई है, वह लकड़ी से बनी है, पालकी में जो व्यक्ति बैठा है, वह भी पंच महाभूतों से बना हुआ है। माया के आवरण से ढके हुए तुम, एकत्व-भाव को न पहचानकर, मद से अंधे होकर, अभिमान-वश समझते हो कि 'मैं सिंधुदेश का राजा हूँ'। किन्तु इस प्रकार के विचार और आचरण से तुम्हारी श्रेष्ठता सिद्ध नहीं होती। वास्तव में तुम बहुत क्रूर और धृष्ट हो। तुमने इन बेचारे दीन-दुखी मजदूरों को, बिना उचित वेतन दिए, अपना बोझ ढोने के लिए विवश किया है और फिर महापुरुषों की सभा में बड़ी-बड़ी बातें बनाते हो कि मैं प्रजा का रक्षक हूँ। यह तुम्हें शोभा नहीं देता।

धीरे-धीरे राजा रहूगण समझ गया कि यह पालकी ढोने वाला, कोई साधारण मजदूर नहीं है—यह तो बहुत ज्ञानी व्यक्ति है जिसने स्वेच्छा से पालकी ढोकर राजा को ज्ञान दिया है। राजा ने अपने दुर्व्यवहार के लिए क्षमायाचना की और भविष्य के लिए मार्गदर्शन की प्रार्थना की। भरत ने उसे शिक्षा दी—

संन्यस्तदण्डः कृतभूतमैत्रः॥ ५.१३.२०॥

सरल भावार्थ—भरत ने कहा, राजन्, तुम गरीब मजदूरों को दण्ड देना बन्द करो और उनके साथ मित्रता का व्यवहार करो।

श्रीमद्भागवत के मतानुसार, भरत की महानता से देश को भी महानता मिली और उसका नाम, 'भारत' प्रतिष्ठित हुआ। इस प्रसंग से यह संदेश लेना उचित है कि भरत की दीनवत्सलता को श्रीमद्भागवत ने राष्ट्रीय नीति के रूप में अपनाने का संकेत दिया है।

छठे स्कंध में वर्णित, ऋषि दधीचि के महान् त्याग का उल्लेख पिछले अध्याय में किया गया था, किन्तु उनकी शिक्षा को सार रूप में व्यक्त करने वाला प्रसिद्ध श्लोक वर्तमान अध्याय के लिए भी उपयुक्त है—

एतावानव्ययो धर्मः पुण्यश्लोकैरुपासितः।
यो भूतशोकहर्षाभ्यामात्मा शोचति हृष्यति॥ ६.१०.९॥

सरल भावार्थ—ऋषि दधीचि कहते हैं—बड़े-बड़े महात्माओं ने सेवाधर्म के रूप को स्पष्ट किया है। उसका व्यावहारिक रूप यह है कि सेवक दूसरों को दुखी देखकर दुःख का अनुभव करे, और सुखी देखकर सुख का।

सातवें स्कंध में नारद मुनि, भक्त शिरोमणि प्रह्लाद की महानता के लक्षण स्वरूप, उनकी दीनवत्सलता की प्रशंसा करते हैं—

आत्मवत्सर्वभूतानामेकः प्रियसुहृत्तमः।
दासवत्संनतार्याङ्घ्रिः पितृवद् दीनवत्सलः॥ ७.४.३१॥

सरल भावार्थ—नारद मुनि कहते हैं, प्रह्लाद की समदृष्टि सराहनीय है—सब प्राणियों को अपने ही समान समझना उनका स्वभाव है। वे सबका भला चाहते हैं। श्रेष्ठ गुरुजनों के वे आज्ञाकारी सेवक हैं। गरीबों के प्रति उनका हार्दिक प्रेम है जैसा पिता का अपने बच्चों के प्रति होता है।

सातवें स्कंध में ही, नृसिंह भगवान् की स्तुति करते हुए प्रह्लाद ने दीन दुखियों के उद्धार को प्राथमिकता दिलवाने का महान् प्रयास किया—

मूढेषु वै महदनुग्रह आर्तबन्धो॥ ७.९.४२॥
नैतान्विहाय कृपणान् विमुमुक्ष एको॥ ७.९.४४॥

सरल भावार्थ—प्रह्लाद ने कहा, भगवन्, दीन दुखियों के प्रति आपका विशेष अनुग्रह है और उन्हें आपका ही सहारा है। ऐसे असहाय प्राणियों को छोड़कर मैं अकेला मुक्त नहीं होना चाहता।

आठवें स्कंध में भगवान् शिवजी ने (हालाहल विष को अपने कण्ठ में रखते हुए) मानो प्रह्लाद की पुकार को ईश्वरीय आदेश का रूप दे दिया हो—

आसां प्राणपरीप्सूनां विधेयमभयं हि मे।
एतावान्हि प्रभोरर्थो यद् दीनपरिपालनम्॥ ८.७.३८॥

सरल भावार्थ—शिवजी ने प्रजापतियों से कहा, इस संकट की घड़ी में मेरा यह कर्त्तव्य है कि मैं आप सबको निर्भय कर दूँ। जिनके पास शक्ति-सामर्थ्य है, उनके जीवन की सार्थकता इसी में है कि वे दीन-दुखियों की सेवा करें।

नवें स्कंध में, राजा रन्तिदेव द्वारा की गई भूखे-प्यासे प्राणियों की सेवा का हृदय स्पर्शी वर्णन है। जब रन्तिदेव के सामने सेवा के अवसर आए, तब उन्हें यह मालूम नहीं था कि भगवान् उनकी परीक्षा ले रहे हैं। रन्तिदेव परीक्षा में सफल हुए, इसलिए परीक्षा की कठिनता के कारण पाठकों को भय-ग्रस्त होने की आवश्यकता नहीं है। भगवान् प्रत्येक साधक से यथाशक्ति सेवा ही चाहते हैं। रन्तिदेव में कठिन परीक्षा के अनुकूल शक्ति थी—

कृच्छ्रप्राप्तकुटुम्बस्य क्षुत्तृड्भ्यां जातवेपथोः।
अतिथिर्ब्राह्मणः काले भोक्तुकामस्य चागमत्॥ ९.२१.५॥

सरल भावार्थ—श्री शुकदेवजी कहते हैं, रंतिदेव की यह धारणा थी कि यदि कोई अतिथि आ जाय, तो यथासम्भव उसे भोजन अवश्य समर्पित करें। ऐसा करते-करते घर में भोजन की मात्रा कम हो गई। एक दिन परिवार के लोग अपनी भूख मिटाने के लिए भोजन करने वाले थे, किन्तु उसी समय एक ब्राह्मण अतिथि के रूप में आ गया।

तस्मै संव्यभजत् सोऽन्नमादृत्य श्रद्धयान्वितः।
हरिं सर्वत्र संपश्यन् स भुक्त्वा प्रययौ द्विजः॥ ९.२१.६॥

सरल भावार्थ—रंतिदेव सब प्राणियों में भगवान् के दर्शन करते थे, इसलिए उन्होंने आदरपूर्वक अतिथि को भोजन कराया। कृतज्ञता-भाव से अतिथि भोजन करके चले गए।

अथान्यो भोक्ष्यमाणस्य विभक्तस्य महीपते।
विभक्तं व्यभजत् तस्मै वृषलाय हरिं स्मरन्॥ ९.२१.७॥

सरल भावार्थ–बचे हुए भोजन को रंतिदेव ने परिवार के सदस्यों में बाँटा, किन्तु उसी समय एक शूद्र-अतिथि आ गया। रंतिदेव ने उसमें भी भगवान् के दर्शन किए और अन्न का एक भाग उस अतिथि को भेंट किया।

याते शूद्रे तमन्योऽगादतिथिः श्वभिरावृतः।
राजन् मे दीयतामन्नं सगणाय बुभुक्षते॥ ९.२१.८॥

सरल भावार्थ–उसी समय कुत्तों को लिए हुए एक और अतिथि आ गया। अतिथि ने कहा, राजन्, मैं और मेरे कुत्ते बहुत भूखे हैं, क्या कुछ खाने को मिलेगा।

स आदृत्यावशिष्टं यद् बहुमानपुरस्कृतम्।
तच्च दत्त्वा नमश्चक्रे श्वभ्यः श्वपतये विभुः॥ ९.२१.९॥

सरल भावार्थ–रन्तिदेव ने उस अतिथि तथा उसके कुत्तों को भी भगवान् का रूप समझा और जो कुछ भी भोजन उस समय घर में था, वह सब आदरपूर्वक उन्हें समर्पित कर दिया।

पानीयमात्रमुच्छेषं तच्चैकपरितर्पणम्।
पास्यतः पुल्कसोऽभ्यागादपो देह्यशुभस्य मे॥ ९.२१.१०॥

सरल भावार्थ–उस समय घर में केवल थोड़ा-सा जल था, किन्तु उसी समय एक और अतिथि आया और उसने कहा, राजन्, मैं चाण्डाल हूँ, मुझे बहुत प्यास लगी है।

तस्य तां करुणां वाचं निशम्य विपुलश्रमाम्।
कृपया भृशसन्तप्त इदमाहामृतं वचः॥ ९.२१.११॥

सरल भावार्थ–चाण्डाल की करुणापूर्ण वाणी से रन्तिदेव का हृदय द्रवित हो गया। रंतिदेव ने आदरपूर्वक चाण्डाल को पानी पिलाया और साथ ही उनके मुख से अमृतमय वचन निकल पड़े।

न कामयेऽहं गतिमीश्वरात् परां
अष्टर्द्धियुक्तामपुनर्भवं वा।
आर्तिं प्रपद्येऽखिलदेहभाजां

अन्त:स्थितो येन भवन्त्यदु:खा:॥ ९.२१.१२॥

क्षुत्तृट्श्रमो गात्रपरिश्रमश्च
दैन्यं क्लमः शोकविषादमोहाः।
सर्वे निवृत्ताः कृपणस्य जन्तोः।
जिजीविषोर्जीवजलार्पणान्मे॥ ९.२१.१३॥

सरल भावार्थ—रंतिदेव के मुख से निकले हुए अमृत वचन—"मैं भगवान् से आठों सिद्धियों से युक्त परम गति नहीं चाहता। मैं मोक्ष की भी कामना नहीं करता। मैं केवल यह चाहता हूँ कि सम्पूर्ण प्राणियों के हृदय में स्थित होकर उनका सारा दु:ख मैं ले लूँ जिससे और किसी भी प्राणी को दु:ख न हो। यह दीन प्राणी बहुत प्यासा था। जल देने से इसके जीवन की रक्षा हो गई। अब मेरी भूख-प्यास की पीड़ा, शरीर की शिथिलता, दीनता, ग्लानि, शोक, विषाद और मोह—ये सब-के-सब जाते रहे। दूसरों को सुखी देखकर मैं सुखी हो गया।"

रंतिदेव के वचनों का अन्तिम वाक्य, ऋषि दधीचि की शिक्षा की याद दिलाता है (जिसका उल्लेख इसी अध्याय में पहले हो चुका है)।

इति प्रभाष्य पानीयं म्रियमाणः पिपासया।
पुल्कसायाददाद्धीरो निसर्गकरुणो नृपः॥ ९.२१.१४॥

सरल भावार्थ—श्री शुकदेवजी कहते हैं, रंतिदेव ने अपने मन के उद्गार प्रकट किए और अतिथि को जल अर्पित किया। वह स्वयं प्यासे थे, किन्तु उनकी करुणापूर्ण भावना ने अतिथि को प्राथमिकता दी। वास्तव में ऐसा व्यवहार उनके लिए सहज (स्वाभाविक) हो गया था।

तस्य त्रिभुवनाधीशाः फलदाः फलमिच्छताम्।
आत्मानं दर्शयाञ्चक्रुर्माया विष्णुविनिर्मिताः॥ ९.२१.१५॥

सरल भावार्थ—श्री शुकदेवजी कहते हैं, परीक्षित्, रन्तिदव के घर पर, एक के बाद एक, आने वाले अतिथि वास्तव में भगवान् द्वारा ली जाने वाली परीक्षा के अंग थे। रन्तिदेव परीक्षा में सफल रहे। रंतिदेव को यह रहस्य बतलाने के लिए ब्रह्मा, विष्णु, महेश—तीनों उनके सामने प्रकट हुए।

स वै तेभ्यो नमस्कृत्य नि:संगो विगतस्पृहः॥ ९.२१.१६॥

सरल भावार्थ—रंतिदेव ने भगवान् को प्रणाम किया। उनकी निष्काम भक्ति और भी दृढ़ हो गई; क्योंकि उन्होंने भगवान् से कुछ माँगा नहीं।

उपरोक्त शब्दों में, श्रीमद्‌भागवत ने, भूखे-प्यासे व्यक्तियों की सेवा का मार्मिक वर्णन किया है।

दसवें स्कंध में श्रीशुकदेवजी बार-बार कहते हैं कि भगवान् श्रीकृष्ण ने अपनी लीलाओं के द्वारा पीड़ितों, पतितों, दीनों तथा आर्त प्राणियों की रक्षा की। इस कथन की पुष्टि करने वाले श्लोकों में से (स्थानाभाव के कारण) केवल दस यहाँ प्रस्तुत हैं।

श्री कृष्ण भगवान् के अवतार का हेतु था—दैत्यों की क्रूरता से आक्रान्त हुई पृथ्वी को असह्य भार और पीड़ा से मुक्त करना—

अवतीर्णोऽसि विश्वात्मन् भूमेर्भारापनुत्तये॥ १०.२७.२१॥

सरल भावार्थ—व्रजवासियों ने कृष्ण से कहा, हे विश्वात्मन्, आपने पृथ्वी का भार उतारने के लिए ही अवतार धारण किया है।

गोवर्धन पर्वत की पूजा के समय भगवान् श्रीकृष्ण ने नन्दबाबा से कहा कि गिरिराज को भोग लगाने से पहले पतितों को यथायोग्य वस्तुएँ दी जाएँ—

अन्येभ्यश्चाश्वचाण्डालपतितेभ्यो यथार्हतः।
यवसं च गवां दत्त्वा गिरये दीयतां बलिः॥ १०.२४.२८॥

सरल भावार्थ—कृष्ण ने नंदबाबा से कहा, हम चाण्डालों, पतितों तथा (गाय के अलावा) अन्य पशुओं को उनकी आवश्यकतानुसार वस्तुएँ दें। गायों को भरपूर चारा दें और इन्द्र के स्थान पर गिरिराज को भोग लगाएँ।

अक्रूरजी के साथ, जब कृष्ण भगवान् मथुरा पहुँचे, तब उन्होंने कुब्जा को (जो तीन जगह पर टेढ़ी थी) दर्शन दिए—

प्रसन्नो भगवान् कुब्जां त्रिवक्रां रुचिराननाम्॥ १०.४२.६॥

सरल भावार्थ—चाहे कुरूप हो या सुरूप, भगवान् सबको प्यार करते हैं (विशेषतः कुरूप को)। तीन जगह से टेढ़ी, किन्तु सुन्दर मुखवाली कुब्जा को भगवान् श्रीकृष्ण ने प्रसन्न होकर दर्शन दिए।

कंस का उद्धार करने से पहले, श्रीकृष्ण भगवान् ने अघासुर, धेनुकासुर, प्रलम्बासुर आदि अनेकों असुरों के भय से जनता को मुक्त किया और दावानल से ग्वालबालों को बचाया—

तथाघवदनान्मृत्यो रक्षित्वा वत्सपालकान्॥ १०.१३.४॥

सरल भावार्थ—अघासुर ग्वालबालों को मारना चाहता था, किन्तु भगवान् श्रीकृष्ण ने उनको बचा लिया।

अथ तालफलान्यादन् मनुष्या गतसाध्वसाः।
तृणं च पशवश्चेरुर्हतधेनुककानने॥ १०.१५.४०॥

सरल भावार्थ—जिस दिन भगवान् ने धेनुकासुर का उद्धार किया, उसी दिन से व्रजवासी निडर होकर वन के फल खाने लगे तथा पशु भी स्वच्छन्दता के साथ घास चरने लगे।

पापे प्रलम्बे निहते देवाः परमनिर्वृताः॥ १०.१८.३२॥

सरल भावार्थ—प्रलम्बासुर बहुत भयंकर पापी था। उसकी मृत्यु से व्रजवासियों तथा देवताओं को भी बहुत सुख मिला।

वचो निशम्य कृपणं बन्धूनां भगवान् हरिः।
मा भैष्ट....इत्यभाषत॥ १०.१९.११॥

सरल भावार्थ—श्री शुकदेवजी कहते हैं, दावानल (अग्नि) की ज्वाला से डरकर ग्वालबालों ने दीनता से भरे वचन कहे 'बचाओ, बचाओ'। भगवान् श्रीकृष्ण ने कहा, 'डरो मत'। तदनन्तर भगवान् ने सबको बचा लिया।

गोपियों ने भी 'आर्तबन्धो' कहकर कृष्ण को पुकारा—

व्यक्तं भवान् व्रजभयार्तिहरोऽभिजातो
तन्नो निधेहि करपंकजमार्तबन्धो॥ १०.२९.४१॥

सरल भावार्थ—गोपियों ने पुकारा, हमें मालूम है कि तुम सारे व्रजवासियों का भय और दुःख मिटाते हो। आर्तबन्धो, तुम दुखियों का दुःख दूर करते हो। हमें भी याद करो, हम भी दुखी हैं।

भगवान् श्रीकृष्ण ने कंस का उद्धार करके व्रजवासियों को तथा अपने माता-पिता को भी मुक्त किया। कालान्तर में जब भगवान् द्वारका में थे, तब जरासंध द्वारा पीड़ित राजाओं की ओर से उनके प्रतिनिधि ने भगवान् से निवेदन किया–

कृष्ण कृष्णाप्रमेयात्मन् प्रपन्नभयभञ्जन।
वयं त्वां शरणं यामो भवभीताः पृथग्धियः॥ १०.७०.२५ ॥

सरल भावार्थ–जरासंध द्वारा पीड़ित राजाओं के प्रतिनिधि ने पुकारा, हे कृष्ण भगवन्, आप भय को नष्ट करने वाले हैं। हमें अपनी शरण में लो और निर्भय कर दो।

श्री शुकदेवजी कहते हैं कि भगवान् ने बीस हज़ार आठ सौ पीड़ित राजाओं को जरासंध की कैद से मुक्त किया–

मोचयामास राजन्यान् संरुद्धा मागधेन ये॥ १०.७२.४८ ॥

सरल भावार्थ–जरासंध ने जिन राजाओं को कैदी बना रखा था, उन्हें भगवान् श्रीकृष्ण ने कारागार से मुक्त कर दिया।

ग्यारहवें स्कंध में दो महत्त्वपूर्ण संवाद हैं–

(अ) योगीश्वर-निमि संवाद

(आ) कृष्ण-उद्धव संवाद

पहले (अर्थात् योगीश्वर-निमि) संवाद के अन्तर्गत, श्रीशुकदवेजी कहते हैं कि सज्जन व्यक्ति वही है जो दीनवत्सल हो–

साधवो दीनवत्सलाः॥ ११.२.६ ॥

सरल भावार्थ–दीनों का दुःख दूर करने वाले व्यक्तियों को ही सज्जन कहना उचित है।

दूसरे (अर्थात् कृष्ण-उद्धव) संवाद में, धनी लोगों के द्वारा गरीब मजदूरों के प्रति किए गए दुर्व्यवहार का प्रश्न उठाया गया है (वही प्रश्न जो भरत ने राजा रहूगण के साथ उठाया था और जिसका उल्लेख इस अध्याय में पहले हो चुका है)। भगवान् श्रीकृष्ण ने धनी लोगों को स्पष्ट संदेश दिया–

धनेनापीडयन् भृत्यान्॥ ११.१७.५१ ॥

सरल भावार्थ—धनी लोगों को गरीब मजदूरों के साथ नम्र-व्यवहार करना चाहिए (अर्थात् उनको पीड़ा नहीं पहुँचानी चाहिए)।

वर्तमान अध्याय की समाप्ति करने के लिए, भगवान् श्रीकृष्ण द्वारा उद्धवजी को दिया हुआ संदेश उपयुक्त है—

आर्तानां शरणं त्वहम्॥ ११.२६.३३॥

सरल भावार्थ—भगवान् श्रीकृष्ण उद्धवजी को निमित्त बनाकर सारे संसार को बतलाते हैं, जो आर्त हैं, दीन दुखी हैं, उन्हें भगवान् अपनी शरण में लेते हैं।

'दीन दुखी की सेवा महान्'—यह केवल वर्तमान अध्याय का ही शीर्षक नहीं है, बल्कि श्रीमद्भागवत के ज्ञान का सार है, इसलिए इस ग्रन्थ के शीर्षक में इसे सम्मिलित करना उचित है।

अध्याय 5

देशकालपात्रानुकूल सेवा के विविध रूप

हिन्दी की एक प्रसिद्ध उक्ति है—

रे गंधी मत अंध तू, इतर दिखावत काहि?

जिन उक्तियों के द्वारा श्रीमद्भागवत का देश-काल-पात्र—अनुकूलता का संदेश जनसाधारण तक पहुँचाया गया है, उनमें से एक उक्ति यह है। ऐसी उक्तियों का तात्पर्य यह है कि जन सेवा करते समय यह ध्यान में रखना आवश्यक है कि किसको किस प्रकार की सहायता चाहिए। जो भूखा है, उसे भोजन चाहिए, किन्तु जो जेल में सताया जा रहा है, उसे मुक्ति चाहिए। श्रीमद्भागवत में वर्णित कथाओं के आधार पर सेवा कार्यों के ग्यारह प्रमुख विकल्प उल्लेखनीय हैं—

(अ) अन्न-जल के अभाव से व्यथित को जीवन-दान
(आ) बँधन या शोषण से पीड़ित को अभयदान
(इ) द्वेष-भाव के कारण खंडित जन-वर्ग को निर्वैर-भाव
(ई) भेद-भाव के कारण वंचित व्यक्ति को परस्पर-भाव
(उ) कर्तव्य-च्युत को कर्तव्य-परायणता का भान
(ऊ) अधर्माचरण करने वाले को ज्ञान-दान
(ए) व्यसनों के जँजाल में फँसे हुए को मनोबल
(ऐ) अँधविश्वास के कारण व्यर्थ डरने वालों को शिक्षा-दान
(ओ) पर्यावरण में रुचि न रखने वालों को दायित्व-भान
(औ) केवल अपनी मुक्ति चाहने वालों को सर्वमुक्ति-ज्ञान
(अं) सकाम भक्ति में लीन व्यक्ति के लिए सेवा-अभियान

अब इन विकल्पों को स्पष्ट करने के लिए श्रीमद्भागवत के चुने हुए प्रसंग प्रस्तुत हैं।

(अ) अन्न-जल के अभाव से व्यथित को जीवन-दान

इस प्रकार की सेवा का सबसे मार्मिक उदाहरण, रंतिदेव की कथा है जो पिछले अध्याय में विस्तार से लिखी गई थी। अपनी स्वयं की आवश्यकता पूरी करने से भी पहले, रंतिदेव ने भूखे-प्यासे अतिथि को अन्न-जल समर्पित किया। उनकी सेवा भावना इतनी दृढ़ थी कि प्यासे को जल देने से उनकी स्वयं की प्यास भी मिट गई–

सर्वे निवृत्ताः कृपणस्य जन्तोः
जिजीविषोर्जीवजलार्पणान्मे ॥ ९.२१.१३ ॥

सरल भावार्थ–रंतिदेव के मुख से निकले हुए अमृत-वचनों का एक अंश–"यह दीन प्राणी बहुत प्यासा था। जल देने से इसके जीवन की रक्षा हो गई। अब मेरी प्यास भी मिट गई। उसको सुखी देखकर मैं भी सुखी हो गया।"

ऋषि दधीचि ने भी (जिनकी महान सेवा का वर्णन तीसरे अध्याय में किया गया था) उच्चतम सेवक का लक्षण इसी प्रकार से चित्रित किया–

यो भूतशोकहर्षाभ्यामात्मा शोचति हृष्यति ॥ ६.१०.९ ॥

सरल भावार्थ–ऋषि दधीचि ने कहा–सच्चा सेवक वही है जो दूसरों को दुखी देखकर दुःख का अनुभव करे, और सुखी देखकर सुख का।

सातवें स्कंध में नारद मुनि, इस प्रकार की सेवा का समर्थन, 'संविभाग-भावना' पर आधारित व्यवहार के रूप में करते हैं–

देवर्षिपितृभूतेभ्य आत्मने स्वजनाय च।
अन्नं संविभजन्पश्येत् सर्वं तत् पुरुषात्मकम् ॥ ७.१५.६ ॥

सरल भावार्थ–नारद मुनि कहते हैं–अन्न का उचित विभाजन तभी होता है जब देवता, ऋषि, पितर, अन्य प्राणी, स्वजन और गृहिणी स्वयं–सबको (परमात्मा का रूप समझकर) थोड़ा-थोड़ा समर्पित किया जाय।

आठवें स्कंध में कश्यपजी, अपनी पत्नी अदिति को, 'संविभाग-भावना' का व्यावहारिक रूप स्पष्ट करते हैं–

अन्नाद्येनाश्वपाकांश्च प्रीणयेत्समुपागतान्।
भुक्तवत्सु च सर्वेषु दीनान्धकृपणेषु च॥ ८.१६.५६॥

सरल भावार्थ—कश्यपजी कहते हैं, प्रिये, जो चाण्डाल आदि अपने-आप हमारे घर पर आ जाएँ, उन सभी को तथा दीन, अंधे और असहाय व्यक्तियों को भी, उनकी आवश्यकता के अनुकूल, अन्न समर्पण करना चाहिए।

(आ) बंधन या शोषण से पीड़ित को अभयदान

भगवान् श्रीकृष्ण द्वारा, जरासंध की जेल से, राजाओं को मुक्ति दिलवाने की प्रसिद्ध कथा दसवें स्कंध में वर्णित है। पिछले अध्याय में उसका उल्लेख किया जा चुका है। इस विचार से कि भविष्य में कोई दूसरा जरासंध उन्हें या उनकी प्रजा को फिर से न सताए, भगवान् ने उन राजाओं को शिक्षा भी दी—

प्रजा धर्मेण रक्षथ॥ १०.७३.२१॥

सरल भावार्थ—भगवान् ने कहा, हे राजागण, अत्याचारियों से प्रजा की रक्षा करना आप लोगों का धर्म है। कुशलतापूर्वक अपने स्वधर्म का पालन करना।

ग्यारहवें स्कंध में भगवान् के विभिन्न अवतारों का वर्णन करते हुए, योगीश्वरजी कहते हैं—

देवस्त्रियोऽसुरगृहे पिहिता अनाथाः॥ ११.४.१९॥

सरल भावार्थ—पुराने काल में, जब असुरों ने अनाथ देवांगनाओं को बंदी बना लिया था, तब भगवान् ने ही उन्हें असुरों के चंगुल से छुड़ाया था।

शोषण-मुक्ति के प्रयत्नों का सबसे ज्वलन्त उदाहरण, भरत-रहूगण संवाद है जिसका विस्तृत वर्णन पिछले अध्याय में किया गया था। गरीब मजदूरों का शोषण रोकने के लिए, भरत ने स्वयं मजदूर बनकर, राजा रहूगण को समझाया, और राजा ने उनकी सलाह को मान भी लिया। भरत के प्रभावशाली शब्दों का एक अंश यहाँ प्रस्तुत है—

राजाऽस्मि सिन्धुष्विति दुर्मदान्धः॥ ५.१२.६॥
शोच्यानिमांस्त्वमधिकष्टदीनान्
विष्ट्या निगृह्णन्निरनुग्रहोऽसि॥ ५.१२.७॥

सरल भावार्थ—भरत ने कहा, ज़रा ध्यान दीजिए। अभिमान-वश तुम यह समझते हो कि मैं सिंधुदेश का राजा हूँ। तुम्हारे व्यवहार में क्रूरता है। तुमने इन बेचारे दीन-दुखी मजदूरों को, बिना उचित वेतन दिए, अपना बोझ ढोने के लिए विवश किया है।

भरत जैसे सेवकों के द्वारा किए गए प्रयत्नों से अन्य लोगों को भी प्रेरणा मिले, इस विचार से भगवान् श्री कृष्ण ने गरीब मजदूरों की दशा सुधारने का प्रश्न उद्धवजी के समक्ष उठाया—

धनेनापीडयन् भृत्यान्॥ ११.१७.५१ ॥

सरल भावार्थ—भगवान् ने कहा, धनी लोगों को गरीब मजदूरों के साथ नम्र व्यवहार करना चाहिए (अर्थात् उनको पीड़ा नहीं पहुँचानी चाहिए)।

(इ) द्वेष-भाव के कारण खंडित जन-वर्ग को निर्वैर-भाव

श्रीमद्भागवत ने निर्वैर-भाव को बहुत महत्त्व दिया है। ग्यारहवें स्कंध में श्रीकृष्ण भगवान् उद्धवजी से कहते हैं—

अतिवादांस्तितिक्षेत नावमन्येत कंचन।
देहमुद्दिश्य पशुवद् वैरं कुर्यान्न केनचित्॥ ११.१८.३१ ॥

सरल भावार्थ—भगवान् कहते हैं, सज्जन व्यक्ति वही है जो दूसरों की कटु वाणी को सहन कर ले और किसी का अपमान न करे। दूसरों से वैर करना पशुता का लक्षण है। निर्वैर-भाव सज्जनता का लक्षण है।

जब कोई व्यक्ति द्वेषभावपूर्ण व्यवहार करता है, तो उसके बदले में निर्वैर-भाव को अपनाने वाला व्यक्ति महात्मा-तुल्य होता है। तीन बातों से ऐसी स्थिति तक पहुँचना सम्भव हो सकता है—

(क) द्वेषभाव करने वाला व्यक्ति अपनी गलती स्वीकार करे, प्रायश्चित्त करे तथा क्षमायाचना करे।

(ख) कोई श्रेष्ठ व्यक्ति मध्यस्थ बनकर शान्ति मार्ग पर चलने की सलाह दे।

(ग) जिसके विरुद्ध अपराध हुआ है, वह उस अपराध को क्षमा कर दे।

'द्वेष के बदले में निर्वैर'—इस प्रकार के चार प्रसिद्ध दृष्टान्त अब प्रस्तुत किए जाएँगे। क्षमा (अर्थात् (ग)) प्रत्येक प्रसंग के अन्तर्गत है, किन्तु अन्य दो बातों (अर्थात् (क) और (ख)) के विषय में भिन्नता है।

पहला प्रसंग श्रीमद्‌भागवत के पहले स्कंध पर आधारित है। महाभारत के युद्ध की समाप्ति के समय, द्रोणाचार्य के पुत्र अश्वत्थामा ने धोखे से (रात को) द्रौपदी के पाँचों पुत्रों की हत्या कर दी। तत्पश्चात् अर्जुन ने अश्वत्थामा को गिरफ्तार कर लिया और द्रौपदी से पूछा कि उसे क्या दण्ड दें। द्रौपदी ने महान् आत्मा की तरह 'द्वेष के बदले में निर्वैर' का आदर्श स्थापित किया। यद्यपि अश्वत्थामा ने क्षमायाचना नहीं की और किसी श्रेष्ठ व्यक्ति ने मध्यस्थता भी नहीं की, फिर भी द्रौपदी ने अर्जुन से कहा—

मुच्यतां मुच्यताम्॥ १.७.४३॥
मा रोदीदस्य जननी गौतमी पतिदेवता।
यथाहं मृतवत्साऽर्ता रोदिम्यश्रुमुखी मुहुः॥ १.७.४७॥

सरल भावार्थ—द्रौपदी ने अश्वत्थामा को क्षमा करते हुए अर्जुन से कहा, इसे मुक्त कर दो, मुक्त कर दो। यद्यपि अपने बच्चों को याद करके मैं बहुत दुःखी हूँ और रो रही हूँ, फिर भी मैं नहीं चाहती कि अश्वत्थामा की माँ (गौतमी) अपने पुत्र के वियोग में आँसू बहाए।

दूसरा प्रसंग श्रीमद्‌भागवत के चौथे स्कंध पर आधारित है। जब ध्रुव राज्य सिंहासन की जिम्मेदारी निभा रहे थे, तब यक्षों ने उनके (अर्थात् ध्रुव के) सौतेले भाई उत्तम का वध कर दिया। इस अपराध के कारण यक्षों को दण्ड देने के लिए, ध्रुव ने उनके विरुद्ध सैनिक कार्यवाही आरम्भ कर दी। किन्तु मनुजी ने ध्रुव को शान्ति के मार्ग पर चलने की सलाह दी—

नन्वेकस्यापराधेन प्रसंगाद् बहवो हताः।
भ्रातुर्वधाभितप्तेन त्वयांग भ्रातृवत्सल॥ ४.११.९॥

सरल भावार्थ—मनुजी ने कहा, बेटे, यह तो ठीक है कि तुम्हारा अपने भाई के प्रति बड़ा अनुराग था, परन्तु यह भी देखो कि अपराध किया एक यक्ष ने और उसके बदले में तुमने कितने यक्षों को दण्ड दिया।

इस अवसर पर यक्षों ने क्षमायाचना नहीं की, किन्तु श्रेष्ठ व्यक्ति (मनुजी) ने मध्यस्थता की। मनुजी की सलाह मानकर ध्रुव ने यक्षों के प्रति निर्वैर-भाव अपनाया।

तीसरा प्रसंग दसवें स्कंध पर आधारित है। जब श्रीकृष्ण भगवान् ने इन्द्र-यज्ञ के स्थान पर गोवर्धन-पूजा की, तब इन्द्र बहुत कुपित हुआ और व्रजवासियों को परेशान

करने लगा। इन्द्र की आज्ञा से मेघों ने व्रज पर लगातार वर्षा की, किन्तु श्रीकृष्ण भगवान् ने सात दिन तक पर्वत को उठाए रखा और व्रजवासियों को बचा लिया। अन्त में इन्द्र ने क्षमायाचना की और भगवान् ने उसे क्षमा कर दिया। इन्द्र ने भगवान् का अभिषेक भी किया। श्रीशुकदेवजी कहते हैं कि इन्द्र और व्रजवासियों के बीच जो द्वेष-भाव हो गया था वह निर्वैर-भाव में परिवर्तित हो गया—

> इति गोगोकुलपतिं गोविन्दमभिषिच्य सः।
> अनुज्ञातो ययौ शक्रो वृतो देवादिभिर्दिवम्॥ १०.२७.२८॥
> कृष्णेऽभिषिक्त एतानि सत्त्वानि कुरुनन्दन।
> निर्वैराण्यभवंस्तात क्रूराण्यपि निसर्गतः॥ १०.२७.२७॥

सरल भावार्थ—इन्द्र ने गौ और गोकुल के स्वामी श्रीगोविंद का अभिषेक किया और उनसे अनुमति प्राप्त होने पर देवता, गन्धर्व आदि के साथ स्वर्ग की ओर प्रस्थान किया। भगवान् श्री कृष्ण का अभिषेक होने पर, जो जीव स्वभाव से ही क्रूर हैं, वे भी वैरहीन हो गए, उनमें भी परस्पर मित्रता हो गई।

चौथा प्रसंग बारहवें स्कंध पर आधारित है। शृंगी ऋषि द्वारा दिए गए शाप के कारण परीक्षित् की मृत्यु सर्प राज तक्षक के डसने से हुई। तत्पश्चात् परीक्षित् के पुत्र जनमेजय ने सर्पों को भस्म करने के लिए यज्ञ का आयोजन किया। महर्षि बृहस्पति ने मध्यस्थता करते हुए जनमेजय को सलाह दी कि यह यज्ञ बंद कर दिया जाय—

> सर्पा अनागसो दग्धाः॥ १२.६.२७॥
> न वैरं कुर्वीत केनचित्॥ १२.६.३४॥

सरल भावार्थ—महर्षि बृहस्पति ने जनमेजय से कहा, राजन्, तुम्हारे यज्ञ में बहुत से निरपराध सर्प जला दिए गए हैं। अब निर्वैर-भाव को अपनाओ और सर्पों को क्षमा कर दो।

इस प्रसंग की समाप्ति करते हुए सूतजी कहते हैं—

> इत्युक्तः स तथेत्याह महर्षेर्मानयन् वचः।
> सर्पसत्रादुपरतः पूजयामास वाक्पतिम्॥ १२.६.२८॥

सरल भावार्थ—महर्षि बृहस्पति की बात का सम्मान करते हुए जनमेजय ने कहा कि आपकी सलाह मुझे मान्य है। जनमेजय ने सर्प-यज्ञ बंद कर दिया और देवगुरु बृहस्पति की पूजा की।

(ई) भेद-भाव के कारण वंचित व्यक्ति को परस्पर-भाव

श्रीमद्भागवत का संदेश है—प्राणीमात्र के प्रति सम-भाव अर्थात् भेद-भाव-रहित व्यवहार। तीसरे स्कंध में कपिल भगवान् ने भेद-भाव के कारण होने वाली हानि का चित्रण किया है—

द्विषतः परकाये मां मानिनो भिन्नदर्शिनः।
भूतेषु बद्धवैरस्य न मनः शान्तिमृच्छति॥ ३.२९.२३॥

सरल भावार्थ—भेद-भाव और अहंकार—ये दोनों अवगुण एक दूसरे को बढ़ावा देते हैं। ऐसा व्यक्ति दूसरे प्राणियों के साथ वैर बाँधता है और इस प्रकार उनके शरीरों में विद्यमान परमात्मा से भी द्वेष करता है। ऐसे व्यक्ति को शान्ति कैसे मिल सकती है?

श्रीमद्भागवत के अनुसार, यदि कोई व्यक्ति भेद-भाव का शिकार है, तो उस समस्या का वास्तविक समाधान, बदले की भावना से न होकर, परस्पर-भाव के द्वारा ही हो सकता है। इस विचार की पुष्टि ध्रुव के बचपन के अनुभव से होती है।

भक्त ध्रुव की प्रसिद्ध कथा चौथे स्कंध में वर्णित है। वह राजा उत्तानपाद के पुत्र थे, किन्तु घर में भेद-भाव का वातावरण होने के कारण ध्रुव की सौतेली माँ और उसके (अपने) पुत्र (उत्तम) को प्राथमिकता मिलती थी। सौतेली माँ के दुर्व्यवहार से दुखी होकर ध्रुव ने अपनी माँ से पूछा कि मैं इस अपमान का बदला कैसे लूँ, किन्तु ध्रुव की माँ ने 'अपमान के बदले में मंगलकामना' की शिक्षा दी—

मामंगलं तात परेषु मंस्था।
भुंक्ते जनो यत्परदुःखदस्तत्॥ ४.८.१७॥

सरल भावार्थ—ध्रुव की माँ ने कहा, बेटे, यद्यपि तेरा अपमान हुआ है, फिर भी तू दूसरों के लिए अमंगल की कामना कभी न करना। जो व्यक्ति दूसरों को दुःख देता है, उसे स्वयं ही उसका फल भोगना पड़ता है।

अपनी माँ तथा नारदमुनि की शिक्षा के अनुरूप, ध्रुव ने भगवान् में अपना मन लगा दिया। ध्रुव की साधना सफल हुई और उसे भगवान् के दर्शन प्राप्त हुए। भगवान् की कृपा से ध्रुव को उच्चतम लोक (ध्रुव लोक) की प्राप्ति हुई और साथ ही उसके मन में से अपनी सौतेली माँ तथा सौतेले भाई के प्रति बदला लेने की इच्छा समाप्त हो गई। ध्रुव के घर लौटने पर पुराने भेद-भाव के स्थान पर परस्पर प्रेम का वातावरण फैल गया—

ननाम मातरौ शीर्ष्णा सत्कृतः सज्जनाग्रणीः।
उत्तमश्च ध्रुवश्चोभावन्योन्यं प्रेमविह्वलौ॥ ४.९.४५, ४८॥

सरल भावार्थ—मैत्रेयजी कहते हैं—सज्जनशिरोमणि ध्रुव ने दोनों माताओं को प्रणाम किया। उत्तम और ध्रुव भी प्रेम से विह्वल होकर, सगे भाई की भाँति एक दूसरे से मिले।

(उ) कर्तव्य-च्युत को कर्तव्य-परायणता का भान

अब तक प्रस्तुत किए गए विवेचन ने श्रीमद्भागवत का यह संदेश स्पष्ट कर दिया है कि लोकसंग्रह (अर्थात् लोकहित, लोकसेवा, प्राणीमात्र में एकत्व भाव) को यथाशक्ति सम्पन्न करना प्रत्येक साधक का कर्त्तव्य है। यदि कोई व्यक्ति इस प्रकार के कर्तव्य से विमुख हो जाता है, तो उसे श्रीमद्भागवत की निम्नलिखित कथा से कर्त्तव्यपरायणता का संदेश मिल सकता है। यह कथा छठे स्कंध में वर्णित है।

सृष्टि रचना के आरम्भ में, भगवान् ने प्रजापतियों को आदेश दिया कि आप सब विश्व की समृद्धि के लिए प्रयत्न करें—

ब्रह्मा भवो भवन्तश्च मनवो विवुधेश्वराः।
विभूतयो मम ह्येता भूतानां भूतिहेतवः॥ ६.४.४५॥

सरल भावार्थ—भगवान् ने प्रजापतियों से कहा, ब्रह्मा, शिव, प्रजापति, मनु, इन्द्र—ये सब ईश्वरीय शक्तियाँ हैं और इन सबका लक्ष्य है—समस्त प्राणियों की अभिवृद्धि तथा समृद्धि।

किन्तु नारद मुनि ने प्रजापतियों के कार्य की प्रगति में रुकावट डाल दी (क्योंकि उन्होंने अनेकों व्यक्तियों को छोटी अवस्था में संन्यास आश्रम दिलवा दिया)—

नाशं निशम्य पुत्राणां नारदाच्छीलशालिनाम्॥ ६.५.२३॥

सरल भावार्थ—प्रजापतियों को यह जानकर बहुत दुःख हुआ कि उनके होनहार पुत्र नारदमुनि के उपदेश के कारण कर्त्तव्यच्युत हो गए हैं (अर्थात् अपनी जिम्मेदारी छोड़कर संन्यासी बन गए हैं)।

लोकसंग्रह के कार्य में रुकावट डालना उचित नहीं, चाहे रुकावट डालने वाला नारद मुनि हो—इस विचार को स्पष्ट करते हुए प्रजापतियों ने नारद मुनि को शाप दे दिया—

असाध्वकार्यर्भकाणां भिक्षोर्मार्गः प्रदर्शितः॥ ६.५.३६॥
यन्नस्त्वं कर्मसंधानां साधूनां गृहमेधिनाम्॥ ६.५.४२॥
तस्माल्लोकेषु ते मूढ न भवेद् भ्रमतः पदम्॥ ६.५.४३॥

सरल भावार्थ—प्रजापतियों ने नारद से कहा—तुमने हमारे भोलेभाले बालकों को भिक्षुओं का मार्ग दिखलाकर हमारे काम में रुकावट क्यों डाली? हम लोग सद्गृहस्थ हैं, अपनी धर्ममर्यादा का पालन करते हैं। जाओ, लोक-लोकांतरों में भटकते रहो—कहीं भी तुम्हारे लिए ठहरने को स्थान नहीं होगा।

श्री शुकदेवजी कहते हैं कि नारद मुनि को अपनी गलती का भान हुआ—

प्रतिजग्राह तद्बाढं नारदः साधुसम्मतः॥ ६.५.४४॥

सरल भावार्थ—श्रीशुकदेवजी कहते हैं—संतशिरोमणि देवर्षि नारद ने 'बहुत अच्छा' कहकर प्रजापतियों का शाप स्वीकार कर लिया।

(ऊ) अधर्माचरण करने वाले को ज्ञान-दान

श्रीमद्भागवत ने पशु-हत्या को अधर्माचरण घोषित किया है, चाहे वह शिकार के द्वारा हो या यज्ञ में हो। शिकार द्वारा की गई पशु-हत्या को रोकने के लिए, भगवान् श्रीकृष्ण ने, दसवें स्कंध में, राजा मुचुकुन्द को ज्ञान दिया—

क्षात्रधर्मस्थितो जन्तून् न्यवधीर्मृगयादिभिः।
समाहितस्तत्तपसा जह्यघं मदुपाश्रितः॥ १०.५१.६३॥

सरल भावार्थ—भगवान् ने कहा, प्रिय मुचुकुन्द, तुमने क्षत्रियधर्म के बहाने से शिकार किया था और पशुओं का वध किया था। मेरी सलाह है कि तुम पशु-वध रूपी पाप को छोड़ दो और इसे मेरी उपासना समझो।

यज्ञ में होने वाली पशु-बलि को रोकने का संदेश ग्यारहवें स्कंध के दोनों प्रमुख संवादों में दिया गया है। पहले (योगीश्वर-निमि) संवाद में, योगीश्वर जी कहते हैं—

यद् घ्राणभक्षो विहितः सुरायाः
तथा पशोरालभनं न हिंसा।
इमं विशुद्धं न विदुः स्वधर्मम्॥ ११.५.१३॥
ये त्वनेवंविदोऽसन्तः स्तब्धाः सदभिमानिनः।
पशून् द्रुह्यन्ति विस्रब्धाः प्रेत्य खादन्ति ते च तान्॥ ११.५.१४॥

सरल भावार्थ—जो धर्म का वास्तविक रूप नहीं जानते, वे यज्ञ में पशु बलि करते हैं। यज्ञ में पशु का आलभन (स्पर्शमात्र) ही विहित है, हिंसा नहीं। इसी प्रकार सौत्रामणि यज्ञ में सुरा को सूँघने का ही विधान है, पीने का नहीं। धर्म की अनुचित व्याख्या करने वाले, अहंकार-वश, अपने आपको श्रेष्ठ समझते हैं। वे नहीं जानते कि जिन पशुओं की वे हिंसा करते हैं, मरने के बाद वे पशु ही उन हत्यारों को खाते हैं।

दूसरे (कृष्ण-उद्धव) संवाद में, भगवान् श्रीकृष्ण कहते हैं कि यज्ञ में पशु बलि करने वाले ढोंगी हैं—

हिंसाविहारा ह्यालब्धैः पशुभिः स्वसुखेच्छया।
यजन्ते देवता यज्ञैः पितृभूतपतीन् खलाः॥ ११.२१.३०॥

सरल भावार्थ—यज्ञ में पशुबलि करने वालों का वास्तविक लक्ष्य अपनी इन्द्रियों की तृप्ति करना है। उनका यह कथन कि हम तो देवता, पितर आदि को मांस अर्पित कर रहे हैं, यह केवल दिखावा और ढोंग है।

(ए) व्यसनों के जंजाल में फँसे हुए को मनोबल

श्रीमद्भागवत ने मदिरा-पान तथा जुआ—ऐसे व्यसनों की बहुत निंदा की है। ग्यारहवें स्कंध में, श्रीशुकदेवजी, मदिरा को, यादवों के विनाश का कारण बतलाते हैं—

महापानाभिमत्तानां वीराणां दृप्तचेतसाम्।
कृष्णमायाविमूढानां संघर्षः सुमहानभूत्॥ ११.३०.१३॥

सरल भावार्थ—मदिरा-पान करके, सब-के-सब यदुवंशी नशे में चूर हो गए और एक दूसरे से लड़ने-झगड़ने लगे। भगवान् की माया से मूढ़ होकर उन्होंने स्वयं ही अपना विनाश कर लिया।

ग्यारहवें स्कंध में ही, श्री कृष्ण भगवान्, जुए की गिनती, तामसिक कर्म में करते हैं—

तामसं द्यूतसदनम्॥ ११.२५.२५॥

सरल भावार्थ—तामसिक वृत्ति के लोग ही जुआ खेलते हैं।

चिकित्सकों के मतानुसार, व्यसनों को छुड़ाने में, मनोबल का विशेष महत्त्व है और उसके लिए श्रीमद्भागवत के उपरोक्त श्लोकों का उपयोग किया जा सकता है।

(ऐ) अंधविश्वास के कारण व्यर्थ डरने वालों को शिक्षा-दान

नवें स्कंध में वर्णित, अम्बरीष की कथा से निर्भयता का संदेश निकालना उचित है। अम्बरीष जैसे भक्त को, छोटे-से मतभेद के कारण, दुर्वासाजी ने मार डालने के लिए तांत्रिक शक्ति का आह्वान किया। किन्तु भगवान् के सच्चे भक्त को कौन हानि पहुँचा सकता है—

साधुषु प्रहितं तेजः प्रहर्तुः कुरुतेऽशिवम्॥ ९.४.६९॥

सरल भावार्थ—यदि किसी सज्जन व्यक्ति को कष्ट पहुँचाने की चेष्टा की जाय, तो ऐसा करने वाला अपने आप का ही अमंगल कर लेता है।

अन्त में दुर्वासाजी को क्षमायाचना करनी पड़ी। समाज में सात्त्विक शिक्षा का प्रचार करने से अंधविश्वास-जनित भय दूर किया जा सकता है।

दसवें स्कंध में श्री शुकदेवजी ने भी निर्भयता की शिक्षा दी है—

धर्मध्वजिनः पातकिनः॥ १०.७८.२७॥

सरल भावार्थ—धर्म का झंडा खड़ा करने वाले और धर्म के नाम पर झगड़ा करने वाले पापी लोग हैं।

भोली-भाली जनता को डराने वाले (पाखंडी, कट्टरपंथी, नरक का भय दिखलाने वाले)—इन सबकी गणना 'धर्मध्वजिनः' में की जा सकती है।

(ओ) पर्यावरण में रुचि न रखने वालों को दायित्व-भान

श्रीमद्भागवत के चुने हुए प्रसंगों से पर्यावरण को स्वच्छ रखने का संदेश मिलता है। उदाहरणतः छठे स्कंध में श्री शुकदेवजी ने प्रजापति और चन्द्रमा का संवाद विस्तार से लिखा है जिसका सार यह है कि वृक्षों को जलाना या हानि पहुँचाना अनुचित है—

मा द्रुमेभ्यो महाभागा दीनेभ्यो द्रोग्धुमर्हथ।
विवर्धयिषवो यूयं प्रजानां पतयः स्मृताः॥ ६.४.७॥
अहो प्रजापतिपतिर्भगवान् हरिरव्ययः।
वनस्पतीनोषधीश्च ससर्जोर्जमिषं विभुः॥ ६.४.८॥
अलं दग्धैर्द्रुमैर्दीनैः खिलानां शिवमस्तु वः॥ ६.४.१५॥

सरल भावार्थ—चन्द्रमा ने प्रजापति से कहा, आप क्रोधित होकर वृक्षों को जला रहे हैं। ज़रा शान्त होकर सोचिए। ये वृक्ष बड़े दीन हैं। आपका लक्ष्य प्रजा की अभिवृद्धि करना है। वृक्षों को जलाने से आपके लक्ष्य की प्राप्ति नहीं हो सकती। प्रजापतियों के भी अधिपति भगवान् श्री हरि ने सम्पूर्ण वनस्पतियों और औषधियों को प्रजा के हितार्थ उनके खान-पान के लिए बनाया है। जो वृक्ष जल गए सो जल गए, अब और वृक्षों को न जलाइए—बल्कि उनकी रक्षा कीजिए। इससे आपका भी कल्याण होगा।

दसवें स्कंध में भगवान् श्रीकृष्ण द्वारा कालियनाग को दिए गए आदेश से भी यह संदेश लेना उचित है कि नदियों के पानी को दूषित होने से बचाना चाहिए—

नात्र स्थेयं त्वया सर्प समुद्रं याहि मा चिरम्।
स्वज्ञात्यपत्यदाराढ्यो गोनृभिर्भुज्यतां नदी॥ १०.१६.६०॥

सरल भावार्थ—भगवान् ने कहा, सर्प, अब तुझे यहाँ नहीं रहना चाहिए। तू अपने कुटुम्ब के साथ यहाँ से समुद्र में चला जा ताकि गौएँ तथा मनुष्य स्वच्छ जल का उपभोग कर सकें।

(औ) केवल अपनी मुक्ति चाहने वालों को सर्वमुक्ति-ज्ञान

वैदिक धर्म का यह मूल सिद्धान्त है कि सब प्राणियों में एक ही आत्मा है, इसलिए किसी भी व्यक्ति का यह सोचना अनुचित है कि केवल मुझे मुक्ति मिल जाय। चौथे स्कंध में नारद मुनि सर्वमुक्ति का उपदेश देते हैं—

यथैव सूर्यात्प्रभवन्ति वार:
पुनश्च तस्मिन् प्रविशन्ति काले।
भूतानि भूमौ स्थिरजंगमानि
तथा हरावेव गुणप्रवाह:॥ ४.३१.१५॥

सरल भावार्थ—जिस प्रकार वर्षा काल में जल, सूर्य के ताप से भाप और बादल बनकर बरसता है और ग्रीष्म ऋतु में अदृश्य हो जाता है, और जिस प्रकार चर-अचर भूत पृथ्वी से उत्पन्न होते हैं और फिर उसी में मिल जाते हैं, उसी प्रकार समस्त प्राणी-वर्ग श्रीहरि से ही उत्पन्न होता है और उन्हीं में लीन हो जाता है।

भक्त शिरोमणि प्रह्लाद की जीवन गाथा सातवें स्कंध में वर्णित है। उनमें सब प्राणियों के साथ (और विशेषत: दीन-दुखियों के साथ) आत्मीयता का भाव था। इसलिए असहाय गरीबों को मुसीबत में छोड़कर प्रह्लाद नहीं चाहते थे कि वह स्वयं मुक्ति प्राप्त करें—

नैतान्विहाय कृपणान्विमुमुक्ष एको॥ ७.९.४४॥

सरल भावार्थ—प्रह्लाद ने कहा कि असहाय प्राणियों को छोड़कर मैं अकेला मुक्त नहीं होना चाहता।

(अं) सकाम भक्ति में लीन व्यक्ति के लिए सेवा-अभियान

श्रीमद्भागवत ने निष्काम भक्ति की महिमा गाई है अर्थात् स्वयं अपने व्यक्तिगत लाभ की भक्त के मन में कामना नहीं होती। ईश्वर सबका भला करे—ऐसी भावना होती है भक्त की—

न किंचित् साधवो धीरा भक्ता ह्येकान्तिनो मम।
वाञ्छन्त्यपि मया दत्तं कैवल्यमपुनर्भवम्॥ ११.२०.३४॥

सरल भावार्थ—भगवान् श्रीकृष्ण उद्धवजी से कहते हैं—मेरे अनन्य प्रेमी एवं धैर्यवान् भक्त स्वयं तो कुछ चाहते ही नहीं; यदि मैं उन्हें कुछ देना चाहता हूँ तो भी वे लेना नहीं चाहते, यहाँ तक कि वे कैवल्य-मोक्ष भी लेना नहीं चाहते।

भगवान् का स्पष्ट संदेश सुनकर भी, यदि कोई साधक सकाम भक्ति करे, तो उसके साथ सेवा-कार्य को मिलाने से निष्काम-भाव दृढ़ हो जाता है। चौथे स्कंध में श्री मैत्रेयजी दीनों की सेवा को साधना और धर्म का मूल बतलाते हैं—

ब्राह्मणः समदृक् शान्तो दीनानां समुपेक्षकः।
स्रवते ब्रह्म तस्यापि भिन्नभाण्डात्पयो यथा॥ ४.१४.४१ ॥

सरल भावार्थ—श्री मैत्रेयजी कहते हैं, दीनों की सेवा सबसे बड़ा धर्म है। जो दीनों की सेवा नहीं करता, उसका ब्रह्मज्ञान, समदृष्टि और ऊपर से दिखलाई देने वाला शान्तभाव—ये सब नष्ट हो जाते हैं, जैसे फूटे हुए घड़े में से जल बह जाता है।

अध्याय 6

मत्कर्म नाम से गौरवान्वित सेवा का भावात्मक रूप

पिछले अध्याय में देशकालपात्रानुकूल सेवा के विविध रूपों की व्याख्या की गई। आध्यात्मिक दृष्टि से, सेवा के वे व्यावहारिक अथवा बाह्य रूप हैं। वर्तमान अध्याय की दृष्टि अन्तर्मुखी है अर्थात् किस प्रकार के भावों पर सेवा आधारित होती है। यदि बाह्य तथा आन्तरिक–दोनों दृष्टियों से सेवा उत्तम हो तो ऐसी सेवा को दिव्य सेवा के रूप में गौरवान्वित करना उचित है। श्रीमद्‌भागवत ने दिव्य सेवा के लिए 'मत्कर्म' शब्द का प्रयोग करके उसे जीवनशास्त्र का महत्त्वपूर्ण अंग बना दिया है। इस बात को स्पष्ट करने के लिए भगवद्‌गीता (और विशेषत: आदि शंकराचार्य के गीता-भाष्य) का उल्लेख करना आवश्यक है।

आदि शंकराचार्य के मतानुसार भगवद्‌गीता का मुख्य संदेश, उस ग्रन्थ के ग्यारहवें अध्याय के अन्तिम श्लोक में है, और उस श्लोक का प्रथम शब्द है 'मत्कर्म'। श्रीमद्‌भागवत द्वारा 'मत्कर्म' शब्द का प्रयोग, गीता से उसकी समानता का द्योतक है। सरल भाषा में मत्कर्म या दिव्य सेवा का तात्पर्य यह है कि स्वधर्म पालन करते हुए, दीन दुखी की सेवा निरहंकार भाव से की जाय, इस विश्वास से कि यह प्रभु की पूजा है। वर्तमान पुस्तक के लेखक द्वारा निर्मित, निम्नलिखित श्लोक, 'मत्कर्म' कहलाने योग्य सेवा की विशेषता को संक्षेप में प्रकट करता है–

न सेवा दैन्यभावेन नाहंकारात् मानेच्छया।
हरिरूपदरिद्राय मत्वैवं ज्ञानप्रेरिता॥

सरल भावार्थ–सेवा की दिव्यता के लिए क्या करना चाहिए? सेवा करने वाले व्यक्ति को अहंकार-रहित होना चाहिए और उसे सेवा के बदले में व्यक्तिगत

सम्मान आदि किसी फल की इच्छा नहीं रखनी चाहिए। जिस दीन दुखी की सेवा की जाय, उसके प्रति दैन्य भाव या हीन भाव नहीं होना चाहिए, बल्कि उस व्यक्ति को भगवान् का रूप समझना चाहिए। इस प्रकार की सेवा में कर्मयोग, भक्ति योग तथा ज्ञान योग—तीनों का समन्वय है; क्योंकि स्वधर्मपालन प्रत्येक योग का मूल है।

'मत्कर्म' शब्द के साथ-साथ श्रीमद्भागवत ने 'मद्भाव' शब्द का प्रयोग भी किया है। सरल भाषा में इसका संदेश यह है कि मत्कर्म से मद्भाव (अर्थात् ईश्वर के समान भाव) की प्राप्ति, इसी जीवन में हो सकती है। इसलिए मद्भाव-प्राप्ति का वर्णन, श्रीमद्भागवत ने जीवन्मुक्ति के रूप में भी किया है।

वर्तमान अध्याय में, श्रीमद्भागवत के आधार पर, मत्कर्म, मद्भाव, जीवन्मुक्ति—इन तीनों विषयों की, क्रमशः व्याख्या प्रस्तुत की जाएगी।

मत्कर्म

'मत्कर्म' का शाब्दिक अर्थ है 'मेरा काम' और भगवान् द्वारा कहे जाने के कारण, इसका अर्थ है 'भगवान् का काम'। मानव-सेवा को माधव-सेवा समझकर करने से वह दिव्य सेवा अर्थात् मत्कर्म में परिवर्तित हो जाती है। इसके लिए चार प्रकार की आन्तरिक दृष्टि या भावना की आवश्यकता है—

(अ) निरहंकार-भाव

(आ) परहित भाव

(इ) मानव में माधव का दर्शन (प्राणीमात्र में ईश्वरत्व भाव)

(ई) प्रभु को कर्म-समर्पण (समर्पण भाव)

इन चारों विचारों से सम्बन्धित, श्रीमद्भागवत के चुने हुए श्लोक तथा 'मत्कर्म' का प्रयोग करने वाले और उसका तात्पर्य समझाने वाले श्लोक, क्रमशः लिखे जाएँगे।

(अ) निरहंकार-भाव

निरहंकार-भाव की उपयोगिता के दृष्टान्त देखने से पहले, अहंकार से होने वाली हानि के प्रति जागरूक होने की आवश्यकता है। तीसरे स्कंध में, कपिल-गीता चेतावनी देती है कि यदि कोई व्यक्ति अभिमानी है तो वह सेवा नहीं कर सकता, बल्कि समाज में द्वेष और वैर-भाव फैलाता है—

द्विषतः परकाये मां मानिनो भिन्नदर्शिनः।
भूतेषु बद्धवैरस्य भूतग्रामावमानिनः॥ ३.२९.२३॥

सरल भावार्थ—कपिल भगवान् कहते हैं, जिस व्यक्ति की दृष्टि भेद-भाव के कारण दूषित है और जिसमें अपने बड़प्पन का अभिमान है, वह अन्य प्राणियों का अपमान करता है और उनके प्रति वैर-भाव को दृढ़ करता है। वह न केवल प्राणियों से द्वेष करता है, बल्कि प्राणियों के शरीरों में विद्यमान परमात्मा से भी द्वेष करता है। ऐसा व्यक्ति लोक सेवा कैसे कर सकता है?

अभिमानी व्यक्ति के ऐसे दुर्व्यवहार का विश्लेषण करते हुए, ग्यारहवें स्कंध में, योगीश्वर जी कहते हैं कि अहंकार करने के अनेकों कारण हो सकते हैं, किन्तु उसके परिणामस्वरूप सज्जनों तथा ईश्वर का भी अपमान अवश्य हो जाता है—

श्रिया विभूत्याभिजनेन विद्यया
त्यागेन रूपेण बलेन कर्मणा।
जातस्मयेनान्धधियः सहेश्वरान्
सतोऽवमन्यन्ति हरिप्रियान् खलाः॥ ११.५.९॥

सरल भावार्थ—योगीश्वर जी कहते हैं, व्यक्तियों द्वारा अंहकार किए जाने के कई कारण हो सकते हैं, जैसे धन-वैभव, कुलीनता, विद्वत्ता, दान, सौन्दर्य, बल और कर्म। अहंकार से विवेक नष्ट हो जाता है और उसके परिणामस्वरूप संतों तथा ईश्वर का भी अपमान हो जाता है।

ग्यारहवें स्कंध में ही, श्रीकृष्ण भगवान् उद्धवजी को समझाते हैं कि उपरोक्त कारणों के अतिरिक्त, स्वर्ग-प्राप्ति की कल्पना के अहंकार से भरे व्यक्ति भी, 'मानव में माधव के दर्शन' का संदेश नहीं सुनना चाहते—

इष्ट्वेह देवता यजैर्गत्वा रंस्यामहे दिवि।
तस्यान्त इह भूयास्म महाशाला महाकुलाः॥ ११.२१.३३॥
एवं पुष्पितया वाचा व्याक्षिप्तमनसां नृणाम्।
मानिनां चातिस्तब्धानां मद्वार्तापि न रोचते॥ ११.२१.३४॥

सरल भावार्थ—भगवान् कहते हैं, अहंकार का कारण काल्पनिक भी हो सकता है। कर्मकाण्ड के प्रचारकों से रंग-बिरंगी बातें सुनकर कुछ लोग हवाई

किले बनाने लगते हैं कि पहले हम स्वर्ग में रहेंगे और फिर दूसरे जन्म में महलों में रहेंगे। ऐसे अभिमानी व्यक्ति दूसरे लोगों की तो क्या परवाह करेंगे, वे यह भी नहीं सुनना चाहते कि भगवान् सब प्राणियों के हृदय में विद्यमान है।

पुनश्च, ग्यारहवें स्कंध में ही, श्रीकृष्ण भगवान् उद्धवजी से कहते हैं कि विद्वत्ता का अहंकार करने वालों की आँखें तब खुलती हैं जब जीवन के कटु अनुभव उन्हें घेर लेते हैं—

न देहिनां सुखं किंचिद् विद्यंते विदुषामपि।
तथा च दु:खं मूढानां वृथाहंकरणं परम्॥ ११·१०·१८॥

सरल भावार्थ—भगवान् कहते हैं, विद्वत्ता का अहंकार करने वाले ऐसी कल्पना कर लेते हैं कि हम लोग तो सदा सुखी रहेंगे और मूढ़ लोग सदा दुखी रहेंगे। जीवन की वास्तविकता उन्हें सिखाती है कि उनका अहंकार व्यर्थ है।

अहंकार-जनित हानि की गहराई में जाकर श्रीकृष्ण भगवान् उद्धवजी से कहते हैं कि कर्तापन का अभिमान विशेषत: दु:खदायी होता है—

दैवाधीने शरीरेऽस्मिन् गुणभाव्येन कर्मणा।
वर्तमानोऽबुधस्तत्र कर्तास्मीति निबद्ध्यते॥ ११·११·१०॥

सरल भावार्थ—भगवान् कहते हैं, प्राणियों के सारे कर्म गुणों की प्रेरणा से होते हैं अर्थात् प्रकृति के अधीन हैं। जिनको यह ज्ञान नहीं होता वे अपने आपको कर्मों का कर्ता मान लेते हैं। इस प्रकार का अहंकार उनके बंधन का कारण बन जाता है।

उपरोक्त श्लोक निरहंकार-भाव को व्यावहारिक रूप देता है जिसका सार यह है कि सेवा करने वाला व्यक्ति अपने आपको कर्ता नहीं, केवल भगवान् का दास समझता है। उसकी भावना यह होती है (और प्रत्यक्ष अनुभव से यह पुष्ट हो जाती है) कि कर्ता तो भगवान् है (जो प्रकृति का अध्यक्ष है) और भगवान् ही उस व्यक्ति को निमित्त बनाकर सेवा कार्य सम्पन्न करवाता है। नवें स्कंध में राजा अम्बरीष का यह विश्वास दृढ़ हो गया कि दुर्वासाजी के क्रोध को शान्ति में परिवर्तित करने का काम भगवान् ने किया है—

तस्य तीर्थपद: किं वा दासानामवशिष्यते॥ ९.५.१६॥
ऋषेर्विमोक्षं व्यसनं च बुद्ध्वा
मेने स्ववीर्यं च परानुभावम्॥ ९.५.२४॥

सरल भावार्थ—श्रीशुकदेवजी कहते हैं, अम्बरीष अपने आप को भगवान् का दास समझते थे, इसलिए भगवान् की कृपा का उन्हें पूर्ण ज्ञान था। बाह्यरूप से देखने में ऐसा प्रतीत होता था कि दुर्वासाजी के व्यवहार में जो परिवर्तन आए (जैसे पहले क्रोध, फिर शान्ति, अथवा पहले दु:ख और फिर दु:ख से छुटकारा), वे अम्बरीष ने करवाए, किन्तु स्वयं अम्बरीष को पूरा ज्ञान था कि यह सब भगवान् की कृपा से हुआ है।

निरहंकार-भाव से लोक सेवा करने का आदर्श, राजर्षि गय ने स्थापित किया, जिसका वर्णन (गद्य में) श्री शुकदेवजी पाँचवें स्कंध में करते हैं—

साक्षाद्भगवतो विष्णोर्जगद्रिरक्षिषया गृहीतसत्त्वस्य
कलाऽत्मवत्त्वादिलक्षणेन महापुरुषतां प्राप्त:॥ ५.१५.६॥
परिभाविताितिशुद्धमति: निरभिमान एवावनिमजूगुपत्॥ ५.१५.७॥

सरल भावार्थ—श्री शुकदेवजी कहते हैं—राजर्षि गय साक्षात् भगवान् विष्णु के अंश माने जाते थे। उनकी सात्त्विक वृत्ति थी। वे निरन्तर जगत् की रक्षा में संलग्न थे। संयमादि अनेकों गुणों के कारण इनकी गणना महापुरुषों में की जाती है। कर्मयोग एवं भक्तियोग का अनुसरण करके उन्होंने चित्तशुद्धि की साधना सम्पन्न की और निरभिमान-भाव से पृथ्वी का पालन किया।

यह उल्लेखनीय है कि महर्षि गय जैसे लोक-सेवक द्वारा प्राप्त चित्तशुद्धि का मुख्य लक्षण है 'नि:स्वार्थ-भाव', जैसा कि श्रीशुकदेवजी दसवें स्कंध में बतलाते हैं—

निरहंकारिणां स्वार्थो न विद्यते॥ १०.३३.३३॥

सरल भावार्थ—निरहंकार-भाव से की गई लोक सेवा में लोकहित की प्रधानता होती है, अपनी स्वार्थ-पूर्ति की नहीं।

(आ) परहित भाव

नि:स्वार्थ भाव और आत्मौपम्य-भाव—दोनों के समन्वय से परहित भाव सुदृढ़ होता है। नि:स्वार्थ भाव और निष्काम भाव पर्यायवाची शब्द हैं। आत्मौपम्य-भाव

का तात्पर्य है—दूसरों को दुखी देखकर दुखी होना, और सुखी देखकर सुखी होना। श्रीमद्‌भागवत के अनेकों प्रसंग, निःस्वार्थभाव और आत्मौपम्य-भाव को अपनाने की प्रेरणा देते हैं अर्थात् परहित भाव को स्वधर्मपालन का अंग बनाने की शिक्षा देते हैं।

न्रिःस्वार्थभाव की उपयोगिता का वर्णन, पिछले अध्यायों की आवश्यकता के अनुकूल, निष्काम भाव के रूप में किया जा चुका है। उस वर्णन को एक कदम आगे ले जाने के लिए, वर्तमान प्रसंग में यह चेतावनी देना आवश्यक है कि स्वार्थ भाव के कारण बहुत से व्यक्ति लोक सेवा में रुचि नहीं लेते। इस विचार को संक्षेप में प्रकट करने वाला, निम्नलिखित श्लोक, इस पुस्तक के लेखक ने लिखा है—

स्वार्थमात्रं तामसिकं स्वजनसीमां राजसम्।
सात्त्विकं लोकसंग्रहं ज्ञेयं सारं समासतः॥

सरल भावार्थ—केवल अपने व्यक्तिगत लाभ के लिए प्रयत्न करना तामसिक वृत्ति का लक्षण है। उससे एक कदम आगे, अपने स्वजनों के हित का भी सोचना राजसी वृत्ति का लक्षण है। किन्तु सबसे ऊंचा आदर्श है—लोकसंग्रह अर्थात् लोक कल्याण के लिए प्रयत्न करना—और वही सात्त्विक वृत्ति का लक्षण है। यह वैदिक धर्म का सार है।

श्रीमद्‌भागवत ने, ग्यारहवें स्कंध में, मानो उपरोक्त चेतावनी का स्पष्टीकरण करते हुए, लिखा है कि स्वार्थ-भावना (अर्थात् व्यक्तिगत लाभ की कामना) के कारण लोग आपस में कलह करते हैं, इसलिए सेवा भाव उनके हृदय में प्रवेश नहीं कर सकता—

विषयेषु गुणाध्यासात् पुंसः संगस्ततो भवेत्।
संगात्तत्र भवेत् कामः कामादेव कलिर्नृणाम्॥ ११·२१·१९॥

सरल भावार्थ—श्री कृष्ण भगवान् उद्धवजी से कहते हैं—विनाश की ज़ंजीर की पहली कड़ी है, सांसारिक विषयों में आसक्ति। दूसरी कड़ी है, व्यक्तिगत कामना अर्थात् स्वार्थ-भावना। स्वार्थ-भावना के कारण लोग आपस में कलह करते हैं इसलिए एक दूसरे की सहायता करने का (अर्थात् सेवा करने का) प्रश्न ही नहीं उठता।

श्रीमद्भागवत की यह शिक्षा है कि व्यक्तिगत कामना को जबरदस्ती दबाकर नष्ट करने के स्थान पर उसे मर्यादित करना उचित है। इस प्रकार की साधना को 'संविभाग' कहते हैं—

देवर्षिपितृभूतेभ्य आत्मने स्वजनाय च।
अन्नं संविभजन्पश्येत् सर्वं तत् पुरुषात्मकम्॥ ७.१५.६॥

सरल भावार्थ—नारद मुनि कहते हैं, अन्न (अर्थात् जीवन के साधनों) का उचित विभाजन (संविभाग) तभी होता है जब देवता, ऋषि, पितर, अन्य प्राणी, स्वजन और गृहिणी (अर्थात् विभाजन करने वाला व्यक्ति) स्वयं—सबको (परमात्मा का रूप समझकर) थोड़ा-थोड़ा भाग समर्पित किया जाय।

संविभाग के द्वारा व्यक्तिगत साधना को व्यापक रूप दिया गया है जिसमें स्वजनों का भी एक भाग है। श्रीमद्भागवत ने, अपनी आवश्यकता से अधिक साधनों को हथियाने की निंदा की है—उसे 'चोरी' का नाम देकर—

यावद् भ्रियेत जठरं तावत् स्वत्वं हि देहिनाम्।
अधिकं योऽभिमन्येत स स्तेनो दण्डमर्हति॥ ७.१४.८॥

सरल भावार्थ—नारदजी कहते हैं, चोरी की परिभाषा केवल किसी का धन चुराने तक ही सीमित नहीं है। यदि कोई व्यक्ति अपनी आवश्यकता से अधिक साधनों पर अधिकार करना चाहता है तो उसे भी स्तेन (चोर) समझना उचित है।

उपरोक्त विचारों को मिलाकर, श्रीमद्भागवत ने यह शिक्षा दी है कि जो अकाम (निःस्वार्थ) है और चोरी नहीं करना चाहता (अर्थात् अस्तेय में विश्वास रखता है), उसमें परहितभाव दृढ़ हो जाता है—

अहिंसा सत्यमस्तेयमकामक्रोधलोभता।
भूतप्रियहितेहा च धर्मोऽयं सार्ववर्णिकः॥ ११.१७.२१॥

सरल भावार्थ—श्रीकृष्ण भगवान् उद्धवजी से कहते हैं, अहिंसा, सत्य, अस्तेय, अकाम (निःस्वार्थ), अक्रोध, अ-लोभ (लोभ से मुक्ति)—ये छः गुण अपनाने वाला व्यक्ति सब प्राणियों का हित करना चाहेगा। सभी वर्ण के लोगों के लिए यही वास्तविक धर्म है।

परहितभाव का व्यापक रूप लोकसंग्रह है जिसकी व्याख्या तीसरे अध्याय में प्रस्तुत की गई थी। परहित भाव में निःस्वार्थभाव तथा आत्मौपम्य—दोनों का समन्वय है। आत्मौपम्य का व्यावहारिक रूप, ऋषि दधीचि द्वारा, छठे स्कंध में स्पष्ट किया गया है—

एतावानव्ययो धर्मः पुण्यश्लोकैरुपासितः।
यो भूतशोकहर्षाभ्यामात्मा शोचति हृष्यति॥ ६.१०.९॥

सरल भावार्थ—ऋषि दधीचि कहते हैं—बड़े-बड़े महात्माओं ने सेवाधर्म के रूप को स्पष्ट किया है। उसका व्यावहारिक रूप यह है कि सेवक दूसरों को दुखी देखकर दुःख का अनुभव करे, और सुखी देखकर सुख का।

इसका तात्पर्य यह है कि, यद्यपि सभी प्राणियों का हित चाहना, उत्तम भावना का प्रतीक है, फिर भी दीन दुखी की सेवा को प्राथमिकता देने से मानव सेवा दिव्य सेवा का रूप ले लेती है।

(इ) मानव में माधव का दर्शन (प्राणीमात्र में ईश्वरत्व-भाव)

'प्राणीमात्र में ईश्वरत्व-भाव'—यह शिक्षा श्रीमद्भागवत में अनेकों बार दी गई है। इस शिक्षा का पालन करने वालों में रन्तिदेव का विशेष स्थान है जिनकी सेवा का वर्णन नवें स्कंध में किया गया है। उनके घर पर अतिथि के रूप में ब्राह्मण, शूद्र, चाण्डाल, और कुत्तों को साथ लिए अन्य व्यक्ति—ये सब, एक-के-बाद-एक, आए, और सब-के-सब भूखे प्यासे थे। यद्यपि उस समय, घर में भोजन तथा पानी की मात्रा कम थी, फिर भी रन्तिदेव ने, अतिथियों को प्राथमिकता दी। उन सबकी सेवा करते समय रंतिदेव ने यही समझा कि मैं ईश्वर की पूजा कर रहा हूँ—

हरिं सर्वत्र सम्पश्यन्॥ ९.२१.६॥

सरल भावार्थ—रंतिदेव सब प्राणियों में ईश्वर का दर्शन करते थे।

स्वामी विवेकानन्द ने 'दरिद्रनारायण' शब्द की रचना करके आधुनिक समाज को यही संदेश दिया कि दरिद्र को हीन-भावना से मत देखो, बल्कि दरिद्र-सेवा को नारायण-सेवा ही समझो।

श्रीमद्भागवत के तीसरे स्कंध में, कपिल गीता के निम्नलिखित श्लोक का यही संदेश है—

अथ मां सर्वभूतेषु भूतात्मानं कृतालयम्।
अर्हयेद्दानमानाभ्यां मैत्र्याभिन्नेन चक्षुषा॥ ३.२९.२७॥

सरल भावार्थ—कपिल भगवान् कहते हैं—मैं सब प्राणियों के हृदय में हूँ, इसलिए प्राणियों को दिया गया दान, मान, मित्रता का व्यवहार और सम-भाव, मेरी ही पूजा है।

पाँचवें स्कंध में, ऋषभदेव के रूप में अवतरित हुए भगवान् ने अपने पुत्रों को यही शिक्षा दी—

सर्वाणि मद्धिष्ण्यतया भवद्भि:
चराणि भूतानि सुता ध्रुवाणि।
सम्भावितव्यानि पदे पदे वो
विविक्तदृग्भिस्तदुहार्हणं मे॥ ५.५.२६॥

सरल भावार्थ—ऋषभ देव ने कहा, पुत्रो, तुम समस्त प्राणियों को मेरा ही शरीर समझकर, पद-पद पर, उनकी सेवा करो। यही मेरी सच्ची पूजा है।

यह उल्लेखनीय है कि ऋषभदेव ने अपनी शिक्षा में 'मत्कर्म' शब्द का प्रयोग किया—

मत्कर्मभिर्मत्कथया च नित्यं
निर्वैरसाम्योपशमेन पुत्रा।
योगेन धृत्युद्यमसत्त्वयुक्तो
असम्प्रमादेन यमेन वाचाम्॥ ५.५॥

सरल भावार्थ—ऋषभदेव ने कहा, पुत्रो, तुम 'मत्कर्म' करो अर्थात् मानव सेवा को मेरी (अर्थात् भगवान् की) पूजा समझो। इस प्रकार की सेवा से सम्बन्धित कथाएँ सुनो—इससे तुम्हारा सेवा भाव दृढ़ होगा। साधना के अन्य अंगों में से निर्वैर-भाव और सम-भाव को महत्त्व दो। धैर्य, उद्यम, सात्त्विकता, कर्म-कुशलता तथा वाणी के संयम से तुम शान्ति का अनुभव करोगे।

भक्त शिरोमणि प्रह्लाद को भी नारदजी के द्वारा इसी प्रकार की शिक्षा मिली थी—

हरि: सर्वेषु भूतेषु भगवानास्त ईश्वर:।
इति भूतानि मनसा कामैस्तै: साधु मानयेत्॥ ७.७.३२॥

सरल भावार्थ—नारदजी ने कहा—भगवान् समस्त प्राणियों में विद्यमान हैं—ऐसी भावना से यथाशक्ति सबकी सेवा करो और उनका सम्मान करो।

ग्यारहवें स्कंध में, योगीश्वरजी कहते हैं कि मानव में माधव का दर्शन करना, उत्तम भक्त का लक्षण है—

सर्वभूतेषु यः पश्येद् भगवद्भावमात्मनः।
भूतानि भगवत्यात्मन्येष भागवतोत्तमः॥ ११.२.४५॥

सरल भावार्थ—योगीश्वरजी कहते हैं—भगवान् समस्त प्राणियों की आत्मा हैं। इसलिए समस्त प्राणी भगवत्स्वरूप ही हैं। इस भावना से सबकी सेवा करने वाला व्यक्ति उत्तम भक्त है।

ग्यारहवें स्कंध में ही, श्रीकृष्ण भगवान् प्राणीमात्र को अपनी पूजा का स्थान बतलाते हैं—

सूर्योऽग्निर्ब्राह्मणो गावो वैष्णवः खं मरुज्जलम्।
भूरात्मा सर्वभूतानि भद्र पूजापदानि मे॥ ११.११.४२॥

सरल भावार्थ—भगवान् कहते हैं, प्रिय उद्धव, सूर्य, अग्नि, ब्राह्मण, गौ, वैष्णव, आकाश, वायु, जल, पृथ्वी, आत्मा और समस्त प्राणी—ये सब मेरी पूजा के स्थान हैं। इसलिए प्राणीमात्र की सेवा, मेरी ही पूजा है।

(ई) प्रभु को कर्म समर्पण (समर्पण भाव)

समर्पण-भाव का तात्पर्य यह है कि सेवक अपने आपको कर्ता नहीं समझता और इसलिए वह सेवा के बदले में किसी व्यक्तिगत लाभ की कामना भी नहीं करता। जब ईश्वर ही वास्तविक कर्ता है, तो कर्म का फल भी ईश्वर को ही समर्पित करना उचित है। मंदिरों में तथा शुभ अवसरों पर गाए जाने वाली प्रार्थना में यही भाव व्यक्त किया गया है—

तेरा तुझको अर्पण क्या लागे मेरा।

श्रीमद्भागवत में समर्पण भाव की शिक्षा अनेकों प्रसंगों में दी गई है। ग्यारहवें स्कंध में श्रीकृष्ण भगवान् उद्धवजी से कहते हैं—

कर्मशुद्धिर्मदर्पणम्॥ ११.२१.१५॥

सरल भावार्थ—जब सेवा रूपी कर्म भगवान् को अर्पित किया जाता है, तब वह शुद्ध हो जाता है, दिव्य हो जाता है।

ऐसे समर्पण के लिए केवल मुख से मंत्र बोलना इतना महत्त्वपूर्ण नहीं है जितना हृदय में निरहंकार-भाव को दृढ़ करते हुए, अपने आपको प्रभु का दास समझना (जैसा अम्बरीष ने समझा था—इसका वर्णन इसी अध्याय के (अ) विभाग में ऊपर किया जा चुका है)।

कर्म-समर्पण-सम्बन्धी श्लोकों में ग्यारहवें स्कंध का निम्नलिखित श्लोक विशेष स्थान रखता है—

कायेन वाचा मनसेन्द्रियैर्वा
बुद्ध्याऽत्मना वानुसृतस्वभावात्।
करोति यद् यत् सकलं परस्मै
नारायणायेति समर्पयेत्तत्॥ ११.२.३६॥

सरल भावार्थ—योगीश्वरजी कहते हैं—जो भी कर्म व्यक्ति करता है—शरीर से, वाणी से, मन से, इन्द्रियों से, बुद्धि से, स्वाभाविक वृत्ति से—उन सब कर्मों को, भगवान् को समर्पित करना उचित है; क्योंकि भगवान् ही सब कर्मों का कर्ता है।

आठवें स्कंध में दैत्यराज बलि ने वामन भगवान् से कहा कि आप अपना तीसरा पग मेरे सिर पर रख दीजिए। ब्रह्माजी की सम्मति में बलि का यह वचन सम्पूर्ण समर्पण का प्रतीक था—

नार्थो बलेरयमुरुक्रमपादशौच—
मापः शिखा धृतवतो विबुधाधिपत्यम्।
यो वै प्रतिश्रुतमृते न चिकीर्षदन्य—
दात्मानमंग शिरसा हरयेऽभिमेने॥ २.७.१८॥

सरल भावार्थ—ब्रह्माजी कहते हैं—दैत्यराज बलि ने अपने सिर पर वामन भगवान् का चरण धारण किया। भगवान् का तीसरा पग पूरा करने के लिए बलि ने अपने आपको समर्पित कर दिया। समर्पण-भाव से प्रेरित होकर बलि ने अपने गुरु शुक्राचार्य की चेतावनी की भी परवाह नहीं की। भगवान् ने बलि को इन्द्र की पदवी दी यद्यपि बलि ने माँगा कुछ नहीं।

आठवें स्कंध में श्री शुकदेवजी कहते हैं कि भगवान् को समर्पित किया गया सेवा रूपी कर्म महान् हो जाता है (अर्थात् मत्कर्म नाम से गौरवान्वित हो जाता है)—

सर्वस्य तद् भवति मूलनिषेचनं यत्॥ ८.९.२९ ॥

सरल भावार्थ—जैसे वृक्ष की जड़ में पानी देने से उसका तना, टहनियाँ और पत्ते—सब-के-सब सिंच जाते हैं, वैसे ही भगवान् को समर्पित किया गया कर्म सर्वहितकारी रूप ले लेता है।

मद्भाव

मद्भाव का अर्थ है 'मेरा भाव' अर्थात् ईश्वर के समान भाव। मद्भाव प्राप्ति का अर्थ है—आध्यात्मिक पूर्णता। 'मत्कर्म से मद्भाव'—इसका तात्पर्य है कि सेवा कार्य में लीन होना, साधक के लिए स्वाभाविक (अर्थात् सहज) हो जाता है। साधनावस्था में व्यक्ति कर्त्तव्य भावना से सेवा करता है, किन्तु धीरे-धीरे साधना में पूर्णता आ जाती है और सेवा करना (मत्कर्म) स्वाभाविक हो जाता है। संक्षेप में, जब मत्कर्म स्वभाव बन जाता है, तब मद्भाव प्राप्ति हो जाती है। ग्यारहवें स्कंध में श्रीकृष्ण भगवान् उद्धवजी से कहते हैं—

यावत् सर्वेषु भूतेषु मद्भावो नोपजायते।
तावदेवमुपासीत वाङ्मनःकायवृत्तिभिः॥ ११.२९.१७॥

सरल भावार्थ—भगवान् कहते हैं—स्वधर्मपालन करते-करते मद्भाव प्राप्ति हो जाती है। जब तक मद्भाव प्राप्ति नहीं होती, तब तक कर्त्तव्य भावना से, मन, वाणी तथा शरीर से सेवा कार्यों में लगे रहना चाहिए। (मद्भाव-प्राप्ति होने पर सेवा कार्य सहज हो जाता है)।

ग्यारहवें स्कंध में ही श्रीकृष्ण भगवान् उद्धवजी से कहते हैं कि मद्भाव प्राप्त व्यक्ति के जीवन में, सेवा के साथ-साथ सात्त्विकता भी आ जाती है—

नरेष्वभीक्ष्णं मद्भावं पुंसो भावयतोऽचिरात्।
स्पर्धासूयातिरस्काराः साहंकारा वियन्ति हि॥ ११.२९.१५॥

सरल भावार्थ—भगवान् कहते हैं—जब साधक को मद्भाव की प्राप्ति हो जाती है, तब उसके चित्त से स्पर्धा (होड़), ईर्ष्या, तिरस्कार और अहंकार आदि दोष दूर हो जाते हैं।

सातवें स्कंध में नृसिंहभगवान्, मद्भाव प्राप्त व्यक्ति का वर्णन करते हुए, अहिंसा को प्रमुखता देते हैं—

सर्वात्मना न हिंसन्ति भूतग्रामेषु किंचन।
उच्चावचेषु दैत्येन्द्र मद्भावेन गतस्पृहाः॥ ७.१०.२०॥

सरल भावार्थ—नृसिंह भगवान् प्रह्लाद को शिक्षा देते हैं—मद्भाव प्राप्त व्यक्ति निःस्पृह (निष्काम) हो जाता है। उसमें आत्मौपम्य भाव दृढ़ हो जाता है, इसलिए वह किसी भी प्राणी को किसी प्रकार का कष्ट नहीं पहुँचाता।

तीसरे स्कंध में, कपिल भगवान्, स्वधर्मपालन द्वारा मद्भाव प्राप्ति का वर्णन, त्रिगुणातीत अवस्था के रूप में करते हैं—

निषेवितेनानिमित्तेन स्वधर्मेण महीयसा।
क्रियायोगेन शस्तेन नातिहिंस्रेण नित्यशः॥ ३.२९.१५॥
महता बहुमानेन दीनानामनुकम्पया।
मैत्र्या चैवात्मतुल्येषु यमेन नियमेन च॥ ३.२९.१७॥
येनातिव्रज्य त्रिगुणं मद्भावायोपपद्यते॥ ३.२९.१४॥

सरल भावार्थ—कपिल भगवान् कहते हैं—निष्काम भाव से स्वधर्मपालन करना बहुत महत्त्वपूर्ण है। सत्य और अहिंसा उसी के अंग हैं। यम-नियम का पालन हो और सबके साथ यथायोग्य मधुर व्यवहार हो, जैसे बड़ों का सम्मान, दीनों पर दया, समान स्थिति वालों के प्रति मित्रता। आध्यात्मिक पूर्णता की इस स्थिति को त्रिगुणातीत अवस्था या मद्भाव प्राप्ति की अवस्था कहते हैं।

'त्रिगुणातीत' शब्द की संक्षिप्त व्याख्या, सत्त्व-रजस्-तमस् के दृष्टिकोण से भी की जा सकती है—वह अवस्था सात्त्विकता की पराकाष्ठा है। मूलतः यह शब्द भगवद्गीता का है (जैसे मत्कर्म और मद्भाव भी)

छठे स्कंध में, श्री शुकदेवजी भी, मद्भाव प्राप्त व्यक्ति का चित्रण, गुणातीत के रूप में करते हुए, क्रोध पर विजय पाने को प्रमुखता देते हैं—

यः समुत्पतितं देह आकाशान्मन्युमुल्वणम्।
आत्मजिज्ञासया यच्छेत् स गुणानतिवर्तते॥ ६.४.१४॥

सरल भावार्थ—श्री शुकदेवजी कहते हैं—आध्यात्मिक प्रगति में क्रोध बाधा डालता है। जो व्यक्ति हृदय के उबलते हुए भयंकर क्रोध को आत्म विचार के द्वारा अपने शरीर में ही शान्त कर लेता है और अन्य प्राणियों को परेशान नहीं करता, वह त्रिगुणातीत अवस्था को प्राप्त कर सकता है।

श्रीमद्भागवत का यह भी स्पष्ट संदेश है कि मद्भाव प्राप्ति के लिए गृहस्थाश्रम छोड़ने या संन्यास लेने की कोई आवश्यकता नहीं है—बल्कि गृहस्थ के लिए 'मत्कर्म' करना अर्थात् सेवाकार्यों को सफलतापूर्वक सम्पन्न करना, सहज रूप से हो सकता है, जैसा कि चौथे स्कंध ने पृथु के विषय में लिखा है—

गृहेषु वर्तमानोऽपि स साम्राज्यश्रियान्वितः।
नासज्जतेन्द्रियार्थेषु निरहंमतिरर्कवत्॥ ४.२२.५२॥
कर्माणि च यथाकालं यथादेशं यथाबलम्।
यथोचितं यथावित्तमकरोद् ब्रह्मसात्कृतम्॥ ४.२२.५०॥

सरल भावार्थ—श्री मैत्रेयजी कहते हैं—पृथु, गृहस्थाश्रम में रहते हुए भी, अनासक्त भाव से शासन की जिम्मेदारी निभाते थे। जैसे सूर्य स्वभाव से ही सब की सेवा करता है, वैसे ही पृथु निरहंकार भाव से प्रजा की सेवा में लीन थे। पृथु के सभी कर्म समय, स्थान, शक्ति और धर्म के अनुकूल होते थे और वह इन कार्यों को ईश्वरार्पण बुद्धि से करते थे।

जीवन्मुक्ति अर्थात् मद्भाव-प्राप्ति इसी जीवन में

ग्यारहवें स्कंध में, श्रीकृष्ण भगवान्, उद्धवजी को, जीवन्मुक्ति के प्रत्यक्ष अनुभव की सम्भावना का आश्वासन देते हैं—

देहस्थोऽपि विनिर्मुक्तः॥ ११.११.१४॥

सरल भावार्थ—भगवान् कहते हैं, प्रिय उद्धव, साधना की पूर्णता, अर्थात् मद्भाव की प्राप्ति, इसी जीवन में हो सकती है और वही है जीवनन्मुक्ति।

जीवन्मुक्ति और मद्भाव-प्राप्ति—ये दोनों पर्यायवाची शब्द हैं। जीवन्मुक्ति और विदेहमुक्ति में बहुत अन्तर है। विदेहमुक्ति मुख्यतः काल्पनिक है; क्योंकि उसका आधार है—मरने के बाद प्राप्त होने वाली अवस्था, जो कि वैज्ञानिक खोज से

परे है। विदेहमुक्ति का ही संक्षिप्त नाम है–मुक्ति या मोक्ष। इसके विपरीत, जीवन्मुक्ति की अवस्था, प्रत्यक्ष रूप से अनुभव की जाने वाली स्थिति है और उसका वर्णन सेवा में लीन व्यक्तियों की आन्तरिक एवं बाह्य स्थिति का अध्ययन करने पर किया जा सकता है, जैसा कि श्रीमद्भागवत ने मद्भाव-प्राप्ति के रूप में तथा अन्य प्रकार से भी किया है। जीवन्मुक्त व्यक्ति के लिए श्रीमद्भागवत ने 'सन्त' शब्द का प्रयोग भी किया है। उसका विवरण अगले अध्याय में प्रस्तुत किया जाएगा। यहाँ उसका एक दृष्टान्त, महात्मा (जड़) भरत की जीवन्मुक्त अवस्था की झाँकी के रूप में प्रस्तुत करना पर्याप्त होगा। भरत ने गरीब मजदूरों की स्थिति सुधारने का कार्य किया–स्वयं मजदूर बनकर और अपमान सहकर। कठिनाइयाँ झेलकर भी, वे शान्त भाव से सेवा कार्यों में लगे रहे–

न विक्रिया विश्वसुहृत्सखस्य
साम्येन वीताभिमतेस्तवापि॥ ५.१०.२५॥

सरल भावार्थ–श्री शुकदेवजी कहते हैं, भरत विश्वसुहृद भगवान् के सखा बन गए थे, और उनका सम-भाव इतना दृढ़ हो गया था कि अपमानित होने पर भी उनकी शांति और सेवा में कोई अन्तर नहीं आया।

यह भी उल्लेखनीय है कि जीवन्मुक्ति और स्वर्ग में कोई मेल नहीं है। जिस प्रकार विदेहमुक्ति काल्पनिक है, उसी प्रकार स्वर्ग भी काल्पनिक है। उद्धवजी को समझाते हुए, श्रीकृष्ण भगवान् उस विचारधारा को अनुचित बतलाते हैं जिसमें मृत्यु के पश्चात् स्वर्ग आदि की कामना की जाती है या नरक से बचने के लिए कर्मकाण्ड का सहारा लिया जाता है–

स्वधर्मस्थो यजन् यज्ञैरनाशीःकाम उद्धव।
न नरः स्वर्गतिं कांक्षेन्नारकीं वा विचक्षणः॥ ११.२०.१०, १३॥

सरल भावार्थ–भगवान् कहते हैं, प्रिय उद्धव, साधक को निष्काम भाव से स्वधर्मपालन करना चाहिए। उसे स्वर्ग की कामना नहीं करनी चाहिए और नरक के भय से छुटकारा पाने के लिए कर्मकाण्ड को नहीं अपनाना चाहिए।

जब उद्धवजी को इस बात का पूरा ज्ञान हो गया कि स्वर्ग-नरक को, मृत्यु के पश्चात् मिलने वाले काल्पनिक फल के रूप में सोचना, ठीक नहीं है, तब उन्होंने भगवान् से पूछा–

क: स्वर्गो नरक: क:॥ ११·१९·३१॥

सरल भावार्थ—उद्धवजी ने प्रश्न किया, भगवन्, यदि स्वर्ग-नरक की कल्पना करना अनुचित है, तो उन्हें किस रूप में समझना चाहिए?
उत्तर में भगवान् ने कहा—

स्वर्ग: सत्त्वगुणोदय:॥ ११·१९·४२॥
नरकस्तम उन्नाहो॥ ११·१९·४३॥

सरल भावार्थ—भगवान् ने कहा, प्रिय उद्धव, जीवन में सत्त्वगुण की वृद्धि को स्वर्ग-तुल्य समझो और तमोगुण की वृद्धि को नरक-तुल्य समझो।

उपरोक्त विवेचन से यह स्पष्ट हो जाता है कि श्रीमद्भागवत की शिक्षा से होने वाली आध्यात्मिक प्रगति का चित्रणं प्रत्यक्ष अनुभव के आधार पर किया जा सकता है। उस शिक्षा का पालन करने वाले, काल्पनिक अवस्था (जैसे विदेहमुक्ति, स्वर्ग आदि) की ओर आकृष्ट नहीं होते।

अध्याय 7

संत के लक्षण

पिछले दो अध्यायों में सेवा-सम्बन्धी विवेचन दो दृष्टिकोणों से प्रस्तुत किया गया—

(अ) कौन से ऐसे कार्य हैं जिनके माध्यम से जनता तक सेवा पहुँचाई जा सकती है।

(आ) कौन से ऐसे भाव तथा गुण हैं जिनके प्रभाव से सेवा करने की भावना दृढ़ हो सकती है।

इन्हीं दो दृष्टिकोणों से सेवक-सम्बन्धी विवेचन वर्तमान अध्याय के प्रथम भाग का विषय है; क्योंकि निष्काम सेवा ही सन्त का मुख्य लक्षण है। अध्याय के द्वितीय भाग में तीन अन्य विषय हैं जिनका उल्लेख प्रथम भाग की समाप्ति होने पर किया जाएगा।

सन्त के कार्य

समाज की देशकालपात्रानुकूल सेवा करना संत का मुख्य कार्य है। पाँचवें अध्याय में, इस प्रकार की सेवा के ग्यारह विकल्पों का उल्लेख किया जा चुका है, इसलिए उन्हें फिर से लिखना अनावश्यक है। छठे अध्याय ने सन्त द्वारा की गई सेवा की सात्त्विकता पर बल दिया है जिसके आधार पर, श्रीमद्भागवत ने 'मत्कर्म' नाम से उसे गौरवान्वित किया है। मत्कर्म का तात्पर्य है—भगवान् का काम अर्थात् ईश्वर को समर्पित लोक सेवा।

सन्त के भाव तथा गुण

'सन्त' नाम से कहलाए जाने वाले व्यक्ति के लिए, श्रीमद्भागवत ने 'जीवन्मुक्त' या 'मद्भाव-प्राप्त' या 'उत्तम भक्त'—ऐसे पर्यायवाची शब्दों का प्रयोग भी किया है।

इन सबका तात्पर्य है—आध्यात्मिक साधना की पूर्णता को इसी जीवन में प्राप्त करने वाला व्यक्ति जिसके लिए मत्कर्म करना सहज हो जाता है। श्रीमद्‌भागवत ने भिन्न-भिन्न प्रसंगों में ऐसे व्यक्ति के भावों तथा गुणों का गान किया है। इनकी संक्षिप्त व्याख्या छठे अध्याय में लिखी जा चुकी है। उसी प्रकार के अन्य प्रसंग जो स्थानाभाव के कारण छठे अध्याय में सम्मिलित नहीं किए जा सके, उनमें से चुनकर पाँच प्रसंगों का यहाँ उल्लेख करना पर्याप्त होगा।

ग्यारहवें स्कंध का कृष्ण-उद्धव संवाद ज्ञान का भण्डार है। जीवन्मुक्ति की सम्भावना का आश्वासन देने वाला एक श्लोक छठे अध्याय में लिखा गया था। उसी प्रकार का एक और श्लोक निम्नलिखित है—

अप्रमत्त इदं ज्ञात्वा पुरा मृत्योः घटेत सः॥ ११.२०.१४॥

सरल भावार्थ—श्रीकृष्ण भगवान् कहते हैं, प्रिय उद्धव, कर्तव्य परायण और बुद्धिमान् व्यक्ति वही है जो आध्यात्मिक साधना की पूर्णता तक इसी जीवन में पहुँच जाता है (अर्थात् जीवन का लक्ष्य जीवन्मुक्ति है, विदेहमुक्ति नहीं)।

वर्तमान प्रसंग की उपयोगिता बढ़ाने में श्रीमद्‌भागवत के सभी स्कंधों से बहुमूल्य योगदान प्राप्त होता है। उदाहरणतः, निष्काम सेवा को 'मत्कर्म' की महानता दिलवाने वाले चार भावों की व्याख्या छठे अध्याय में की गई थी। ये चार भाव हैं—

(क) निरहंकार-भाव
(ख) पर हित भाव
(ग) प्राणीमात्र में ईश्वरत्व भाव
(घ) समर्पण भाव

इस सूची में ऐक्य भाव को सम्मिलित करने का संकेत, आठवें स्कंध से मिलता है—

यद् युज्यतेऽसुवसुकर्ममनोवचोभिः
तैरेव सद् भवति यत् क्रियतेऽपृथक्त्वात्॥ ८.९.२९॥

सरल भावार्थ—श्री शुकदेवजी कहते हैं, व्यक्ति अपने प्राण, धन, कर्म, मन, वाणी आदि से जो कुछ भी करता है, वह यदि ऐक्य-भाव से किया जाय, तो सात्त्विक हो जाता है (अर्थात् प्राणीमात्र के साथ ऐक्य-भाव स्थापित हो जाने पर सेवा कार्य सात्त्विक हो जाता है)।

इसी प्रकार मैत्री भाव को उपरोक्त सूची में सम्मिलित करने का संकेत पहले स्कंध में मिलता है और निर्वैर भाव को सम्मिलित करने का संकेत बारहवें स्कंध में मिलता है। मैत्रीभाव की महत्ता परीक्षित् की प्रार्थना में दर्शित है और निर्वैर भाव की महत्ता परीक्षित् के पुत्र जनमेजय की कथा में। पहले स्कंध में, परीक्षित् की प्रार्थना का एक अंश इस प्रकार है—

पुनश्च भूयाद्भगवत्यनन्ते
रतिः प्रसंगश्च तदाश्रयेषु।
महत्सु यां यामुपयामि सृष्टिं
मैत्र्यस्तु सर्वत्र नमो द्विजेभ्यः॥ १.१९.१६॥

सरल भावार्थ—परीक्षित् ने ऋषियों से प्रार्थना की—मुझे कर्मवश चाहे जिस योनि में जन्म लेना पड़े, मेरा लक्ष्य यह है कि भगवान् श्रीकृष्ण के चरणों में मेरा अनुराग बना रहे, उनके भक्तों के प्रति मेरी श्रद्धा दृढ़ हो, और समस्त प्राणियों के प्रति मेरे मन में मैत्री-भाव स्थापित हो। आप सब मुझे ऐसा आशीर्वाद दें।

बारहवें स्कंध में जनमेजय की कथा वर्णित है। परीक्षित् की मृत्यु सर्पराज तक्षक के डसने से हुई थी। उसका बदला लेने के लिए (अर्थात् सर्पों को भस्म करने के लिए) जनमेजय ने यज्ञ का आयोजन किया। किन्तु महर्षि वृहस्पति की सलाह मानकर जनमेजय ने सर्पयज्ञ बंद कर दिया—

सर्पा अनागसो दग्धाः॥ १२.६.२७॥
न वैरं कुर्वीत केनचित्॥ १२.६.३४॥

सरल भावार्थ—महर्षि वृहस्पति ने जनमेजय से कहा, राजन्, तुम्हारे यज्ञ में बहुत से निरपराध सर्प जला दिए गए हैं। अब निर्वैर-भाव को अपनाओ और सर्पों को क्षमा कर दो।

वर्तमान प्रसंग में उपरोक्त विचारों का योगदान यह है कि निष्काम सेवा को 'मत्कर्म' में परिवर्तित करने वाले भावों को संकुचित दृष्टि अपनाकर सीमित करना आवश्यक नहीं है। जिन भावों तथा गुणों से लोक कल्याण में वृद्धि हो सकती है, उन सभी को अपनाने का प्रयत्न करने से, व्यक्ति सन्त बनता है, और ये गुण एक दूसरे को पनपने में सहायता करते हैं। इस दृष्टि से, सातवें स्कंध में वर्णित, धर्म के (निम्नलिखित) तीस लक्षणों को, सन्त के गुण-समूह के रूप में, पढ़ना उचित है—

सत्यं दया तपः शौचं तितिक्षेक्षा शमो दमः।
अहिंसा ब्रह्मचर्यं च त्यागः स्वाध्याय आर्जवम्॥ ७.११.८॥
सन्तोषः समदृक् सेवा ग्राम्येहोपरमः शनैः।
नृणां विपर्ययेहेक्षा मौनमात्मविमर्शनम्॥ ७.११.९॥
अन्नाद्यादेः संविभागो भूतेभ्यश्च यथार्हतः।
तेष्वात्मदेवताबुद्धिः सुतरां नृषु पाण्डव॥ ७.११.१०॥
श्रवणं कीर्तनं चास्य स्मरणं महतां गतेः।
सेवेज्यावनतिर्दास्यं सख्यमात्मसमर्पणम्॥ ७.११.११॥

सरल भावार्थ—नारद मुनि कहते हैं, धर्मानुकूल आचरण करने वाले व्यक्ति को तीस सद्गुणों को अपनाने का प्रयत्न करना चाहिए—सत्य, दया, तप, शौच, सहनशीलता, उचित-अनुचित का ज्ञान, मन का संयम, इन्द्रियों का संयम, ब्रह्मचर्य, अहिंसा, त्याग, स्वाध्याय, सरलता, सन्तोष, समदृष्टि अपनाने का यत्न, सांसारिक विषयों में अनासक्ति, तामसिक विचारों में अरुचि (अर्थात् उनसे बचने की इच्छा), मौन, आत्मचिंतन, अन्न आदि का प्राणियों के बीच संविभाग, मानव में माधव का दर्शन, और नवधा भक्ति (श्रवण, कीर्तन, स्मरण, पादसेवन, अर्चन, वन्दन, दास्य, सख्य, आत्मसमर्पण)।

संत-लक्षणों से सम्बन्धित तीन और विषय

इस अध्याय के शेष भाग में, सन्त-लक्षणों से सम्बन्धित तीन और विषयों का विश्लेषण प्रस्तुत किया जाएगा—

(i) भगवान् शिवजी, श्रीकृष्ण तथा अन्य अवतारों द्वारा निर्दिष्ट संतों का दायित्व।

(ii) श्री शुकदेवजी, योगीश्वरजी, ऋषि दधीचि, प्रह्लाद आदि संतों के उद्गार।

(iii) परीक्षित् जैसे श्रोताओं या कृतज्ञ भक्तों के द्वारा प्रकटित सन्त-महिमा।

(i) सन्तों का दायित्व

भगवान् सन्तों को अपना प्रतिनिधि या दूत समझते हैं और यह चाहते हैं कि संसार में संत, सात्त्विकता और सेवा का आदर्श स्थापित करें—

सन्तो दिशन्ति चक्षूंषि बहिरर्कः समुत्थितः।
देवता बान्धवाः सन्तः सन्त आत्माहमेव च ॥ ११.२६.३४॥

सरल भावार्थ—श्री कृष्ण भगवान् उद्धवजी से कहते हैं, सन्तों को मैं 'अहमेव' (अपना प्रतिनिधि) समझता हूँ। मैं चाहता हूँ कि वे सूर्य की भाँति सबका मार्गदर्शन करें। मैं उनको दैवी शक्ति (सेवा करने की शक्ति) देता हूँ जिससे वे सबके हितैषी बनें।

भगवान् चाहते हैं कि सन्त निष्काम सेवा करें, समदृष्टि अपनाकर—

सन्तोऽनपेक्षा मच्चिताः प्रशान्ताः समदर्शिनः।
निर्ममा निरहंकारा निर्द्वन्द्वा निष्परिग्रहाः॥ ११.२६.२७॥

सरल भावार्थ—भगवान् कहते हैं, मैं सन्तों को निष्काम भाव देता हूँ जिससे वे अपने व्यक्तिगत लाभ को प्राथमिकता न दें। वे अहंकार-रहित और लोभ-रहित होकर मुझमें चित्त लगाएँ। वे शान्त-भाव से समदृष्टि अपनाकर, सबकी सेवा करें और सर्दी-गरमी, सुख-दुःख, सफलता-असफलता से प्रभावित न हों।

छठे स्कंध के अनुसार, समदृष्टि के आदर्श को समाज में स्थापित करने की जिम्मेदारी सन्तों की ही है—

प्रजानां पितरो ये च शास्तारः साधवः समाः।
यदि स्यात्तेषु वैषम्यं कं यान्ति शरणं प्रजाः॥ ६.२.३॥

सरल भावार्थ—भगवान् के पार्षद कहते हैं—जो सन्त हैं, समदर्शी हैं, यदि वे स्वयं अपने आदर्श से गिर जाएँ, तो जनता का मार्गदर्शन कौन करेगा?

भगवान् कहते हैं कि समदृष्टि के साथ-साथ संतों में परोपकार भावना पनपती है—

सत्यसारोऽनवद्यात्मा समः सर्वोपकारकः॥ ११.११.२९॥

सरल भावार्थ—समदृष्टि के साथ-साथ सन्तों में सबका भला करने की भावना दृढ़ होती है। सत्य को, वे अपने जीवन का सार मानते हैं और उनके मन में किसी प्रकार की पापवासना कभी नहीं आती।

भगवान् कहते हैं, परोपकार-भावना को दृढ़ करने वाले अन्य गुणों को भी, सन्त ग्रहण करते हैं—

अहिंसा सत्यमस्तेयमकामक्रोधलोभता।
भूतप्रियहितेहा च धर्मोऽयं सार्ववर्णिकः॥ ११.१७.२१॥

सरल भावार्थ—अहिंसा, सत्य, अस्तेय, निष्काम भाव, क्रोध का त्याग, लोभ का त्याग—ऐसे गुणों को ग्रहण करके, सन्त अपनी परोपकार-भावना को दृढ़ करते हैं।

भगवान् कहते हैं कि धीरे-धीरे सर्वोपकार करना, सन्तों के लिए सहज हो जाता है; क्योंकि उनका सुख सांसारिक विषयों पर निर्भर नहीं करता और अपने व्यक्तिगत लाभ की कामना उन्हें छू नहीं सकती—

निष्किञ्चना मय्यनुरक्तचेतसः
शान्ता महान्तोऽखिलजीववत्सलाः।
कामैरनालब्धधियो जुषन्ति यत्
तन्नैरपेक्ष्यं न विदुः सुखं मम॥ ११.१४.१७॥

सरल भावार्थ—भगवान् कहते हैं, सन्त अपने लिए संग्रह-परिग्रह नहीं करते, उनका मन भक्ति और सेवा में लीन रहता है, और वे शान्त-भाव से और सहज-भाव से, सब प्राणियों के प्रति दया और प्रेम का व्यवहार करते हैं। किसी प्रकार की व्यक्तिगत कामना उनकी बुद्धि का स्पर्श नहीं कर सकती और उनका परम सुख ईश्वर की कृपा पर निर्भर करता है, सांसारिक विषयों पर नहीं।

भगवान् चाहते हैं कि सेवा के साथ-साथ सात्त्विक वृत्ति का आदर्श भी संतों के द्वारा स्थापित हो—

सत्त्वं सत्त्ववतामहम्॥ ११.१६.३१॥

सरल भावार्थ—भगवान् कहते हैं, सन्त मेरे प्रतिनिधि हैं और मैं उनको सात्त्विक वृत्ति देता हूँ—उन्हें देखकर अन्य व्यक्ति भी सात्त्विक वृत्ति अपनाने का प्रयत्न करेंगे (जैसा कि अगले श्लोक का भाव है)।

यद्यदाचरति श्रेयानितरस्तत्तदीहते।
स यत्प्रमाणं कुरुते लोकस्तदनुवर्तते॥ ६.२.४॥

सरल भावार्थ–संत जैसा आचरण करते हैं, साधारण लोग भी वैसा ही करते हैं। संतो के द्वारा आदर्श स्थापित होने पर समाज उसका अनुकरण करता है।

यह उल्लेखनीय है कि श्रीमद्भागवत के इस श्लोक में और भगवद्गीता के श्लोक (3.21) में समानता है। वर्तमान पुस्तक के नवें अध्याय में इस प्रकार की समानता के अन्य उदाहरण भी दिए जाएँगे।

भगवद्गीता की भाँति श्रीमद्भागवत का भी यह स्पष्ट संदेश है कि निष्काम सेवा करने के लिए संन्यास लेने की आवश्यकता नहीं है। गृहस्थाश्रम में रहते हुए, सेवा को स्वधर्म का महत्त्वपूर्ण अंग बनाने वाला व्यक्ति, भगवान् की दृष्टि में सन्त है–

मयोदितेष्ववहितः स्वधर्मेषु मदाश्रयः।
वर्णाश्रमकुलाचारमकामात्मा समाचरेत्॥ ११.१०.१॥

सरल भावार्थ–भगवान् उद्धवजी से कहते हैं–सेवा-मय आचरण करने वाला व्यक्ति, गृहस्थ में रहे, और सेवा को स्वधर्म का अंग समझकर, मुझे अपना कर्म समर्पण कर दे–यह मेरी शिक्षा है।

भगवान् द्वारा निर्दिष्ट संतों के दायित्व का अन्तिम भाग है 'दीन दुखी की सेवा'। इसको स्पष्ट करने के लिए श्रीकृष्ण भगवान्, उनके पिता श्री वसुदेवजी, तथा भगवान् शिवजी के वचन उल्लेखनीय हैं।

ग्यारहवें स्कंध में श्रीकृष्ण भगवान् उद्धवजी से कहते हैं–

आर्तानां शरणं त्वहम्॥ ११.२६.३३॥

सरल भावार्थ–भगवान् उद्धवजी को निमित्त बनाकर सारे संसार को बतलाते हैं, जो आर्त हैं, दीन दुखी हैं, उन्हें मैं अपनी शरण में लेता हूँ।

भगवान् के इन शब्दों का तात्पर्य है कि सन्त, जो भगवान् के प्रतिनिधि हैं, इस कार्य को प्राथमिकता दें।

ग्यारहवें स्कंध में ही, श्रीकृष्ण भगवान् के पिता श्री वसुदेवजी कहते हैं–

साधवो दीनवत्सलाः॥ ११.२.६॥

सरल भावार्थ–दीनों का दुःख दूर करने वाले व्यक्तियों को ही सन्त कहना उचित है।

आठवें स्कंध में, भगवान् शिवजी (हालाहल विष को अपने कंठ में रखते हुए) संतों का दायित्व स्पष्ट करते हैं–

आसां प्राणपरीप्सूनां विधेयमभयं हि मे।
एतावान्हि प्रभोरर्थो यद् दीनपरिपालनम्॥ ८.७.३८॥

सरल भावार्थ—शिवजी ने प्रजापतियों से कहा, इस संकट की घड़ी में मेरा यह कर्त्तव्य है कि मैं आप सबको निर्भय कर दूँ। जिनके पास शक्ति-सामर्थ्य है, उनके जीवन की सार्थकता इसी में है कि वे दीन-दुखियों की सेवा करें।

(ii) सन्तों के उद्‌गार

भगवान् के प्रतिनिधि के रूप में संतों को जो दायित्व मिला है, वे उसे सहर्ष पूरा करते हैं। अवश्य ही उन्हें व्यक्तिगत कामनाओं का त्याग करना पड़ता है, किन्तु ऐसा करना उनके लिए भार नहीं होता; क्योंकि मानव-सेवा को वे माधव-पूजा समझते हैं। आठवें स्कंध में श्री शुकदेवजी इस बात की पुष्टि करते हैं–

तप्यन्ते लोकतापेन साधवः प्रायशो जनाः।
परमाराधनं तद्धि पुरुषस्याखिलात्मनः॥ ८.७.४४॥

सरल भावार्थ—श्री शुकदेवजी कहते हैं, परोपकारी सन्त, लोगों का दुःख टालने के लिए स्वयं कष्ट उठाते हैं, किन्तु वे उसे कष्ट नहीं मानते। उनकी दृष्टि में मानव-सेवा, सबके हृदय में विराजमान भगवान् की परम आराधना है।

श्रीमद्‌भागवत में अनेकों सन्तों ने स्वयं, अपने अनुभव के आधार पर, उपरोक्त विचार की पुष्टि की है। उदाहरणतः नवें स्कंध में रन्तिदेव द्वारा की गई सेवा का वर्णन है। उनके घर पर अतिथि के रूप में ब्राह्मण, शूद्र, चाण्डाल, और कुत्तों को साथ लिए अन्य व्यक्ति—ये सब, एक-के-बाद-एक, आए और सब-के-सब भूखे प्यासे थे। यद्यपि उस समय, घर में भोजन तथा पानी की मात्रा कम थी, फिर भी रंतिदेव ने, अतिथियों को प्राथमिकता दी। उन सबकी सेवा करते समय रन्तिदेव ने यही समझा कि मैं ईश्वर की पूजा कर रहा हूँ–

हरिं सर्वत्र सम्पश्यन्॥ ९.२१.६॥

सरल भावार्थ—रन्तिदेव सब प्राणियों में ईश्वर का दर्शन करते थे।

प्यासे अतिथि को पानी पिलाकर, रन्तिदेव ने स्वयं प्यासे रहने का कष्ट उठाया, किन्तु उन्होंने यह सेवा हर्षपूर्वक की—

क्षुत्तृट्श्रमो गात्रपरिश्रमश्च
दैन्यं क्लमः शोकविषादमोहाः।
सर्वे निवृत्ताः कृपणस्य जन्तोः
जिजीविषोर्जीवजलार्पणान्मे॥ ९.२१.१३॥

सरल भावार्थ—रंतिदेव के मुख से निकले हुए अमृतमय उद्गार—''यह दीन प्राणी बहुत प्यासा था। जल देने से इसके जीवन की रक्षा हो गई। अब मेरी भूख-प्यास की पीड़ा, शरीर की शिथिलता, दीनता, ग्लानि, शोक, विषाद और मोह—ये सब-के-सब जाते रहे। दूसरों को सुखी देखकर मैं सुखी हो गया।''

पाँचवे स्कंध में भरत (या जड़ भरत) द्वारा, स्वयं कष्ट उठाकर, गरीब मजदूरों की सेवा का हृदयस्पर्शी वर्णन है। उन्होंने राजा की पालकी ढोने वाले चार मजदूरों में से एक मजदूर का स्थान स्वयं लिया और उचित अवसर मिलने पर राजा को समझाया—

राजास्मि सिन्धुष्विति दुर्मदान्धः॥ ५.१२.६॥
शोच्यानिमांस्त्वमधिकष्टदीनान्
विष्ट्या निगृह्णन्निरनुग्रहोऽसि॥ ५.१२.७॥

सरल भावार्थ—भरत ने राजा रहूगण को समझाया—ज़रा ध्यान दीजिए। तुम्हारा यह अभिमान कि 'मैं सिंधुदेश का राजा हूँ', माया का जाल है। तुमने इन बेचारे दीन-दुखी मजदूरों को, बिना उचित वेतन दिए, अपना बोझ ढोने के लिए विवश किया है।

धीरे-धीरे राजा समझ गया कि यह पालकी ढोने वाला, कोई साधारण मजदूर नहीं है—यह तो बहुत ज्ञानी व्यक्ति है जिसने स्वेच्छा से पालकी ढोकर मुझे ज्ञान दिया है। राजा ने अपने दुर्व्यवहार के लिए क्षमायाचना की और भविष्य के लिए मार्गदर्शन की प्रार्थना की। भरत ने उसे शिक्षा दी—

संन्यस्तदण्डः कृतभूतमैत्रः॥ ५.१३.२०॥

सरल भावार्थ—भरत ने कहा, राजन्, तुम गरीब मजदूरों को दण्ड देना बन्द करो और उनके साथ मित्रता का व्यवहार करो।

छठे स्कंध में ऋषि दधीचि के महान् त्याग की कथा है। उन्होंने देवताओं की रक्षा करने के लिए अपना शरीर भी, सहर्ष, त्याग दिया और दु:खी प्राणियों के प्रति दया-भाव का संदेश दिया—

योऽध्रुवेणात्मना नाथा न धर्मं न यशः पुमान्।
ईहेत भूतदयया स शोच्यः स्थावरैरपि॥ ६.१०.८॥
एतावानव्ययो धर्मः पुण्यश्लोकैरुपासितः।
यो भूतशोकहर्षाभ्यामात्मा शोचति हृष्यति॥ ६.१०.९॥

सरल भावार्थ—ऋषि दधीचि ने देवताओं को निमित्त बनाकर सारे संसार को संदेश दिया—दुखी प्राणियों पर दया करके जो व्यक्तिगत रूप से त्याग नहीं करता, वह धर्मपालन में कच्चा है और पेड़-पौधों से भी गया-बीता है। बड़े-बड़े महात्माओं ने सेवाधर्म को स्पष्ट किया है। उसका व्यावहारिक रूप यह है कि सेवक दूसरों को दुखी देखकर दु:ख का अनुभव करे और सुखी देखकर सुख का।

सातवें स्कंध में भक्त शिरोमणि प्रह्लाद की जीवन गाथा है। नारदजी के उपदेशों को ग्रहण करके, प्रह्लाद बचपन से ही सन्त बन गए। उन्होंने दैत्य-बालकों को आध्यात्मिक शिक्षा दी जिसका भगवान् की दृष्टि में बहुत महत्त्व है। जिस प्रकार दीन दुखी की सेवा भगवान् को विशेषत: प्रिय है, उसी प्रकार दैत्यों को आसुरी भाव छोड़ने की शिक्षा देना भगवान् का काम (मत्कर्म) है जिसके लिए प्रह्लाद ने भरसक प्रयत्न किया—

तस्मात् सर्वेषु भूतेषु दयां कुरुत सौहृदम्।
आसुरं भावमुन्मुच्य यया तुष्यत्यधोक्षजः॥ ७.६.२४॥

सरल भावार्थ—प्रह्लाद ने दैत्यबालकों को भगवद्भक्ति का ज्ञान दिया और कहा, प्यारे मित्रो, तुम्हारा भला इसी में है कि तुम आसुरी भाव को छोड़ो, सब प्राणियों पर दया करो और उनके सुहृद बन जाओ।

प्रह्लाद ने परोपकार भावना का प्रचार किया, जो उन्होंने नारदजी से सीखी थी—

हरिः सर्वेषु भूतेषु भगवानास्त ईश्वरः।
इति भूतानि मनसा कामैस्तैः साधु मानयेत्॥ ७.७.३२॥

सरल भावार्थ–नारदजी ने प्रह्लाद को शिक्षा दी थी– भगवान् समस्त प्राणियों में विद्यमान हैं–ऐसी भावना से यथाशक्ति सबकी सेवा करो और उनका सम्मान करो।

नृसिंह भगवान् ने प्रह्लाद को दर्शन दिया और अपने प्रतिनिधि के रूप में उन्हें दीनवत्सलता के प्रचार का कार्य सौंपा। प्रह्लाद ने दीन दुखियों के उद्धार को प्राथमिकता दी–

नैतान्विहाय कृपणान्विमुमुक्ष एको॥ ७.९.४४॥

सरल भावार्थ–प्रह्लाद ने कहा कि असहाय प्राणियों को छोड़कर मैं अकेला मुक्त होना नहीं चाहता।

जिस प्रकार नारदजी ने प्रह्लाद को परोपकार-भाव सिखाया, उसी प्रकार ध्रुव की माँ सुनीति ने ध्रुव को निर्वैर-भाव सिखाया। ध्रुव की कथा चौथे स्कंध में वर्णित है। वह राजा उत्तानपाद के पुत्र थे, किन्तु घर में भेद-भाव का वातावरण होने के कारण ध्रुव की सौतेली माँ सुरुचि और उसके (अपने) पुत्र (उत्तम) को प्राथमिकता मिलती थी। सौतेली मां के दुर्व्यवहार से दुखी होकर ध्रुव ने अपनी माँ से पूछा कि मैं इस अपमान का बदला कैसे लूँ, किन्तु सुनीति ने 'अपमान के बदले में मंगल कामना' की शिक्षा दी–

मामंगलं तात परेषु मंस्था
भुंक्ते जनो यत्परदुःखदस्तत्॥ ४.८.१७॥

सरल भावार्थ–सुनीति ने कहा, बेटे, यद्यपि तेरा अपमान हुआ है, फिर भी तू दूसरों के लिए अमंगल की कामना कभी न करना। जो व्यक्ति दूसरों को दुःख देता है, उसे स्वयं ही उसका फल भोगना पड़ता है।

घर छोड़कर ध्रुव ने भगवान् में अपना मन लगा दिया। ध्रुव को भगवान् के दर्शन प्राप्त हुए। उसी समय उनके मन में से अपनी सौतेली माँ के प्रति बदला लेने की इच्छा समाप्त हो गई। ध्रुव के घर लौटने पर पुराने भेद-भाव के स्थान पर परस्पर प्रेम का वातावरण फैल गया।

'अपमान के बदले में प्रेम'—ऐसा ऊंचा आदर्श कोई सन्त ही स्थापित कर सकता है। नवें स्कंध में वर्णित अम्बरीष की कथा इसी आदर्श का अगला उदाहरण है। जब दुर्वासा ऋषि अम्बरीष के यहाँ अतिथि के रूप में आए, तब छोटी-छोटी बातों को लेकर, दुर्वासाजी क्रोधित हो गए और उन्होंने अम्बरीष को मार डालने के लिए तान्त्रिक शक्ति का प्रयोग किया। किन्तु भगवान् के भक्त का कोई बाल भी बाँका नहीं कर सकता। धीरे-धीरे दुर्वासाजी का क्रोध शान्त हुआ और उन्होंने अम्बरीष से क्षमायाचना की—

राजन्ननुगृहीतोऽहं त्वयातिकरुणात्मना।
मदघं पृष्ठतः कृत्वा प्राणा यन्मेऽभिरक्षिताः॥ ९.५.१७॥

सरल भावार्थ—दुर्वासाजी ने कहा, महाराज अम्बरीष, आपका हृदय करुणाभाव से परिपूर्ण है। आपने मेरे ऊपर महान् अनुग्रह किया है—आपने मेरे अपराध को भुलाकर मेरे प्राणों की रक्षा की है।

संतों द्वारा स्थापित, उपरोक्त दो उदाहरणों के समान ही, तीसरा प्रसंग है 'द्वेषभाव के स्थान पर निर्वैर-भाव' जिसके लिए महर्षि बृहस्पति ने मध्यस्थता की। इसका वर्णन बारहवें स्कंध में है। शृंगी ऋषि द्वारा दिए गए शाप के कारण परीक्षित् की मृत्यु सर्पराज तक्षक के डसने से हुई। तत्पश्चात् परीक्षित् के पुत्र जनमेजय ने सर्पों को भस्म करने के लिए यज्ञ का आयोजन किया। महर्षि वृहस्पति ने मध्यस्थता करते हुए जनमेजय को सलाह दी कि यह यज्ञ बंद कर दिया जाय—

सर्पा अनागसो दग्धाः॥ १२.६.२७॥
न वैरं कुर्वीत केनचित्॥ १२.६.३४॥

सरल भावार्थ—महर्षि वृहस्पति ने जनमेजय से कहा, राजन्, तुम्हारे यज्ञ में बहुत से निरपराध सर्प जला दिए गए हैं। अब निर्वैर-भाव को अपनाओ और सर्पों को क्षमा कर दो।

जनमेजय ने सर्पयज्ञ बंद कर दिया और देवगुरु वृहस्पति की पूजा की।

यद्यपि श्रीमद्भागवत के धर्म-सम्बन्धी उपदेश अधिकतर भगवान् के अवतारों ने दिए हैं, फिर भी संतों ने भी इस महत्त्वपूर्ण कार्य में योगदान दिया है। स्थानाभाव के कारण यहाँ केवल दो दृष्टान्त देना पर्याप्त होगा।

यज्ञ में होने वाली पशु-बलि को रोकने का संदेश, ग्यारहवें स्कंध में, कृष्ण-उद्धव संवाद में तो है ही, साथ ही योगीश्वर-निमि संवाद में भी है। यहाँ केवल योगीश्वरजी के उपदेश का एक अंश प्रस्तुत है—

यद् घ्राणभक्षो विहितः सुरायाः
तथा पशोरालभनं न हिंसा।
इमं विशुद्धं न विदुः स्वधर्मम्॥ ११.५.१३॥
ये त्वनेवंविदोऽसन्तः स्तब्धाः सदभिमानिनः।
पशून् द्रुह्यन्ति विस्रब्धाः प्रेत्य खादन्ति ते च तान्॥ ११.५.१४॥

सरल भावार्थ—श्री योगीश्वरजी कहते हैं, जो धर्म का वास्तविक रूप नहीं जानते, वे यज्ञ में पशुबलि करते हैं। यज्ञ में पशु का आलभन (स्पर्शमात्र) ही विहित है, हिंसा नहीं। इसी प्रकार सौत्रामणि यज्ञ में सुरा को सूँघने का ही विधान है, पीने का नहीं। धर्म की अनुचित व्याख्या करने वाले, अहंकार-वश, अपने आपको श्रेष्ठ समझते हैं। वे नहीं जानते कि जिन पशुओं की वे हिंसा करते हैं, मरने के बाद वे पशु ही उन हत्यारों को खाते हैं।

दसवें स्कंध में श्री शुकदेवजी भी धर्म के नाम पर कुकर्म करने वालों से सावधान रहने का उपदेश देते हैं—

धर्मध्वजिनः पातकिनः॥ १०.७८.२७॥

सरल भावार्थ—श्री शुकदेवजी कहते हैं—धर्म का झंडा खड़ा करने वाले और धर्म के नाम पर झगड़ा करने वाले पापी लोग हैं।

भोली-भाली जनता को डराने वाले (पाखंडी, कट्टरपंथी, नरक का भय दिखलाने वाले)—इन सबकी गणना 'धर्मध्वजिनः' में की जा सकती है।

श्रीमद्भागवत में, श्रीकृष्ण भगवान् ने पर्यावरण (अर्थात् वायु, जल, आदि) को स्वच्छ रखने का उपदेश भी दिया है। उसी क्षेत्र में भगवान् के कार्य को, सन्त रूप से, आगे बढ़ाने वाले हैं 'चन्द्रमा'—उनके उद्‌गारों का उल्लेख यहाँ करना उपयुक्त है। यह प्रसंग छठे स्कंध में वर्णित है। जब प्रजापति और उनकी सन्तान ने क्रोध-वश वृक्षों को जलाया, तब चन्द्रमा ने उनसे अनुरोध किया कि ऐसा करना भगवान् के विधान के अनुकूल नहीं है—

मा द्रुमेभ्यो महाभागा दीनेभ्यो द्रोग्धुमर्हथ।
विवर्धयिषवो यूयं प्रजानां पतयः स्मृताः॥ ६.४.७॥
अहो प्रजापतिपतिर्भगवान् हरिरव्ययः।
वनस्पतीनोषधीश्च ससर्जोर्जमिषं विभुः॥ ६.४.८॥
अलं दग्धैर्द्रुमैर्दीनैः खिलानां शिवमस्तु वः॥ ६.४.१५॥

सरल भावार्थ—चन्द्रमा ने प्रजापति से कहा, आप, क्रोधित होकर वृक्षों को जला रहे हैं। ज़रा शान्त होकर सोचिए। ये वृक्ष बड़े दीन हैं। आपका लक्ष्य प्रजा की अभिवृद्धि करना है। वृक्षों को जलाने से आपके लक्ष्य की प्राप्ति नहीं हो सकती। प्रजापतियों के भी अधिपति भगवान् श्री हरि ने सम्पूर्ण वनस्पतियों और औषधियों को प्रजा के हितार्थ उनके खान-पान के लिए बनाया है। जो वृक्ष जल गए सो जल गए, अब और वृक्षों को न जलाइए—बल्कि उनकी रक्षा कीजिए। इससे आपका भी कल्याण होगा।

इस विभाग को समाप्त करने से पहले, संतों की मुख्य साधना—दीन दुखी की सेवा—से सम्बन्धित दो प्रसंगों का उल्लेख करना आवश्यक है।

पहला प्रसंग आठवें स्कंध में वर्णित है। श्री कश्यपजी, अपनी पत्नी अदिति को, 'संविभाग-भावना' अर्थात् भोजन को बाँटकर खाने का व्यावहारिक रूप स्पष्ट करते हैं—

अन्नाद्येनाश्वपाकांश्च प्रीणयेत्समुपागतान्।
भुक्तवत्सु च सर्वेषु दीनान्धकृपणेषु च ॥ ८.१६.५६॥

सरल भावार्थ—श्री कश्यपजी कहते हैं, प्रिये, जो चाण्डाल आदि अपनेआप हमारे घर पर आ जाएँ, उन सभी को तथा दीन, अन्धे और असहाय व्यक्तियों को भी, उनकी आवश्यकता के अनुकूल, अन्न समर्पण करना चाहिए।

दूसरा प्रसंग चौथे स्कंध में वर्णित है। श्री मैत्रेयजी, दीनों की सेवा को, साधना और धर्म का मूल बतलाते हैं—

ब्राह्मणः समदृक् शान्तो दीनानां समुपेक्षकः।
स्रवते ब्रह्म तस्यापि भिन्नभाण्डात्पयो यथा॥ ४.१४.४१॥

सरल भावार्थ–श्री मैत्रेयजी कहते हैं–दीनों की सेवा सबसे बड़ा धर्म है। जो दीनों की सेवा नहीं करता, उसका ब्रह्मज्ञान, समदृष्टि और ऊपर से दिखलाई देने वाला शान्त-भाव–ये सब नष्ट हो जाते हैं, जैसे फूटे हुए घड़े में से जल बह जाता है।

(iii) सन्त-महिमा

जिन व्यक्तियों को सन्तों के माध्यम से महान् आध्यात्मिक लाभ हुआ, उन्होंने अपने अनुभव के आधार पर, विभिन्न प्रसंगों में, संत-महिमा-प्रदर्शक विचार प्रकट किए जिनमें सन्तों के लक्षणों का भी परोक्ष रूप से चित्रण है। इस प्रकार के पाँच उदाहरण यहाँ प्रस्तुत किए जाएँगे।

कृतज्ञता-पूर्ण भाव प्रकट करने वालो में परीक्षित् का विशेष स्थान है। कथा के आरम्भ में, और उससे भी अधिक, कथा की समाप्ति के समय, उनके हृदय से मर्मस्पर्शी उद्‌गार निकले।

पहले स्कंध में, श्री शुकदेवजी तथा अन्य ऋषियों का स्वागत करते हुए, परीक्षित् ने उनकी परोपकार-भावना के प्रति अपना आभार प्रदर्शन किया–

समागताः सर्वत एव सर्वे
वेदा यथा मूर्तिधरास्त्रिपृष्ठे।
नेहाथवामुत्र च कश्चनार्थ
ऋते परानुग्रहमात्मशीलम्॥ १.१९.२३॥

सरल भावार्थ–परीक्षित् ने कहा, महात्माओ, मैं आभारी हूँ कि आप दूर-दूर से मेरा हित करने के लिए यहाँ पधारे हैं। आप सत्यलोक में रहने वाले मूर्तिमान् वेदों के समान हैं। दूसरों पर अनुग्रह करना आपका सहज स्वभाव है। इस लोक में या परलोक में आपका निजी कोई स्वार्थ नहीं है।

श्री सूतजी ने परीक्षित् के विचारों का समर्थन किया–

महर्षयो वै समुपागता ये
प्रशस्य साध्वित्यनुमोदमानाः।
ऊचुः प्रजानुग्रहशीलसारा
यदुत्तमश्लोकगुणाभिरूपम्॥ १.१९.१९॥

सरल भावार्थ—श्री सूतजी कहते हैं—वहाँ एकत्रित हुए महर्षियों ने परीक्षित् के भावों की प्रशंसा की। लोगों पर अनुग्रह की वर्षा करना तो ऋषियों का सहज स्वभाव है। उनकी सारी शक्ति लोगों पर कृपा करने के लिए ही होती है। उनको यह देखकर हर्ष हुआ कि परीक्षित्, भगवान् श्रीकृष्ण के गुणों से प्रभावित हैं।

बारहवें स्कंध में, कथा समाप्ति के समय, परीक्षित् ने अपने अमूल्य आध्यात्मिक लाभ को संतों का आशीर्वाद समझा—

भगवंस्तक्षकादिभ्यो मृत्युभ्यो न विभेम्यहम्।
प्रविष्टो ब्रह्म निर्वाणमभयं दर्शितं त्वया॥ १२.६.५॥
अज्ञानं च निरस्तं मे ज्ञानविज्ञाननिष्ठया।
भवता दर्शितं क्षेमं परं भगवतः पदम्॥ १२.६.७॥

सरल भावार्थ—परीक्षित् ने श्री शुकदेवजी को सम्बोधित करते हुए कहा—भगवन्, आपने मुझे अभयदान का, ब्रह्म और आत्मा की एकता का साक्षात्कार करा दिया है। अब मैं परम शान्तिस्वरूप ब्रह्म में स्थित हूँ। अब मुझे तक्षक या मृत्यु के और किसी निमित्त का भय नहीं है। मैं अभय हो गया हूँ। आपने ज्ञान और विज्ञान का उपेदश देकर मेरे अज्ञान को पूर्णरूप से नष्ट कर दिया है। आपने भगवान् के परम कल्याणमय स्वरूप का मुझे साक्षात्कार करा दिया है।

संक्षेप में, उपरोक्त श्लोकों के अनुसार, श्रीशुकदेवजी तथा अन्य सन्तों की परोपकार भावना के कारण, परीक्षित् को भक्ति, ज्ञान और अभय की प्राप्ति हुई।

पाँचवें स्कंध में, राजा रहूगण ने महात्मा (जड़) भरत की शिक्षा को अंपनाकर अपनी अभिमान-भरी वृत्ति से मुक्ति पाई—

नमो नमः कारणविग्रहाय
    स्वरूपतुच्छीकृतविग्रहाय।
नमोऽवधूत द्विजबन्धुलिंग—
    निगूढनित्यानुभवाय तुभ्यम्॥ ५.१२.१॥
ज्वरामयार्तस्य यथागदं सत्
    निदाघदग्धस्य यथा हिमाम्भः।

कुदेहमानाहिविदष्टदृष्टेः
ब्रह्मन् वचस्तेऽमृतमौषधं मे॥ ५.१२.२॥

सरल भावार्थ—राजा रहूगण ने महात्मा (जड़) भरत से कहा—भगवन्, मैं आपको नमस्कार करता हूँ। आपने जगत् का उद्धार करने के लिए ही यह देह धारण किया है। योगेश्वर, अपने परमानन्दमय स्वरूप का अनुभव करके आप इस स्थूल शरीर से उदासीन हो गए हैं। एक जड़ ब्राह्मण का रूप धारण करके, आपने अपने नित्यज्ञानमय स्वरूप को जनसाधारण की दृष्टि से ओझल कर लिया है। मैं आपको बार-बार नमस्कार करता हूँ। ब्रह्मन्, जिस प्रकार ज्वर से पीड़ित रोगी के लिए मीठी औषधि और धूप से तप्त हुए व्यक्ति के लिए शीतल जल अमृततुल्य होता है, उसी प्रकार अभिमान-भरी वृत्ति में फँसे हुए मेरे लिए आपके वचन अमृतमय औषधि के समान हैं।

छठे स्कंध में, देवताओं ने ऋषि दधीचि की सर्वोच्च कोटि की त्याग भावना की भूरि-भूरि प्रशंसा की—

किं नु तद् दुस्त्यजं ब्रह्मन् पुंसां भूतानुकम्पिनाम्।
भवद्विधानां महतां पुण्यश्लोकेड्यकर्मणाम्॥ ६.१०.५॥

सरल भावार्थ—देवताओं ने ऋषि दधीचि से कहा, ब्रह्मन्, आप-जैसे उदार और प्राणियों पर दया करने वाले महात्मा, जिनके त्याग की बड़े-बड़े यशस्वी महानुभाव भी प्रशंसा करते हैं, प्राणियों की भलाई के लिए कौन-सी वस्तु निछावर नहीं कर सकते?

आठवें स्कंध में, बलि ने भी संतों की त्याग-भावना को अपनी प्रेरणा का स्रोत बतलाया—

श्रेयः कुर्वन्ति भूतानां साधवो दुस्त्यजासुभिः।
दध्यङ्शिविप्रभृतयः को विकल्पो धरादिषु॥ ८.२०.७॥

सरल भावार्थ—बलि ने वामन भगवान् से कहा, दधीचि, शिबि, आदि महात्माओं ने अपने परम प्रिय प्राणों का दान करके भी प्राणियों की भलाई की है। मैंने उनसे प्रेरणा ली है, इसलिए आपकी इच्छानुसार पृथ्वी का दान देते समय मुझे सोच-विचार करने की क्या आवश्यकता है?

नवें स्कंध में, दुर्वासाजी के शाप के कारण अम्बरीष को कोई हानि नहीं हुई, बल्कि दुर्वासाजी स्वयं कठिनाई में पड़ गए। दुर्वासाजी के अपराध को भुलाकर, अम्बरीष ने, उनकी विपत्ति को मिटाने के लिए, भगवान् से प्रार्थना की—

यदि नो भगवान् प्रीत एकः सर्वगुणाश्रयः।
सर्वभूतात्मभावेन द्विजो भवतु विज्वरः॥ ९.५.११॥

सरल भावार्थ—अम्बरीष ने भगवान् से प्रार्थना की—आप समस्त गुणों के एकमात्र आश्रय हैं। यदि मैंने समस्त प्राणियों की आत्मा के रूप में आपको देखा हो और आप मुझ पर प्रसन्न हों तो आप दुर्वासाजी के हृदय की जलन को मिटा दीजिए।

अम्बरीष की प्रार्थना सुनकर भगवान् ने दुर्वासाजी को क्षमा कर दिया। तब दुर्वासाजी ने अम्बरीष की संत-वृत्ति की सराहना की—

अहो अनन्तदासानां महत्त्वं दृष्टमद्य मे।
कृतागसोऽपि यद् राजन् मंगलानि समीहसे॥ ९.५.१४॥
राजन्ननुगृहीतोऽहं त्वयातिकरुणात्मना।
मदघं पृष्ठतः कृत्वा प्राणा यन्मेऽभिरक्षिताः॥ ९.५.१७॥

सरल भावार्थ—दुर्वासाजी ने अम्बरीष के प्रति कृतज्ञता प्रकट करते हुए कहा— धन्य है! आज मैंने भगवान् के प्रेमी भक्त की उदार भावना का अनुभव किया। मैंने आपका अपराध किया, फिर भी आपने मेरे लिए मंगल कामना ही की। महाराज अम्बरीष! आपका हृदय करुणाभाव से परिपूर्ण है। आपने मेरे ऊपर महान् अनुग्रह किया है। आपने मेरे अपराध को भुलाकर मेरे प्राणों की रक्षा की है।

अध्याय 8

भारतवर्ष, रामराज्य तथा कृष्ण अभिषेक का गौरव गान

श्रीमद्‌भागवत की एक अनुपम महानता यह है कि इसने भारतवर्ष का गौरव गान गाया है। देश का यह नाम, राजा 'भरत' की ख्याति का सूचक है। 'भरत' नाम, प्राचीनकाल से लोकप्रिय रहा है और कम-से-कम तीन प्रसिद्ध पुरुष इस नाम से जाने जाते हैं—

(अ) भगवान् श्रीराम के छोटे भाई (भरत)

(आ) दुष्यन्त-शकुन्तला के पुत्र (भरत)

(इ) ऋषभदेव के पुत्र (भरत)

श्रीमद्‌भागवत के मतानुसार, ऋषभदेव के पुत्र (भरत) के कारण, देश का नाम 'भारत' प्रतिष्ठित हुआ। उससे पहले, देश का नाम था 'अजनाभखण्ड'। ऋषभदेव की गणना भगवान् के चौबीस अवतारों में की गई है—पाँचवें स्कंध में उनके द्वारा किए गए महान् कार्यों का वर्णन है।

वर्तमान अध्याय में, ऋषभदेव के पिता नाभि से लेकर भरत तक (अर्थात् तीन पीढ़ियों) का संक्षिप्त वर्णन लिखने के बाद, तीन अन्य विषय सम्मिलित किए गए हैं—

(क) भारतवर्ष की महानता

(ख) राम राज्य

(ग) कृष्ण अभिषेक

राजर्षि नाभि

ऋषभदेव के पिता राजर्षि नाभि ने सन्तान-प्राप्ति के लिए भगवान् से प्रार्थना की और 'पत्रं पुष्पं फलं तोयं' भगवान् को अर्पित किए। यह उल्लेखनीय है कि

भगवद्गीता का यह प्रसिद्ध श्लोक (पत्रं पुष्पं फलं तोयं), श्रीमद्भागवत में दो बार प्रयुक्त हुआ है—भक्त सुदामा के प्रसंग में तथा राजर्षि नाभि द्वारा की गई पूजा के प्रसंग में। पाँचवें स्कंध ने राजर्षि नाभि द्वारा किए गए शुभ कार्यों का वर्णन 'शुद्ध कर्म' के रूप में किया है—

को नु तत्कर्म राजर्षेर्नाभेरन्वाचरेत्पुमान्।
अपत्यतामगाद्यस्य हरिः शुद्धेन कर्मणा॥ ५.४.६॥

सरल भावार्थ—श्री शुकदेवजी कहते हैं, राजर्षि नाभि के उदार कर्मों का आचरण अन्य कौन पुरुष कर सकता है—जिनके शुद्ध कर्मों से सन्तुष्ट होकर साक्षात् श्री हरि (ऋषभदेव के रूप में) उनके पुत्र हो गए।

ऋषभदेव

नाभिपुत्र ऋषभ के जन्म तथा गुणों का वर्णन, श्रीमद्भागवत ने गद्य में किया है। उसका हिन्दी रूपान्तर भी, जो गीताप्रेम गोरखपुर की देन है, गद्य के बाद यहाँ प्रस्तुत किया गया है—

अथ ह तमुत्पत्त्यैवाभिव्यज्यमानभगवल्लक्षणं
साम्योपशमवैराग्यैश्वर्यमहाविभूतिभिरनुदिनमेधमानानुभावं प्रकृतयः
प्रजा ब्राह्मणा देवताश्चावनितलसमवनायातितरां जगृधुः॥ ५.४.१॥
तस्य ह वा इत्थं वर्ष्मणा वरीयसा बृहच्छ्लोकेन चौजसा बलेन श्रिया
यशसा वीर्यशौर्याभ्यां च पिता ऋषभ इतीदं नाम चकार॥ ५.४.२॥

सरल भावार्थ—श्रीशुकदेवजी कहते हैं—नाभिनन्दन के अंग जन्म से ही भगवान् विष्णु के वज्र-अंकुश आदि चिह्नों से युक्त थे। समता, शान्ति, वैराग्य और ऐश्वर्य आदि महान् विभूतियों के कारण उनका प्रभाव दिनों दिन बढ़ता गया। यह देखकर मन्त्री आदि प्रकृतिवर्ग, प्रजा, ब्राह्मण और देवताओं की यह उत्कट अभिलाषा होने लगी कि ये ही पृथ्वी का शासन करें॥ ५.४.१॥

उनके सुन्दर और सुडौल शरीर, विपुल कीर्ति, तेज, बल, ऐश्वर्य, यश, पराक्रम और शूरवीरता आदि गुणों के कारण, महाराज नाभि ने उनका नाम 'ऋषभ' (श्रेष्ठ) रखा॥ ५.४.२॥

कालान्तर में, ऋषभदेव के सिंहासनारूढ़ होने पर, इन्द्र देवता का सहयोग न मिलने पर भी, देश ने पानी का अभाव नहीं देखा–

> तस्य हीन्द्रः स्पर्धमानो भगवान् वर्षे न ववर्ष
> तदवधार्य भगवानृषभदेवो योगेश्वरः प्रहस्यात्मयोगमायया
> स्ववर्षमजनाभं नामाभ्यवर्षत्॥ ५.४.३॥

सरल भावार्थ–श्री शुकदेवजी कहते हैं, एक बार इन्द्र ने ईर्ष्यावश ऋषभदेव के राज्य (अजनाभखण्ड) में वर्षा नहीं की। तब योगेश्वर भगवान् ऋषभदेव ने इन्द्र की मूर्खता पर हंसते हुए अपनी योगमाया के प्रभाव से अपने राज्य में खूब जल बरसाया।

ऋषभदेव ने इन्द्र के सहयोग के बिना पानी का प्रबन्ध किया अर्थात् कृत्रिम वर्षा की या कुएँ खुदवाए।

ऋषभदेव ने देखा कि निर्धन मजदूरों के प्रति देश के धनी लोगों का व्यवहार अच्छा नहीं है, इसलिए उन्होंने उच्च वर्ग से अनुरोध किया कि वे अकिंचन (अर्थात् गरीब व्यक्तियों) का अपमान न करें–

> श्रुतधनकुलकर्मणां मदैर्ये
> विदधति पापमकिंचनेषु सत्सु॥ ५.५.२५॥

सरल भावार्थ–ऋषभदेव ने उच्च वर्ग से अनुरोध किया–जो लोग अपने शास्त्र ज्ञान, धन, कुल या उच्च पद के नशे में आकर गरीब व्यक्तियों का तिरस्कार करते हैं, वे पाप के भागी हैं।

ऋषभदेव ने कर्मयोग के द्वारा आध्यात्मिक पूर्णता (अर्थात् जीवन्मुक्तावस्था) प्राप्त की–उनके अवतार-रूप को पहचानने पर यह ज्ञात होता है कि यह उनकी लीला थी–

> अथ ह भगवानृषभदेवः स्ववर्षं कर्मक्षेत्रमनुमन्यमानः कालेनानुगतं
> धर्ममाचरणेनोपशिक्षयन्नतद्विदां सम उपशान्तो मैत्रः कारुणिको
> धर्मार्थयशः प्रजानन्दामृतावरोधेन गृहेषु लोकं नियमयत्॥ ५.४.८,१४॥

सरल भावार्थ–श्री शुकदेवजी कहते हैं, भगवान् ऋषभदेव ने अपने देश को कर्मभूमि माना। उन्होंने काल के अनुसार प्राप्त धर्म का आचरण करके, उसका

तत्त्व न जानने वाले लोगों को उसकी शिक्षा दी। साथ ही सम, शान्त, सुहृद और कारुणिक रहकर वे जीवन्मुक्त हो गए। उन्होंने धर्म, अर्थ, यश, सन्तान,भोग-सुख और अनासक्ति का समन्वय करते हुए, गृहस्थाश्रम में लोगों को नियमित किया।

यह उल्लेखनीय है कि श्री शुकदेवजी ने भगवद्गीता के श्लोक 3.21 का सार, श्रीमद्भागवत के श्लोक 5.4.15 में, लिखकर यह बतलाया है कि ऋषभदेव की जनता ने भी निष्काम कर्म की शिक्षा उनसे ली–

यद् यच्छीर्षण्याचरितं तत्तदनुवर्तते लोकः॥ ५.४.१५॥
भगवतर्षभेण परिरक्ष्यमाण एतस्मिन् वर्षे न कश्चन
पुरुषो वाञ्छति ॥ ५.४.१८॥

सरल भावार्थ–श्री शुकदेवजी कहते हैं, श्रेष्ठ व्यक्ति जैसा आचरण करता है, सामान्य लोग उसी का अनुसरण करते हैं। भगवान् ऋषभदेव के शासनकाल में इस देश का कोई भी व्यक्ति अपने लिए किसी वस्तु की कामना नहीं करता था।

ऋषभदेव ने अपने पुत्रों को निष्काम सेवा में निपुण बनाया (सबसे बड़े पुत्र का नाम था 'भरत')–

सर्वाणि मद्धिष्ण्यतया भवद्भिः
चराणि भूतानि सुता ध्रुवाणि।
सम्भावितव्यानि पदे पदे वो
विविक्तदृग्भिस्तदुहार्हणं मे॥ ५.५.२६॥
लोकः स्वयं श्रेयसि नष्टदृष्टिः
योऽर्थान् समीहेत निकामकामः।
अन्योन्यवैरः सुखलेशहेतोः
अनन्तदुःखं च न वेद मूढः॥ ५.५.१६॥

सरल भावार्थ–ऋषभदेव ने कहा, पुत्रो, तुम समस्त प्राणियों को मेरा ही शरीर समझकर, पद-पद पर, उनकी सेवा करो। यही मेरी सच्ची पूजा है। तुम जनता में समदृष्टि और निर्वैर-भाव भी स्थापित करो; क्योंकि वे अज्ञानवश आपस में वैर ठान लेते हैं। तुम उनको समझाओ कि वैर-विरोध के कारण सबकी महान हानि होगी।

ऋषभदेव के द्वारा दिए गए उपदेशों की यह विशेषता है कि उन्होंने उच्च कोटि की सेवा के लिए 'मत्कर्म' शब्द का प्रयोग किया (जिसका अर्थ है 'भगवान् का काम' और जिसके द्वारा भगवद्‌गीता ने लोक-सेवा का संदेश दिया है तथा जिसकी विस्तृत व्याख्या छठे अध्याय में की गई है)—

मत्कर्मभिर्मत्कथया च नित्यं
निर्वैरसाम्योपशमेन पुत्रा।
योगेन धृत्युद्यमसत्त्वयुक्तो
असम्प्रमादेन यमेन वाचाम्॥ ५.५.११॥
महान्तस्ते समचित्ताः प्रशान्ता
विमन्यवः सुहृदः साधवो ये॥ ५.५.२॥

सरल भावार्थ—ऋषभदेव ने कहा, पुत्रो, तुम 'मत्कर्म' करो अर्थात् मानव सेवा को मेरी (अर्थात् भगवान् की) पूजा समझो। इस प्रकार की सेवा से सम्बन्धित कथाएँ सुनो—इससे तुम्हारा सेवा भाव दृढ़ होगा। साधना के अन्य अंगों में से निर्वैर-भाव और सम-भाव को महत्त्व दो। धैर्य, उद्यम, सात्त्विकता, कर्म-कुशलता तथा वाणी के संयम से तुम शान्ति का अनुभव करोगे। तुम 'महात्मा' बनो अर्थात् सम-भाव से युक्त, शान्त, क्रोध-रहित, सबके हितैषी और सदाचारी।

श्रीमद्‌भागवत ने ऋषभदेव का (जिनके पूर्वज ध्रुव के चाचा प्रियव्रत थे) निम्नलिखित शब्दों में गुणगान किया है—

अहो नु वंशो यशसावदातः
प्रैयव्रतो यत्र पुमान् पुराणः।
कृतावतारः पुरुषः स आद्यः
चचार धर्मं यदकर्महेतुम्॥ ५.६.१४॥
को न्वस्य काष्ठामपरोऽनुगच्छेत्
मनोरथेनाप्यभवस्य योगी।
यो योगमायाः स्पृहयत्युदस्ता
ह्यसत्तया येन कृतप्रयत्नाः॥ ५.६.१५॥

सरल भावार्थ—श्री शुकदेवजी कहते हैं, अहो! महाराज प्रियव्रत (अर्थात् ध्रुव के चाचा) का वंश बहुत उज्ज्वल एवं सुयशपूर्ण है जिसमें भगवान्, ऋषभ-अवतार के रूप में प्रकट हुए। ऋषभदेव ने (लीला करते हुए) स्वधर्मपालन किया और जीवन्मुक्तावस्था प्राप्त की। ऋषभदेव की साधना उन योगियों से भिन्न थी जो सिद्धियों के लिए प्रयत्न करते हैं—ऋषभदेव ने सेवामय धर्म को सबसे ऊँचा स्थान दिया और वे सिद्धियों की ओर कभी आकर्षित नहीं हुए।

भरत

ऋषभदेव ने अपने ज्येष्ठ पुत्र भरत को अपना उत्तराधिकारी नियुक्त किया। उस अवसर पर उन्होंने अपने अन्य पुत्रों को भरत के साथ पूर्ण सहयोग प्रदर्शित करने की शिक्षा दी—

तस्मात् भवन्तो हृदयेन जाताः
सर्वे महीयांसममुं सनाभम्।
अक्लिष्टबुद्ध्या भरतं भजध्वं
शुश्रूषणं तद्भरणं प्रजानाम्॥ ५.५.२०॥

सरल भावार्थ—ऋषभदेव ने अपने छोटे पुत्रों से कहा—मेरा हृदय सेवा-मय धर्म में लीन रहा है और तुम भी उसी हृदय से उत्पन्न हुए हो। इसलिए एकाग्रचित्त होकर तुम अपने बड़े भाई भरत की सेवा करना। भरत की सेवा करना मेरी ही सेवा करना है। सबकी सम्मिलित सेवा से प्रजा का पालन भी ठीक प्रकार से होगा।

भरत ने अपने पिता के द्वारा किए गए लोकहितकारी कार्यक्रमों को आगे बढ़ाया—

स बहुविन्महीपतिः पितृपितामहवदुरुवत्सलतया स्वे स्वे कर्मणि वर्तमानाः प्रजाः स्वधर्ममनुवर्तमानः पर्यपालयत् ॥ ५.७.४॥

सरल भावार्थ—श्री शुकदेवजी कहते हैं, राजा भरत बहुत ज्ञानी थे। उन्होंने अपने पूर्वजों की भाँति स्वधर्मपालन किया। उनके राज्य के सामान्य लोग भी अपने-अपने कर्मों में लीन रहते थे। भरत के मन में गरीबों के प्रति वात्सल्यभाव था। भरत की महानता से देश को नया नाम 'भारतवर्ष' मिला—

अजनाभं नामैतद्वर्षं भारतमिति यत आरभ्य
व्यपदिशन्ति॥ ५.७.३॥

सरल भावार्थ—श्री शुकदेवजी कहते हैं, इस देश का नाम अजनाभखण्ड था। भरत के समय से इसका नया नाम भारतवर्ष हो गया।

भरत की दीनवत्सलता के विषय में एक विशेष बात उल्लेखनीय है—न केवल अपने जीवनकाल में, किन्तु पुनर्जन्म के बाद भी (जब वे जड़भरत के नाम से प्रसिद्ध हुए) उन्होंने गरीब मजदूरों की दशा सुधारने का प्रयत्न किया। सिंधुदेश के राजा रहूगण की पालकी को ढोने वाले चार मजदूरों में से एक मजदूर का स्थान स्वयं भरत ने लिया जिससे उन्हें राजा से (मजदूरों की कठिनाइयों के विषय में) बातचीत करने का अवसर मिले। भरत द्वारा राजा को दी गई शिक्षा का विवरण चौथे अध्याय में लिखा जा चुका है। राजा ने अपने दुर्व्यवहार के लिए क्षमायाचना की—

ज्वरामयार्तस्य यथागदं सत्
निदाघदग्धस्य यथा हिमाम्भः।
कुदेहमानाहिविदष्टदृष्टेः
ब्रह्मन् वचस्तेऽमृतमौषधं मे॥ ५.१२.२॥

सरल भावार्थ—राजा रहूगण ने महात्मा (जड़) भरत से कहा, ब्रह्मन्, जिस प्रकार ज्वर से पीड़ित रोगी के लिए मीठी ओषधि और धूप से तप्त हुए व्यक्ति के लिए शीतल जल अमृततुल्य होता है, उसी प्रकार अभिमान-भरी वृत्ति में फँसे हुए मेरे लिए आपके वचन अमृतमय औषधि के समान हैं।

अब राष्ट्र-सम्बन्धी तीन विषयों पर श्रीमद्भागवत के विचार प्रस्तुत किए जाएँगे।

(क) भारतवर्ष की महानता

पाँचवें स्कंध में, श्री शुकदेवजी, भारतवर्ष की वन्दना, 'पुण्यभूमि' के रूप में करते हैं—

अहो भुवः सप्तसमुद्रवत्या
द्वीपेषु वर्षेष्वधिपुण्यमेतत्।
गायन्ति यत्रत्यजना मुरारेः
कर्माणि भद्राण्यवतारवन्ति॥ ५.६.१३॥

सरल भावार्थ—श्री शुकदेवजी कहते हैं, अहो! सात समुद्रों वाली पृथ्वी के समस्त द्वीपों तथा खण्डों में यह भारतवर्ष बड़ी ही पुण्य भूमि है; क्योंकि यहाँ के लोग श्री हरि के मंगलमय अवतार-चरित्रों का गान करते हैं।

तत्पश्चात्, श्री शुकदेवजी, भारतवर्ष की वन्दना, कर्मभूमि के रूप में करते हैं—

तत्रापि भारतमेव वर्षं कर्मक्षेत्रम् ॥ ५.१७.११ ॥

सरल भावार्थ—श्री शुकदेवजी कहते हैं, पृथ्वी के समस्त खण्डों में भारतवर्ष ही कर्मभूमि है।

भारतवर्ष की वन्दना के साथ-साथ, श्री शुकदेवजी कहते हैं कि इस देश में उत्पन्न होने वाले प्राणियों की महिमा का गान देवताओं के द्वारा भी होता है—

एतदेव हि देवा गायन्ति—
अहो अमीषां किमकारि शोभनं
प्रसन्न एषां स्विदुत स्वयं हरिः।
यैर्जन्म लब्धं नृषु भारताजिरे
मुकुन्दसेवौपयिकं स्पृहा हि नः॥ ५.१९.२१ ॥

सरल भावार्थ—देवता भी भारतवर्ष में उत्पन्न होने वाले प्राणियों की महिमा इस प्रकार गाते हैं—अहो! जिन जीवों ने भारतवर्ष में, भगवान् की सेवा करने के लिए, मनुष्य-जन्म प्राप्त किया है, उन्होंने कोई विशेष पुण्य किया होगा अथवा उन पर स्वयं श्री हरि ही प्रसन्न हो गए हैं। इस परम सौभाग्य के लिए तो निरन्तर हम भी तरसते रहते हैं।

किं दुष्करैर्नः क्रतुभिस्तपोव्रतै-
दानादिभिर्वा द्युजयेन फल्गुना।
न यत्र नारायणपादपंकज—
स्मृतिः प्रमुष्टातिशयेन्द्रियोत्सवात्॥ ५.१९.२२ ॥

सरल भावार्थ—भारतवासियों की तुलना में, अपनी स्थिति को हीन समझते हुए, देवता कहते हैं—हमें बड़े कठोर यज्ञ, तप, व्रत और दानादि करके जो यह तुच्छ स्वर्ग का अधिकार प्राप्त हुआ है, इससे क्या लाभ है? यहाँ तो विषय-भोगों

की अधिकता के कारण बुद्धि भ्रष्ट हो जाती है, इसलिए भगवान् के चरणकमलों में मन टिकता नहीं।

कल्पायुषां स्थानजयात्पुनर्भवात्
क्षणायुषां भारतभूजयो वरम्।
क्षणेन मर्त्येन कृतं मनस्विनः
संन्यस्य संयान्त्यभयं पदं हरेः॥ ५.१९.२३॥

सरल भावार्थ—पिछले श्लोक के भाव का विस्तार करते हुए देवता कहते हैं—स्वर्ग या दूसरे लोक तो भोगभूमि हैं और उनकी अवधि समाप्त होने पर संसार-चक्र में उलझना पड़ता है। उनकी तुलना में, कर्म-भूमि भारत में जन्म लेना अच्छा है, जहाँ मत्कर्म (उच्च कोटि की सेवा) करने से अभय-पद (जीवन्मुक्ति) की प्राप्ति हो सकती है।

न यत्र वैकुण्ठकथासुधापगा
न साधवो भागवतास्तदाश्रयाः।
न यत्र यज्ञेशमखा महोत्सवाः
सुरेशलोकोऽपि न वै स सेव्यताम्॥ ५.१९.२४॥

सरल भावार्थ—स्वर्ग या दूसरे लोकों की कमियाँ बतलाते हुए देवता कहते हैं—वहाँ भगवत्कथा की अमृतमयी सरिता नहीं बहती, वहाँ सन्त निवास नहीं करते, वहाँ धूम-धाम से धार्मिक त्योहार नहीं मनाए जाते। सचमुच ऐसे लोकों में रहने से क्या लाभ?

यद्यत्र नः स्वर्गसुखावशेषितं
स्विष्टस्य सूक्तस्य कृतस्य शोभनम्।
तेनाजनाभे स्मृतिमज्जन्म नः स्याद्
वर्षे हरिर्यद्भजतां शं तनोति॥ ५.१९.२८॥

सरल भावार्थ—भारतवर्ष में हमारा भी जन्म हो, ऐसी कामना प्रकट करते हुए देवता कहते हैं—यदि हमारे पुराने शुभ कर्मों के फलस्वरूप कुछ पुण्य बचा हो तो भगवान् से हमारी प्रार्थना है कि हमारा अगला जन्म भारतवर्ष में हो। वहाँ हम भक्तियोग और कर्मयोग की साधना करके लोककल्याण के लिए प्रयत्न करेंगे।

(ख) राम राज्य

भारत की भूमि को गौरव मिला 'कर्मभूमि' के रूप में और भारत की सामाजिक व्यवस्था को गौरव मिला 'राम राज्य' से। लोकसंग्रह पर आधारित व्यवस्था—राम राज्य—भारत की स्वर्णकालीन स्थिति थी। श्रीमद्‌भागवत ने उसका वर्णन, नवें स्कंध में, इस प्रकार किया है—

रामो लक्ष्मणसीताभ्यां विप्रेभ्यो येऽर्हसत्तमाः।
तेभ्यः स्वयं नमश्चक्रे प्रजाभिश्च नमस्कृतः॥ ९.१०.४१॥

सरल भावार्थ—श्री शुकदेवजी कहते हैं—लंका से अयोध्या लौटने पर, श्रीराम, सीताजी और लक्ष्मण ने पूजनीय गुरुजनों को नमस्कार किया। अयोध्यावासियों ने बड़े प्रेम से सिर झुकाकर भगवान् के चरणों में प्रणाम किया।

धुन्वन्त उत्तरासंगान् पतिं वीक्ष्य चिरागतम्।
उत्तराः कोसला माल्यैः किरन्तो ननृतुर्मुदा॥ ९.१०.४२॥

सरल भावार्थ—उस समय उत्तरकोसल की समस्त प्रजा, अपने प्रभु श्री राम को बहुत वर्षों के बाद आए देखकर, अपने दुपट्टे हिला-हिलाकर, पुष्पों की वर्षा करती हुई, आनन्द से नाचने लगी।

पादुके भरतोऽगृह्णाच्चामरव्यजनोत्तमे।
विभीषणः ससुग्रीवः श्वेतच्छत्रं मरुत्सुतः॥ ९.१०.४३॥

सरल भावार्थ—भरत ने भगवान् की पादुकाएँ लीं, विभीषण ने चँवर, सुग्रीव ने पंखा और हनुमान्‌जी ने श्वेत छत्र ग्रहण किया।

धुनर्निषंगाञ्छत्रुघ्नः सीता तीर्थकमण्डलुम्।
अविभ्रदंगदः खड्‌गं हैमं चर्मर्क्षराण् नृप॥ ९.१०.४४॥

सरल भावार्थ—शत्रुघ्न ने धनुष और तरकस, सीताजी ने तीर्थों के जल से भरा कमण्डल, अंगद ने सोने का खड्‌ग और जाम्ववान् ने ढाल ले ली।

भ्रातृभिर्नन्दितः सोऽपि सोत्सवां प्राविशत् पुरीम्।
प्रविश्य राजभवनं गुरुपत्नीः स्वमातरम्॥ ९.१०.४६॥

सरल भावार्थ—भगवान् श्रीराम ने सबका अभिनन्दन स्वीकार करके उनके साथ अयोध्यापुरी में प्रवेश किया। उस समय वह पुरी आनन्दोत्सव से परिपूर्ण हो रही थी। राजमहल में प्रवेश करके श्रीराम ने माताओं को तथा गुरुपत्नी को प्रणाम किया।

गुरून् वयस्यावरजान् पूजितः प्रत्यपूजयत्।
वैदेही लक्ष्मणश्चैव यथावत् समुपेयतुः॥ ९.१०.४७॥

सरल भावार्थ—श्रीराम ने गुरुजनों को प्रणाम किया तथा अन्य व्यक्तियों का यथायोग्य अभिनन्दन किया। सीताजी और लक्ष्मण ने भी सबको नमस्कार किया।

पुत्रान् स्वमातरस्तास्तु प्राणांस्तन्व इवोत्थिता।
आरोप्यांकेऽभिषिंचन्त्यो बाष्पौघैर्विजहुः शुचः॥ ९.१०.४८॥

सरल भावार्थ—जैसे मृतक शरीर में प्राणों का संचार हो जाय, वैसे ही, माताएँ, राम, सीता और लक्ष्मण के आगमन से हर्षित हो उठीं। उन्होंने उनको अपनी गोद में बैठा लिया और अपने आँसुओं से उनका अभिषेक किया। उस समय उनका सारा शोक मिट गया।

जटा निर्मुच्य विधिवत् कुलवृद्धैः समं गुरुः।
अभ्यषिंचद् यथैवेन्द्रं चतुःसिन्धुजलादिभिः॥ ९.१०.४९॥

सरल भावार्थ—वसिष्ठजी ने अन्य गुरुजनों के साथ विधिपूर्वक भगवान् की जटा उतरवायी और चारों समुद्रों के जल से उनका अभिषेक किया।

एवं कृतशिरः स्नानः सुवासाः स्रग्व्यलंकृतः।
स्वलंकृतैः सुवासोभिर्भ्रातृभिर्भार्यया बभौ॥ ९.१०.५०॥

सरल भावार्थ—स्नान करके भगवान् श्रीराम ने सुन्दर वस्त्र, पुष्पमालाएँ और अलंकार धारण किए। सभी भाइयों ने और श्रीसीताजी ने भी सुन्दर वस्त्र और अलंकार धारण किए। परिवार सहित भगवान् श्री राम अत्यन्त शोभायमान हुए।

अग्रहीदासनं भ्रात्रा प्रणिपत्य प्रसादितः।
प्रजाः स्वधर्मनिरता वर्णाश्रमगुणान्विताः॥ ९.१०.५१॥

सरल भावार्थ—भरत ने राम, सीता, लक्ष्मण आदि सबका स्वागत किया। भरत के आग्रह करने पर भगवान् श्री राम ने राज्य सिंहासन स्वीकार किया। राम ने न केवल स्वयं स्वधर्मपालन किया, बल्कि प्रजा को भी स्वधर्मपालन की शिक्षा दी।

त्रेतायां वर्तमानायां कालः कृतसमोऽभवत्।
रामे राजनि धर्मज्ञे सर्वभूतसुखावहे॥ ९.१०.५२॥

सरल भावार्थ—जब समस्त प्राणियों को सुख देने वाले परम धर्मज्ञ श्री राम सिंहासन पर बैठे, तब राम राज्य की स्थापना हुई। भारतीय इतिहास का यह स्वर्ण दिवस त्रेतायुग का सबसे महत्त्वपूर्ण दिवस था—उस समय ऐसा प्रतीत होता था मानो सत्ययुग ही फिर से आ गया हो।

वनानि नद्यो गिरयो वर्षाणि द्वीपसिन्धवः।
सर्वे कामदुधा आसन् प्रजानां भरतर्षभ॥ ९.१०.५३॥

सरल भावार्थ—राम राज्य में, वन, नदी, पर्वत, भूखण्ड, द्वीप और समुद्र—सब-के-सब, जनता के लिए, कामधेनु के समान, समस्त कामनाओं को पूर्ण करने वाले बन गए।

नाधिव्याधिजराग्लानिदुःखशोकभयक्लमाः।
मृत्युश्चानिच्छतां नासीद् रामे राजन्यधोक्षजे॥ ९.१०.५४॥

सरल भावार्थ—राम राज्य में, किसी को मानसिक चिंता या शारीरिक रोग नहीं होते थे। बुढ़ापा, दुर्बलता, दुःख, शोक, भय और थकावट नाममात्र के लिए भी नहीं थे। यहाँ तक कि जो मरना नहीं चाहते थे, उनकी मृत्यु भी नहीं होती थी।

एकपत्नीव्रतधरो राजर्षिचरितः शुचिः।
स्वधर्मं गृहमेधीयं शिक्षयन् स्वयमाचरत्॥ ९.१०.५५॥

सरल भावार्थ—भगवान् श्रीराम ने एक पत्नी व्रत के आदर्श का दृढ़ता से पालन किया। उनका चरित्र अत्यन्त पवित्र एवं राजर्षियों जैसा था। उन्होंने गृहस्थाश्रम में रहते हुए धर्म का समुचित आचरण किया और जनता को भी उसी मार्ग पर चलने के लिए प्रेरित किया।

प्रेम्णानुवृत्त्या शीलेन प्रश्रयावनता सती।
धिया ह्रिया च भावज्ञा भर्तुः सीताहरन्मनः॥ ९.१०.५६॥

सरल भावार्थ—सीताजी ने भी स्त्रियों के लिए उच्च आदर्श स्थापित किया। राम और सीता ने मिलकर, प्रेम, सेवा, शील, विनय और शिष्टाचार का आदर्श, सभी पति-पत्नियों के लिए स्थापित किया।

(ग) कृष्ण अभिषेक

श्री शुकदेवजी लिखते हैं कि जिस प्रकार राम-राज्य में सारे वातावरण में परस्पर-भाव छा गया था, उसी प्रकार की भाव-क्रान्ति कृष्ण-अभिषेक के समय हुई। श्रीमद्‌भागवत के दसवें स्कंध के सत्ताइसवें (अर्थात् २७) अध्याय का शीर्षक है 'श्री कृष्ण का अभिषेक'। यह अभिषेक गोवर्धनधारण का परिणाम था—अध्याय २५ में गोवर्धन-धारण का विस्तृत वर्णन है और उसका उल्लेख वर्तमान पुस्तक के पिछले अध्यायों में हो चुका है। यहाँ श्रीमद्‌भागवत के कृष्ण-अभिषेक प्रसंग से चुने हुए श्लोक प्रस्तुत हैं—

गोवर्धने धृते शैल आसाराद् रक्षिते व्रजे।
गोलोकादाव्रजत् कृष्णं सुरभिः शक्र एव च॥ १०.२७.१॥

सरल भावार्थ—श्री शुकदेवजी कहते हैं, जब भगवान् श्री कृष्ण ने गोवर्धन पर्वत को धारण करके, इन्द्र के कोप से व्रज को बचा लिया, तब उनके पास गोलोक से कामधेनु (बधाई देने के लिए) और स्वर्ग से इन्द्र (अपने अपराध को क्षमा कराने के लिए) आए।

स त्वं ममैश्वर्यमदप्लुतस्य
कृतागसस्तेऽविदुषः प्रभावम्।
क्षन्तुं प्रभोऽथार्हसि मूढचेतसो
मैवं पुनर्भून्मतिरीश मेऽसती॥ १०.२७.८॥

सरल भावार्थ—इन्द्र ने क्षमा माँगते हुए कहा, भगवन्, मैंने ऐश्वर्य के मद से चूर होकर आपका अपराध किया है; क्योंकि मैं आपकी शक्ति और प्रभाव के सम्बन्ध में बिल्कुल अनजान था। आप कृपा करके मुझ जैसे मूर्ख को क्षमा करें और ऐसी कृपा करें कि मुझे फिर कभी अज्ञान का शिकार न होना पड़े।

गम्यतां शक्र भद्रं वः क्रियतां मेऽनुशासनम्।
स्थीयतां स्वाधिकारेषु युक्तैर्वः स्तम्भवर्जितैः॥ १०.२७.१७॥

सरल भावार्थ—भगवान् श्री कृष्ण ने कहा, इन्द्र, तुम्हारा मंगल हो। अब तुम अपनी राजधानी अमरावती में जाओ और मेरी आज्ञा का पालन करो। अब कभी घमंड न करना। नित्य निरन्तर मेरा स्मरण करना और अपने अधिकार के अनुसार मर्यादा का पालन करना।

इन्द्रं नस्त्वाभिषेक्ष्यामो ब्रह्मणा नोदिता वयम्।
अवतीर्णोऽसि विश्वात्मन् भूमेर्भारापनुत्तये॥ १०.२७.२१॥

सरल भावार्थ—कामधेनु ने कहा, भगवन्, ब्रह्माजी की प्रेरणा से हम सब आपका अभिषेक करेंगे। आपने हमें अभयदान दिया है। पृथ्वी का भार उतारने के लिए ही आपने अवतार धारण किया है।

एवं कृष्णमुपामन्त्र्य सुरभिः पयसाऽत्मनः।
जलैराकाशगंगाया ऐरावतकरोद्धृतैः॥ १०.२७.२२॥
इन्द्रः सुरर्षिभिः साकं नोदितो देवमातृभिः।
अभ्यषिंचत दाशार्हं गोविन्द इति चाभ्यधात्॥ १०.२७.२३॥

सरल भावार्थ—श्री शुकदेवजी कहते हैं—भगवान् श्रीकृष्ण से ऐसा कहकर कामधेनु ने अपने दूध से और इन्द्र ने आकाशगंगा के जल से, देवर्षियों के साथ, श्रीकृष्ण का अभिषेक किया और उन्हें 'गोविन्द' नाम से सम्बोधित किया।

तत्रागतास्तुम्बुरुनारदादयो
गंधर्वविद्याधरसिद्धचारणाः।
जगुर्यशो लोकमलापहं हरेः
सुरांगनाः संननृतुर्मुदान्विताः॥ १०.२७.२४॥

सरल भावार्थ—उस समय वहाँ नारद, गन्धर्व, विद्याधर, सिद्ध और चारण पहले से ही आ गए थे। वे सब मिलकर श्रीकृष्ण भगवान् के यश का गान करने लगे और अप्सराएँ आनन्द से भरकर नृत्य करने लगीं।

तं तुष्टुवुर्देवनिकायकेतवो
व्यंवाकिरंश्चाद्भुतपुष्पवृष्टिभिः।
लोकाः परां निवृतिमाप्नुवंस्त्रयो
गावस्तदा गामनयन् पयोद्रुताम्॥ १०.२७.२५॥

सरल भावार्थ—मुख्य-मुख्य देवता भगवान् की स्तुति करके उन पर नन्दनवन के दिव्य पुष्पों की वर्षा करने लगे। तीनों लोकों में परमानन्द की बाढ़ आ गई और कामधेनु के दूध से सब लोग तृप्त और हर्षित हो गए।

नानारसौघाः सरितो वृक्षा आसन् मधुस्त्रवाः।
अकृष्टपच्यौषधयो गिरयोऽबिभ्रदुन्मणीन्॥ १०.२७.२६॥

सरल भावार्थ—नदियों का पानी स्वच्छ और रसीला हो गया। वृंक्षों से मधुधारा बहने लगी। पृथ्वी में अनेकों प्रकार की औषधियाँ और अन्न पैदा हो गए। पर्वतों में छिपे हुए मणि-माणिक्य स्वयं ही बाहर निकल आए।

कृष्णोभिषिक्त एतानि सत्त्वानि कुरुनन्दन।
निर्वैराण्यभवंस्तात क्रूराण्यपि निसर्गतः॥ १०.२७.२७॥

सरल भावार्थ—भगवान् श्रीकृष्ण का अभिषेक होने पर, जो जीव स्वभाव से ही क्रूर हैं, वे भी वैरहीन हो गए, उनमें भी परस्पर मित्रता हो गई।

अध्याय 9

गीता एवं महाभारत के श्लोकों की झलक

पिछले अध्यायों में वर्णित, कई महत्त्वपूर्ण प्रसंग ऐसे हैं जहाँ श्रीमद्‌भागवत ने गीता के श्लोक या विशेष शब्द का प्रयोग किया है। उदाहरणत: दसवें स्कंध में सुदामा-मिलन प्रसंग के अन्तर्गत–

(अ) सुदामा के तन्दुल को प्रेम से खाते हुए श्री कृष्ण भगवान् ने गीता का प्रसिद्ध श्लोक 'पत्रं पुष्पं फलं तोयं' बोला।

(आ) सुदामा द्वारा की गई समाज सेवा की सराहना करते हुए श्रीकृष्ण भगवान् ने गीता के प्रसिद्ध शब्द 'लोकसंग्रह' का प्रयोग किया।

वर्तमान अध्याय में उपरोक्त विषय का, पूर्ण एवं व्यापक रूप से (और साथ ही सुव्यवस्थित ढंग से) अवलोकन किया जाएगा। इस उद्देश्य से, अध्याय के प्रथम भाग में, श्रीमद्‌भागवत के उन श्लोकों पर ध्यान केन्द्रित होगा जिनमें भगवद्‌गीता से समानता प्रकट होती है। समानता स्पष्ट करने के लिए, प्राय: गीता का श्लोक पहले लिखा जाएगा और तत्पश्चात् उसके समान श्लोक श्रीमद्‌भागवत का, किन्तु कहीं-कहीं इस क्रम में परिवर्तन करना आवश्यक होगा। श्लोकों की प्रस्तुति का क्रम गीता के पहले अध्याय से लेकर अठारहवें अध्याय तक होगा। अध्याय के अन्तिम भाग में महाभारत से समानता प्रदर्शित करने वाले श्लोक लिखे जाएँगे।

गीता से समानता

इस विभाग में कुल मिलाकर गीता के अस्सी श्लोक हैं (और उनके समानान्तर श्रीमद्‌भागवत के श्लोक भी हैं)। यह उल्लेखनीय है कि गीता के प्रत्येक अध्याय से चुने हुए श्लोक यहाँ प्रस्तुत किए गए हैं।

गीता-अध्याय एक

गीता के पहले अध्याय का परोक्ष रूप से संकेत श्रीमद्भागवत के ग्यारहवें स्कंध में कृष्ण-उद्धव संवाद के अन्तर्गत हुआ है। जब उद्धवजी ने श्रीकृष्ण भगवान् से धर्म-सम्बन्धी प्रश्न पूछे, तब भगवान् ने अर्जुन के साथ हुए अपने संवाद (अर्थात् गीता) का उल्लेख किया—

एवमेतदहं पृष्टः प्रश्नं प्रश्नविदां वर।
युयुत्सुना विनशने सपत्नैरर्जुनेन वै॥ ११.१६.६॥
ज्ञात्वा ज्ञातिवधं गर्ह्यमधर्मं राज्यहेतुकम्॥ ११.१६.७॥

सरल भावार्थ—भगवान् बोले, प्रिय उद्धव, तुम्हारे प्रश्न के समान ही अर्जुन ने मुझसे प्रश्न पूछा था—वह स्थान था कुरुक्षेत्र जहाँ कौरव-पाण्डवों का युद्ध आरम्भ होने वाला था और अर्जुन धर्म-संकट में पड़ गया था कि राज्य प्राप्ति के लिए मैं स्वजनों का वध करूँ या न करूँ।

श्रीमद्भागवत के इन शब्दों में गीता के पहले अध्याय में वर्णित दृश्य का चित्रण है—विशेषतः निम्नलिखित श्लोकों की झलक है—

धर्मक्षेत्रे कुरुक्षेत्रे समवेता युयुत्सवः॥ १.१॥
अहो बत महत्पापं कर्तुं व्यवसिता वयम्।
यद्राज्यसुखलोभेन हन्तुं स्वजनमुद्यताः॥ १.४५॥

सरल भावार्थ—धर्मभूमि कुरुक्षेत्र में कौरव और पाण्डव एक दूसरे के विरुद्ध युद्ध करने के लिए इकट्ठे हुए। तब अर्जुन धर्मसंकट में पड़ गया; क्योंकि उसने सोचा कि राज्य और सुख की प्राप्ति के लिए स्वजनों का वध करने से मुझे पाप लगेगा।

गीता-अध्याय दो

गीता के दूसरे अध्याय के तीन प्रसंग यहाँ उल्लेखनीय हैं।

पहला प्रसंग है—कर्मयोगी की कुशलता का मंत्र—

सिद्ध्यसिद्ध्योः समो भूत्वा॥ २.४८॥

सरल भावार्थ—कर्मयोगी अपनी सारी शक्ति कर्म में लगाता है और तत्पश्चात् सफलता-असफलता दोनों स्थितियों में समान भाव रखता है।

श्रीमद्भागवत ने दसवें स्कंध में इस मंत्र को लगभग गीता की भाषा में लिखा है—

सिद्ध्यसिद्ध्योः समं कुर्यात्॥ २.४८॥

दूसरा प्रसंग है—कर्मकाण्ड का माया जाल या स्वर्ग का प्रलोभन—

यामिमां पुष्पितां वाचं प्रवदन्त्यविपश्चितः।
वेदवादरताः पार्थ नान्यदस्तीति वादिनः॥ २.४२॥
कामात्मानः स्वर्गपरा जन्मकर्मफलप्रदाम्।
क्रियाविशेषबहुलां भोगैश्वर्यगतिं प्रति॥ २.४.३॥

सरल भावार्थ—वैदिक कर्मकाण्ड के चक्कर में फँसे हुए लोग कर्मयोग का पालन नहीं करते और वे अविपश्चित अर्थात् अज्ञानी होते हैं। कर्मकाण्डी लोगों के बोल तो लुभावने होते हैं, किन्तु उनकी बुद्धि संकुचित होती है; क्योंकि वे कहते हैं कि कर्मकाण्ड के अतिरिक्त और कोई सच्चा मार्ग नहीं है। उनके कर्मकाण्ड में सामग्री, द्रव्य आदि पर जोर दिया जाता है और उनका लक्ष्य स्वर्गप्राप्ति तथा अन्य कामनाओं की पूर्ति करवाना है।

श्रीमद्भागवत ने भी ग्यारहवें स्कंध में कर्मकाण्डियों के लुभावने बोल तथा स्वर्ग के प्रलोभन की निन्दा की है—

एवं पुष्पितया वाचा व्याक्षिप्तमनसां नृणाम्।
उपासत इन्द्रमुख्यान् देवादीन् न तथैव माम्॥ ११.२१.३४॥
इष्ट्वेह देवता यज्ञैर्गत्वा रंस्यामहे दिवि।
तस्यान्त इह भूयास्म महाशाला महाकुलाः॥ ११.२१.३३॥

सरल भावार्थ—कर्मकाण्डियों के लुभावने बोल से लोगों का चित्त क्षुब्ध हो जाता है और वे भगवान् की निष्काम भक्ति न करके इन्द्र आदि देवताओं की सकाम पूजा करते हैं। शब्दों के मायाजाल से मोहित होकर वे हवाई किले बनाते हैं—'हम लोग स्वर्ग में जाकर ऐश करेंगे और अगले जन्म में हम धनी परिवार में रहेंगे और हमारे बड़े-बड़े महल होंगे।'

तीसरा प्रसंग है–विषय-भोगों से बनी विनाश की जंजीर–

ध्यायतो विषयान्पुंसः संगस्तेषूपजायते।
संगात्संजायते कामः कामात्क्रोधोऽभिजायते॥ २.६२॥
क्रोधाद् भवति संमोहः संमोहात्स्मृतिविभ्रमः।
स्मृतिभ्रंशाद् बुद्धिनाशो बुद्धिनाशात्प्रणश्यति॥ २.६३॥

सरल भावार्थ–विषय-भोगों के बारे में लगातार सोचने से उनके प्रति आसक्ति हो जाती है और उससे कामना जाग उठती है। कामना कभी पूर्ण हो ही नहीं सकती, इसलिए पूर्ति में बाधा पड़ने पर क्रोध आता है। क्रोध से संमोह (मूढ–भाव) होता है अर्थात् विवेक का नाश। संमोह से स्मृति का नाश अर्थात् प्राप्त किए हुए ज्ञान पर पर्दा पड़ जाता है। स्मृति–नाश से बुद्धि–नाश अर्थात् ठीक प्रकार सोचकर काम करने की शक्ति का नाश। तत्पश्चात् अंतिम कदम है–बुद्धिनाश से सर्वनाश।

श्रीमद्भागवत के ग्यारहवें स्कंध में भी इसी प्रकार की जंजीर का वर्णन है–

विषयेषु गुणाध्यासात् पुंसः संगस्ततो भवेत्।
संगात्तत्र भवेत् कामः कामादेव कलिर्नृणाम्॥ ११.२१.१९॥
कलेर्दुर्विषहः क्रोधस्तमस्तमनुवर्तते।
तमसा ग्रस्यते पुंसश्चेतना व्यापिनी द्रुतम्॥ ११.२१.२०॥
तया विरहितः साधो जन्तुः शून्याय कल्पते।
ततोऽस्य स्वार्थविभ्रंशो मूर्च्छितस्य मृतस्य च॥ ११.२१.२॥

सरल भावार्थ–विषयों के प्रति आकर्षण होने से आसक्ति हो जाती है और उससे कामना जाग उठती है। कामना की पूर्ति और बटवारे के चक्कर में परस्पर कलह हो जाती है। कलह से असह्य क्रोध उत्पन्न होता है और तामसिक वृत्ति घेर लेती है। उसके कारण स्मृति का नाश अर्थात् प्राप्त किए हुए ज्ञान पर पर्दा पड़ जाता है। तात्पर्य यह कि मनुष्य पशु–तुल्य हो जाता है, जैसे कोई मूर्च्छित या मुर्दा हो। सर्वनाश की स्थिति में न उसका स्वार्थ बनता है, न परमार्थ।

गीता-अध्याय तीन

गीता के तीसरे अध्याय के छः प्रसंग उल्लेखनीय हैं—

पहला प्रसंग है—कर्मयोग का मूल सिद्धान्त, कर्म की अनिवार्यता—

न हि कश्चित्क्षणमपि जातु तिष्ठत्यकर्मकृत्।
कार्यते ह्यवशः कर्म सर्वः प्रकृतिजैर्गुणैः॥ ३.५॥

सरल भावार्थ—कोई भी व्यक्ति क्षण-भर भी कुछ-न-कुछ कर्म किए बिना नहीं रह सकता—यह प्रकृति का नियम है। प्रकृति के तीन गुण—सत्त्व, रजस्, तमस्—प्रत्येक व्यक्ति से, चाहे उसकी इच्छा न हो तो भी, लगातार कर्म करवाते हैं।

श्रीमद्भागवत के छठे स्कंध में लगभग यही श्लोक है—

न हि कश्चित्क्षणमपि जातु तिष्ठत्यकर्मकृत्।
कार्यते ह्यवशः कर्म गुणैः स्वाभाविकैर्बलात्॥ ६.१.५३॥

दूसरा प्रसंग (जो पहले प्रसंग से जुड़ा हुआ है)—कर्तापन का अहंकार अज्ञान का चिह्न है—

प्रकृतेः क्रियमाणानि गुणैः कर्माणि सर्वशः।
अहंकारविमूढात्मा कर्ताऽहमिति मन्यते॥ ३.२७॥

सरल भावार्थ—तथ्य यह है कि समस्त कर्म प्रकृति के तीन गुणों के द्वारा सम्पन्न होते हैं। फिर भी यदि कोई अहंकार-वश अपने आपको कर्ता समझे तो वह अज्ञानी है।

यही भाव श्रीमद्भागवत के ग्यारहवें स्कंध में व्यक्त किया गया है—

दैवाधीने शरीरेऽस्मिन् गुणभाव्येन कर्मणा।
वर्तमानोऽबुधस्तत्र कर्तास्मीति निवद्ध्यते॥ ११.११.१०॥

तीसरा प्रसंग—निरहंकार-भाव से तथा निष्काम-भाव से स्वधर्मपालन—

श्रेयान्स्वधर्मो विगुणः परधर्मात्स्वनुष्ठितात्।
स्वधर्मे निधनं श्रेयः परधर्मो भयावहः॥ ३.३५॥

सरल भावार्थ—स्वधर्मपालन करने वाला व्यक्ति सर्वोत्तम है और उसे इस विचार से प्रभावित नहीं होना चाहिए कि किसी अन्य व्यक्ति का धर्म ज्यादा आकर्षक लगता है। अहिंसा, परहित-भाव और निर्भयता से स्वधर्मपालन दृढ़ होता है।

श्रीमद्भागवत के तीसरे स्कंध में, कपिल-गीता के अन्तर्गत, इसी भाव का श्लोक है—

निषेवितेनानिमित्तेन स्वधर्मेण महीयसा।
क्रियायोगेन शस्तेन नीतिहिंस्रेण नित्यशः॥ ३.२९.१५॥

सरल भावार्थ—साधना की सफलता के लिए स्वधर्मपालन का प्रथम स्थान है, किन्तु इसके भी दो विशेष अंग हैं—निष्काम-भाव तथा अहिंसा।

चौथा प्रसंग (जो निष्काम-भाव से जुड़ा हुआ है)—परस्पर-भाव और कृतज्ञता-भाव—

तैर्दत्तानप्रदायैभ्यो यो भुंक्ते स्तेन एव सः॥ ३.१२॥

सरल भावार्थ—जो लोग समाज से सब प्रकार की सहायता लेकर निपुण बन जाते हैं, किन्तु उस निपुणता का लाभ दूसरों को नहीं पहुँचाते, वे चोर हैं।

समाज के प्रति कृतज्ञता-भाव जागृत करने के लिए गीता ने स्तेन (चोर) शब्द की व्यापक परिभाषा की है। श्रीमद्भागवत ने भी 'स्तेन' शब्द का प्रयोग इसी विचार से किया है—

यावद् भ्रियेत जठरं तावत् स्वत्वं हि देहिनाम्।
अधिकं योऽभिमन्येत स स्तेनो दण्डमर्हति॥ ७.१४.८॥

सरल भावार्थ—जो व्यक्ति, समाज की स्थिति के मापदण्ड से साधारण जीवन निर्वाह न करके, अधिक सम्पत्ति पर अपना अधिकार मानता है, वह चोर है।

गीता के तीसरे अध्याय का संदेश यह है कि 'स्तेन' (चोर) मत बनो, श्रेष्ठ (समाज-सेवक) बनो—और यह है पाँचवां प्रसंग—

यद्यदाचरति श्रेष्ठस्तत्तदेवेतरो जनः।
स यत्प्रमाणं कुरुते लोकस्तदनुवर्तते॥ ३.२॥

सरल भावार्थ—श्रेष्ठ व्यक्ति जैसा आदर्श स्थापित करता है, उसी का अनुसरण साधारण लोग करते हैं; क्योंकि वे श्रेष्ठ व्यक्ति को प्रमाण-स्वरूप समझते हैं।

लगभग यही श्लोक श्रीमद्‌भागवत के छठे स्कंध में है—

यद्यदाचरति श्रेयानितरस्तत्तदीहते।
स यत्प्रमाणं कुरुते लोकस्तदनुवर्तते॥

छठा प्रसंग है—लोकसंग्रह (लोककल्याण) को अपने कर्म का लक्ष्य बनाओ—

सक्ताः कर्मण्यविद्वांसो यथा कुर्वन्ति भारत।
कुर्याद्विद्वांस्तथाऽसक्तश्चिकीर्षुर्लोकसंग्रहम्॥ ३.२५॥

सरल भावार्थ—अज्ञानी लोग स्वार्थभाव से काम करते हैं और कर्मफल में आसक्ति रखते हैं। ज्ञानी (विद्वान्) वह है जिसके कर्म का लक्ष्य हो लोक कल्याण और जिसके कर्म की विधि हो अनासक्ति (अर्थात् निष्काम-भाव)।

श्रीमद्‌भागवत ने दसवें स्कंध के सुदामा-मिलन प्रसंग में 'लोकसंग्रह' शब्द का प्रयोग किया है—

केचित् कुर्वन्ति कर्माणि कामैरहतचेतसः।
व्यजन्तः प्रकृतीर्दैवीर्यथाहं लोकसंग्रहम्॥ १०.८०.३०॥

सरल भावार्थ—जगत् में ऐसे लोग बहुत कम होते हैं जो निःस्वार्थभाव से, अपने परिवार की सेवा से ऊपर उठकर जन सेवा करते हैं। इनका कार्य भगवान् द्वारा किए जाने वाले लोक-हित कार्य के समान है।

गीता-अध्याय चार

गीता के चौथे अध्याय के पाँच प्रसंग उल्लेखनीय हैं—

पहला प्रसंग है—अवतार घोषणा—

यदा यदा ही धर्मस्य ग्लानिर्भवति भारत।
अभ्युत्थानमधर्मस्य तदात्मानं सृजाम्यहम्॥ ४.७॥
परित्राणाय साधूनाम्॥ ४.८॥

सरल भावार्थ–भगवान् ने कहा–जब-जब धर्म का आचरण कम हो जाता है और अधर्म का आचरण बढ़ जाता है, तब परिस्थिति को ठीक करने के लिए मैं संसार में प्रकट होता हूँ। संक्षेप में, मेरा उद्देश्य होता है–सज्जनता की रक्षा अर्थात् सात्त्विकता को प्रोत्साहन।

इसी प्रकार की घोषणा श्रीमद्भागवत में भी की गई है–

यदा यदेह धर्मस्य क्षयो वृद्धिश्च पाप्मनः।
तदा तु भगवानीश आत्मानं सृजते हरिः॥ ९.२४.५६॥
न चास्य कर्म वा लोके सदसन्मिश्रयोनिषु।
क्रीडार्थः सोऽपि साधूनां परित्राणाय कल्पते॥ १०.४६.३९॥

सरल भावार्थ–जब-जब संसार में धर्म का क्षय और पाप की वृद्धि होती है, तब-तब भगवान् अवतार लेते हैं। परिस्थिति के अनुसार भगवान् भिन्न-भिन्न रूपों में अवतरित होते हैं। उनका मुख्य उद्देश्य होता है--सज्जनता की रक्षा। अवतार के कर्मों को लीला समझना उचित है।

दूसरा प्रसंग है–सब प्रकार की प्रार्थना प्रभु को स्वीकार–

ये यथा मां प्रपद्यन्ते तांस्तथैव भजाम्यहम्।
मम वर्त्मानुवर्तन्ते मनुष्याः पार्थ सर्वशः॥ ४.११॥

सरल भावार्थ–भगवान् कहते हैं, मेरे पास पहुँचने के लिए यह आवश्यक नहीं कि किसी एक पूर्व-निर्धारित पगडंडी पर चला जाये; क्योंकि मेरे पास पहुँचने का मार्ग तो राजमार्ग (सर्वसुलभ मार्ग) है। जो जिस प्रकार मुझे भजते हैं, मैं उसी रूप में उनकी प्रार्थना स्वीकार करता हूँ। प्राणी जिस किसी मार्ग से चलें, वह मेरा ही मार्ग है।

यही भाव श्रीमद्भागवत ने दसवें स्कंध में व्यक्त किया है–

तथापि भक्तान् भजते यथा तथा
सुरद्रुमो यद्वदुपाश्रितोऽर्थदः॥ १०.३८.२२॥

सरल भावार्थ–अक्रूरजी कहते हैं, जो व्यक्ति भगवान् को जिस प्रकार भजता है, उसे उसी रूप में भगवान् स्वीकार करते हैं। जैसे कल्पवृक्ष मुंहमांगी वस्तु देता है, उसी प्रकार भगवान् भक्तों की इच्छा पूर्ण करते हैं।

तीसरा प्रसंग है—सेवाभाव की महिमा—

तद्विद्धि प्रणिपातेन परिप्रश्नेन सेवया॥ ४.३४॥

सरल भावार्थ—ज्ञान-प्राप्ति के योग्य बनने के लिए तीन सद्गुणों का विकास करना आवश्यक है—(अ) गुरुजनों के प्रति सम्मान भावना। (आ) आदरपूर्वक प्रश्न पूछने की विधि। (इ) सेवा-भाव।

श्रीमद्भागवत ने, पाँचवें स्कंध में, भरत के सेवाभाव की बहुत प्रशंसा की है (भरत द्वारा की गई गरीब मजदूरों की सेवा का वर्णन पिछले अध्यायों में किया जा चुका है)—

सेवानुरक्तमनसामभवोऽपि फल्गुः॥ ५.१४.४४॥

सरल भावार्थ—जिन महात्माओं का चित्त सेवा में अनुरक्त हो जाता है, उनके लिए और किसी वस्तु या भाव का (मोक्ष का भी) कोई महत्त्व नहीं।

चौथा प्रसंग है—आध्यात्मिक साधना के मार्ग को व्यापक रूप देना—

एवं बहुविधा यज्ञाः॥ ४.३२॥

सरल भावार्थ—यज्ञ को परम्परागत परिभाषा के संकुचित अर्थ तक ही सीमित करना उचित नहीं (अर्थात् अग्नि प्रज्वलित करके उसमें सामग्री से आहुति देना—यज्ञ का केवल ऐसा अर्थ करना ठीक नहीं है)।

इसी प्रकार का उदार-भाव, श्रीमद्भागवत ने भक्ति को लक्ष्य बनाकर प्रकट किया है—

भक्तियोगो बहुविधः॥ ३.२९.७॥

सरल भावार्थ—भक्ति को परम्परागत परिभाषा के संकुचित अर्थ तक ही सीमित करना उचित नहीं (अर्थात् अपने इष्टदेव की प्रतिमा की पूजा—भक्ति का केवल ऐसा अर्थ करना उचित नहीं है)।

पाँचवां प्रसंग है—सेवा (मत्कर्म) को यज्ञ समझना—

ब्रह्मार्पणं ब्रह्महविर्ब्रह्माग्नौ ब्रह्मणाहुतम्।
ब्रह्मैव तेन गन्तव्यं ब्रह्मकर्मसमाधिना॥ ४.२४॥

सरल भावार्थ—ज्ञानी व्यक्ति समझता है कि सब कुछ ब्रह्म है—अग्नि, हवि (घी तथा सामग्री), अर्पण करने के साधन (चम्मच आदि), तथा यज्ञ करने वाला व्यक्ति भी ब्रह्म है। इस दृष्टि से यह आवश्यक नहीं कि यज्ञ की अग्नि प्रज्वलित की जाय और उसमें सामग्री से आहुति दी जाय। सेवा (लोक कल्याण) का कर्म ज्ञानपूर्वक करने से वह यज्ञ का रूप ले लेता है—उसी को ब्रह्मकर्म या मत्कर्म नाम से गौरवान्वित किया गया है।

इसी प्रकार का भाव श्रीमद्‌भागवत ने दसवें स्कंध में व्यक्त किया है—

यदात्मकमिदं विश्वं क्रतवश्च यदात्मकाः।
अग्निराहुतयो मंत्राः॥ १०.७४.२०॥

सरल भावार्थ—यह सारा विश्व भगवान् श्रीकृष्ण का ही रूप है। समस्त यज्ञ भी श्रीकृष्ण स्वरूप ही हैं। भगवान् श्री कृष्ण ही अग्नि, आहुति और मंत्रों के रूप मे हैं। इसलिए भगवान् का काम (मत्कर्म) ही यज्ञ है।

गीता-अध्याय पाँच

गीता के पाँचवें अध्याय के पाँच प्रसंग उल्लेखनीय हैं—

पहला प्रसंग है—प्राणीमात्र में सम-भाव—

विद्याविनयसम्पन्ने ब्राह्मणे गवि हस्तिनि।
शुनि चैव श्वपाके च पंडिताः समदर्शिनः॥ ५.१८॥

सरल भावार्थ—ज्ञान प्राप्त करके जो पण्डित हो जाते हैं वे भेद-बुद्धि से परे हो जाते हैं और प्राणीमात्र के प्रति समदृष्टि रखते हैं अर्थात् पढ़े-लिखे विनम्र ब्राह्मण, गाय, हाथी, कुत्ते तथा चाण्डाल के प्रति उनका व्यवहार समान होता है (अर्थात् उनमें ऊंच-नीच का भाव नहीं होता)।

श्रीमद्‌भागवत ने भी, ग्यारहवें स्कंध में, लगभग इसी प्रकार से, पण्डितों की समदृष्टि का वर्णन किया है—

ब्राह्मणे पुल्कसे स्तेने ब्रह्मण्येऽर्के स्फुलिंगके।
अक्रूरे क्रूरके चैव समदृक् पण्डितो मतः॥ ११.२९.१४॥

सरल भावार्थ—जो व्यक्ति ब्राह्मण, चाण्डाल, चोर, भक्त, प्रकाशवान, प्रकाशहीन, कृपालु, क्रूर—सब प्राणियों के प्रति समदृष्टि रखता है, वही पंडित कहलाने योग्य है।

दूसरा प्रसंग है—जीवनन्मुक्ति की प्राप्ति को असम्भव न समझना—

इहैव तैर्जितः सर्गो येषां साम्ये स्थितं मनः।
निर्दोषं हि समं ब्रह्म तस्माद् ब्रह्मणि ते स्थिताः॥ ५.१९॥

सरल भावार्थ—सेवा करते समय सब प्राणियों को समान समझना—जिस व्यक्ति ने यह भाव अपने मन में दृढ़ कर लिया, वह जीवन्मुक्त हो जाता है और जीते-जी संसार-चक्र से छूट जाता है। समदृष्टि से युक्त स्थिति को ही ब्राह्मी स्थिति समझना उचित है।

श्रीमद्भागवत ने भी ग्यारहवें स्कंध में इसी प्रकार का सन्देश दिया है कि कर्त्तव्य-परायण व्यक्ति के लिए जीवन्मुक्ति प्राप्तव्य है—

अप्रमत्त इदं ज्ञात्वा पुरा मृत्योः घटेत सः॥ ११.२०.१४॥

सरल भावार्थ—कर्त्तव्य-परायण और बुद्धिमान् व्यक्ति इसी जीवन में आध्यात्मिक साधना की पूर्णता तक पहुँच सकता है। अर्थात् जीवन्मुक्तावस्था प्राप्त कर सकता है।

तीसरा प्रसंग है—जीवन्मुक्त का मुख्य लक्षण—

लभन्ते ब्रह्मनिर्वाणमृषयः क्षीणकल्मषाः।
छिन्नद्वैधा यतात्मानः सर्वभूतहिते रताः॥ ५.२५॥

सरल भावार्थ—भेद-भाव से रहित, कर्मयोगी ऋषि संयम-मय मर्यादित जीवन व्यतीत करते हुए पाप-वृत्ति से छुटकारा पाते हैं और सब प्राणियों को समान समझते हुए, उनका भला करने में लीन होकर, ब्रह्मनिर्वाण को, जीते-जी प्राप्त करते हैं।

श्रीमद्भागवत ने भी परोपकार-भाव को जीवन्मुक्तावस्था का मुख्य लक्षण बतलाया है—

कृपालुरकृतद्रोहस्तितिक्षुः सर्वदेहिनाम्।
सत्यसारोऽनवद्यात्मा समः सर्वोपकारकः॥ ११.११.२९॥

सरल भावार्थ—जीवन्मुक्त व्यक्ति कृपा की मूर्ति होता है। वह किसी भी प्राणी से वैरभाव नहीं रखता। कोई उसका अनहित करे तब भी वह निर्वैर-भाव को नहीं छोड़ता। उसके जीवन का सार है सत्य। पाप-वासना उसे छू नहीं सकती। सब प्राणियों को समान समझते हुए, वह उनका भला करने में लीन रहता है।

चौथा प्रसंग है—सर्वभूतसुहृद का आदर्श—

भोक्तारं यज्ञतपसां सर्वलोकमहेश्वरम्।
सुहृदं सर्वभूतानां ज्ञात्वा माँ शान्तिमृच्छति॥ ५.२९॥

सरल भावार्थ—जीवन्मुक्त कर्मयोगी अपने लोकहितार्थ किए गए कर्मों को ईश्वरार्पण बुद्धि से सम्पन्न करता हैं; क्योंकि वह जानता है कि कर्मों का फल स्वयं न भोगकर सर्वलोकमहेश्वर प्रभु को ही सौंपना चाहिए। यह जानकर कि ईश्वर सब प्राणियों का सुहृद (मित्र) है, कर्मयोगी भी वैसा ही करने को प्रेरित होता है और इसलिए वह परम शान्ति को प्राप्त करता है।

श्रीमद्भागवत ने भी सर्वभूतसुहृद के आदर्श के साथ-साथ परम शान्ति के अनुभव का उल्लेख किया है—

सर्वभूतसुहृच्छान्तो ज्ञानविज्ञाननिश्चयः।
पश्यन् मदात्मकं विश्वं न विपद्येत वै पुनः॥ ११.७.१२॥

सरल भावार्थ—जीवन्मुक्त व्यक्ति अंधविश्वास से दूर रहता है और ज्ञान तथा विज्ञान का उचित उपयोग करके, सारे विश्व को ईश्वर का ही रूप समझता है। इसलिए वह सर्वभूतसुहृद बनता है और परम शान्ति का अनुभव भी करता है।

पाँचवां प्रसंग है—जीवन्मुक्ति के लिए कर्मयोग—ज्ञानयोग का समन्वय—

एकं सांख्यं च योगं च यः पश्यति स पश्यति॥ ५.५॥

सरल भावार्थ—कर्मयोग एवं ज्ञानयोग को परस्पर-विरोधी समझना उचित नहीं; क्योंकि दोनों के समन्वय से ही आध्यात्मिक पूर्णता प्राप्त होती है।

श्रीमद्भागवत ने भी दसवें स्कंध में यही भाव व्यक्त किया है—

सांख्यं योगश्च मत्परः॥ १०.७४.२०॥

सरल भावार्थ—भगवत्-प्राप्ति (जीवन्मुक्ति) के लिए कर्मयोग तथा ज्ञानयोग का समन्वय आवश्यक है।

गीता-अध्याय छः

गीता के छठे अध्याय के चार प्रसंग उल्लेखनीय हैं—

पहला प्रसंग है—आध्यात्मिक उत्थान के लिए आत्मविश्वास—

उद्धरेदात्मनाऽत्मानं नात्मानमवसादयेत्।
आत्मैव ह्यात्मनो बन्धुरात्मैव रिपुरात्मनः॥ ६.५॥

सरल भावार्थ—प्रत्येक व्यक्ति को आध्यात्मिक उत्थान की सीढ़ी पर चढ़ने के लिए कटिबद्ध तथा सतर्क रहना चाहिए—इस बात का विशेष ध्यान रखते हुए कि सीढ़ी पर चढ़ने के बजाय गति उलटी (नीचे की ओर) न हो जाय। साधना के लिए आत्मविश्वास तथा आत्मनिर्भरता का बहुत महत्त्व है; क्योंकि प्रत्येक व्यक्ति स्वयं ही अपना मित्र है और स्वयं ही अपना शत्रु है।

श्रीमद्भागवत ने यही संदेश देते हुए यह चेतावनी भी दी है कि दूसरे लोग, सहायता तो क्या, बाधा डाल सकते हैं—

क्षिप्तोऽवमानितोऽसद्भिः प्रलब्धोऽसूयितोऽथवा॥ ११.२२.५७॥
श्रेयष्कामः कृच्छ्रगत आत्मनाऽत्मानमुद्धरेत्॥ ११.२२.५८॥

सरल भावार्थ—चाहे दूसरे लोग अपमान करें, उपहास करें, निंदा करें—संकट से निकलकर कल्याण-मार्ग पर प्रगति करने के लिए आत्मविश्वास तथा आत्मनिर्भरता का बहुत महत्त्व है।

दूसरा प्रसंग है—मानव में माधव का दर्शन करके सबकी सेवा करो—

सर्वभूतस्थितं यो माँ भजत्येकत्वमास्थितः।
सर्वथा वर्तमानोऽपि स योगी मयि वर्तते॥ ६.३१॥

सरल भावार्थ—जो व्यक्ति परमात्मा के साथ एकत्व में स्थित हुआ सब प्राणियों में स्थित परमेश्वर को भजता है (अर्थात् मानव में माधव का दर्शन करके सबकी सेवा करता है) वह योगी सब प्रकार से, सामान्य लौकिक व्यवहार करता हुआ भी परमेश्वर में ही निवास करता है।

श्रीमद्भागवत ने भी यही संदेश सातवें स्कंध में दिया है—

हरिः सर्वेषु भूतेषु भगवानास्त ईश्वरः।
इति भूतानि मनसा कामैस्तैः साधु मानयेत्॥ ७.७.३२॥

सरल भावार्थ—भगवान् समस्त प्राणियों में विद्यमान हैं—ऐसी भावना से यथाशक्ति सबकी सेवा करो और उनका सम्मान करो।

तीसरा प्रसंग है—दूसरों को सुखी देखकर सुखी होना, दुखी देखकर दुखी होना—

आत्मौपम्येन सर्वत्र समं पश्यति योऽर्जुन।
सुखं वा यदि व दुःखं स योगी परमो मतः॥ ६.३२॥

सरल भावार्थ—आत्मौपम्य-भाव का अर्थ है, सबमें एक ही आत्मा को देखना। व्यावहारिक साम्ययोगी इस भाव के आधार पर सब प्राणियों के प्रति सम-भाव रखता है और उनके दुःख से दुखी और सुख से सुखी होता है। ऐसा साम्ययोगी परम श्रेष्ठ है।

श्रीमद्भागवत के छठे स्कंध में ऋषि दधीचि ने यही भाव व्यक्त किया है—

एतावानव्ययो धर्मः पुण्यश्लोकैरुपासितः।
यो भूतशोकहर्षाभ्यामात्मा शोचति हृष्यति॥ ६.१०.९॥

सरल भावार्थ—ऋषि दधीचि कहते हैं, बड़े-बड़े महात्माओं ने सेवाधर्म के रूप को स्पष्ट किया है। उसका व्यावहारिक रूप यह है कि सेवक दूसरों को दुखी देखकर दुःख का अनुभव करे, और सुखी देखकर सुख का।

चौथा प्रसंग है—व्यक्तिगत मुक्ति नहीं, सर्वमुक्ति ही ईश्वर का विधान है—

प्रयत्नाद्यतमानस्तु योगी संशुद्धकिल्विषः।
अनेकजन्मसंसिद्धस्ततो याति परां गतिम्॥ ६.४५॥

सरल भावार्थ—आध्यात्मिक उत्थान का क्रम जन्म-जन्मान्तर तक चलता रहता है और प्रयत्न करते-करते सिद्धि प्राप्त हो जाती है अर्थात् योगी का आचरण बिल्कुल शुद्ध होकर उसे परम गति (जीवन्मुक्ति) तक पहुँचा देता है। इस प्रकार सर्वमुक्ति ही ईश्वर का विधान है।

श्रीमद्भागवत ने भी चौथे स्कंध में सर्वमुक्ति का संदेश दिया है—

यथैव सूर्यात्प्रभवन्ति वार:
पुनश्च तस्मिन् प्रविशन्ति काले।
भूतानि भूमौ स्थिरजंगमानि
तथा हरावेव गुणप्रवाह:॥ ४.३१.१५॥

सरल भावार्थ—जिस प्रकार वर्षाकाल में जल, सूर्य के ताप से भाप और बादल बनकर बरसता है और ग्रीष्म ऋतु में अदृश्य हो जाता है, और जिस प्रकार चर-अचर भूत पृथ्वी से उत्पन्न होते हैं और फिर उसी में मिल जाते हैं, उसी प्रकार समस्त प्राणी-वर्ग श्री हरि से ही उत्पन्न होता है और उन्हीं में लीन हो जाता है। इस प्रकार सर्वमुक्ति ही ईश्वर का विधान है।

गीता-अध्याय सात

गीता के सातवें अध्याय के दो प्रसंग उल्लेखनीय हैं—

पहला प्रसंग है—सामान्य लोग आध्यात्मिक उत्थान के लिए प्रयत्न नहीं करते—

मनुष्याणां सहस्रेषु कश्चिद्यतति सिद्धये।
यततामपि सिद्धानां कश्चिन्मां वेत्ति तत्त्वत:॥ ७.३॥

सरल भावार्थ—हज़ारों व्यक्तियों में से कोई-कोई अपनी आध्यात्मिक साधना की पूर्णता के लिए यत्न करता है और पूर्णता प्राप्त करने पर भी जो यत्न करते रहते हैं, उनमें से क़ोई-कोई ईश्वर को तात्त्विक रूप से जान पाते हैं।

श्रीमद्भागवत ने भी छठे स्कंध में इसी प्रकार का भाव व्यक्त किया है—

प्रायो मुमुक्षवस्तेषां केचनैव द्विजोत्तम।
मुमुक्षूणां सहस्रेषु कश्चिन्मुच्येत सिध्यति॥ ६.१४.४॥
मुक्तानामपि सिद्धानां नारायणपरायण:।
सुदुर्लभ: प्रशान्तात्मा कोटिष्वपि महामुने॥ ६.१४.५॥

सरल भावार्थ—थोड़े-से लोग ही आध्यात्मिक उत्थान के लिए प्रयत्न करते हैं और उनमें से कोई-कोई सफलता प्राप्त करते हैं। इसलिए परम शान्ति का अनुभव करने वाले जीवन्मुक्त व्यक्ति संसार में दुर्लभ हैं।

दूसरा प्रसंग है–जो दुखी हैं, निराश्रय हैं, उनको शरण में लेते प्रभु–

चतुर्विधा भजन्ते मां जनाः सुकृतिनोऽर्जुन।
आर्तो जिज्ञासुरर्थार्थी ज्ञानी च भरतर्षभ॥ ७.१६ ॥

सरल भावार्थ—चार प्रकार के लोग, सात्त्विक (लोक कल्याणार्थ) कर्म करते हुए ईश्वर को भजते हैं–आर्त, जिज्ञासु, अर्थार्थी, ज्ञानी। इनमें से पहले पहल ईश्वर का ध्यान उनकी ओर जाता है जो आर्त हैं–दुखी हैं, निराश्रय हैं।

श्रीमद्भागवत में भी श्रीकृष्ण भगवान् ने 'आर्त' लोगों को शरण में लेने की घोषणा की है–

आर्तानां शरणं त्वहम्॥ ११.२६.३३ ॥

सरल भावार्थ—भगवान् कहते हैं–जो आर्त हैं, दीन दुखी हैं, उन्हें मैं अपनी शरण में लेता हूँ।

गीता-अध्याय आठ

गीता के आठवें अध्याय का एक प्रसंग उल्लेखनीय है–और वह है–ईश्वर-स्मरण के लिए प्रत्येक समय एक समान है–

तस्मात्सर्वेषु कालेषु मामनुस्मर युध्य च।
मय्यर्पितमनोबुद्धिर्मामेवैष्यस्यसंशयः॥ ८.७ ॥

सरल भावार्थ—भगवान् अर्जुन से कहते हैं, तू सब समय मेरा स्मरण कर (अर्थात् मेरे स्मरण के लिए प्रत्येक समय एक समान है) और स्वधर्मपालन में जुटा रह। इस प्रकार अपने मन और बुद्धि को मुझे अर्पण करने से तू निस्सन्देह मुझको ही प्राप्त होगा (अर्थात् जीवन्मुक्त हो जाएगा)।

यही संदेश, श्रीमद्भागवत के ग्यारहवें स्कंध के दो श्लोकों को मिलाने से, प्राप्त होता है–

कुर्यात् सर्वाणि कर्माणि मदर्थं शनकैः स्मरन्।
मय्यर्पितमनश्चित्तो मद्धर्मात्ममनोरतिः॥ ११.२९.९॥
कर्मण्यो गुणवान् कालो द्रव्यतः स्वत एव वा।
यतो निवर्तते कर्म स दोषोऽकर्मकः स्मृतः॥ ११.२१.९॥

सरल भावार्थ—भगवान् कहते हैं—साधक को चाहिए कि अपने सारे कर्म मुझे अर्पित करे और सब समय मेरा स्मरण करे। इस प्रकार उसका मन और चित्त भी मुझे अर्पित हो जाएगा, मुझमें ही रम जाएगा। ऐसा सोचना उचित नहीं कि मुझे स्मरण करने के लिए कोई दिन या समय विशेषतः उपयुक्त है, बल्कि जिस समय भी कोई कल्याणकारी कर्म हो जाता है, वही समय पवित्र हो जाता है (और जिस समय कोई बुरा काम हो जाता है, वही समय अपवित्र हो जाता है)।

गीता-अध्याय नौ

गीता के नवें अध्याय के आठ प्रसंग उल्लेखनीय हैं—

पहला प्रसंग है—मानव में माधव का दर्शन—

समोऽहं सर्वभूतेषु न मे द्वेष्योऽस्ति न प्रियः॥ ९.२९॥

सरल भावार्थ—भगवान् कहते हैं, मैं सब प्राणियों में समान रूप से विद्यमान हूँ। मेरा न किसी से द्वेष है और न किसी से आसक्ति। इसलिए मेरे भक्त को सब प्राणियों में मेरा दर्शन करना चाहिए।

इसी प्रकार का भाव, श्रीमद्भागवत ने दसवें स्कंध में व्यक्त किया है—

न ह्यस्यास्ति प्रियः कश्चिन्नाप्रियो वास्त्यमानिनः।
नोत्तमो नाधमो नापि समानस्यासमोऽपि वा॥ १०.४६.३७॥

सरल भावार्थ—भगवान् की दृष्टि में सब प्राणी समान हैं—उनका न कोई प्रिय है और न कोई अप्रिय। सच्चा ज्ञान यही है कि भगवान् सब प्राणियों में विद्यमान हैं—चाहे कोई उत्तम हो या अधम हो। जो व्यक्ति विषमता का भाव रखता है, वह नहीं जानता कि भगवान् उसके हृदय में भी हैं।

दूसरा प्रसंग है—मानव का अपमान—अज्ञानी की पहचान—

अवजानन्ति मां मूढा मानुषीं तनुमाश्रितम्।
परं भावमजानन्तो मम भूतमहेश्वरम्॥ ९.११॥

सरल भावार्थ—भगवान् कहते हैं, मैं ब्रह्माण्ड में हूँ और पिण्ड में भी हूँ, मैं सब प्राणियों का महेश्वर हूँ और प्रत्येक प्राणी के शरीर में भी हूँ, किन्तु अज्ञानी (मूढ़) लोग इस रहस्य को नहीं समझते और मानव का अपमान करते हैं (और परोक्षरूप से यह मेरा ही अपमान है)।

यही भाव, श्रीमद्भागवत के तीसरे स्कंध में, कपिल-गीता ने व्यक्त किया है—

अहं सर्वेषु भूतेषु भूतात्मावस्थितः सदा।
तमवज्ञाय माँ मर्त्यः कुरुतेऽर्चाविडम्बनम्॥ ३.२९.२१॥

सरल भावार्थ—कपिल भगवान् कहते हैं, मैं आत्मा रूप से सभी प्राणियों में स्थित हूँ, इसलिए जो लोग मुझ सर्वभूतस्थित परमात्मा का अनादर करके केवल प्रतिमा (मूर्ति) में ही मेरा पूजन करते हैं, उनकी वह पूजा स्वाँगमात्र है।

तीसरा प्रसंग है—सच्चे भक्त को कोई सन्मार्ग से नहीं हटा सकता—

न मे भक्तः प्रणश्यति॥ ९.३१॥

सरल भावार्थ—भगवान् कहते हैं, मेरे भक्त को कोई हानि नहीं पहुँचा सकता (अर्थात् उसे सन्मार्ग से नहीं हटा सकता—सन्मार्ग से हटना ही भक्त की सबसे बड़ी हानि है)

श्रीमद्भागवत ने भी छठे स्कंध में यही भाव प्रकट किया है—

न हिंसन्ति च मत्परान्॥ ६.९.५५॥

सरल भावार्थ—भगवान् कहते हैं, जो व्यक्ति मेरी शरण में आ जाते हैं, उन पर हिंसा का कोई प्रभाव नहीं पड़ता (अर्थात् वे हर स्थिति में सन्मार्ग पर टिके रहते हैं)।

चौथा प्रसंग है—अच्छे सेवा-कार्यक्रमों की आवश्यकताओं की पूर्ति, भगवान् की प्रेरणा से, समाज कर देता है—

तेषां नित्याभियुक्तानां योगक्षेमं वहाम्यहम्॥ ९.२२॥

सरल भावार्थ—भगवान् कहते हैं, मुझ पर ही पूरा भरोसा रखने वाले भक्तों (लोक-सेवा करने वालों) के 'योगक्षेम' का भार मैं उठाता हूँ (यद्यपि उनका निष्काम-भाव होता है)। (योग का अर्थ है—जो प्राप्त न हो उसे प्राप्त करना। क्षेम का अर्थ है—प्राप्त हो जाने पर उसे सँभालकर रखना। योगक्षेम के व्यावहारिक अर्थ के लिए, भक्तों की नहीं, सेवा-कार्यक्रमों की आवश्यकताओं पर ध्यान देना उचित है)।

श्रीमद्‌भागवत ने भी इसी प्रकार का संकेत दिया है—

ये मन्मनस्का मत्प्राणा मदर्थे तान् विभर्म्यहम्॥ १०.४६.४॥

सरल भावार्थ—भगवान् कहते हैं, जिन्होंने अपना मन और प्राण मुझमें (लोक-सेवा में) लगा दिया है, उनकी आवश्यकताओं की पूर्ति मैं करता हूँ।

पाँचवाँ प्रसंग है—भगवान् पर पूरा भरोसा रखना अर्थात् समर्पण-भाव को हृदय में स्थापित करना—

यत्करोषि यदश्नासि यज्जुहोषि ददासि यत्।
यत्तपस्यसि कौन्तेय तत्कुरुष्व मदर्पणम्॥ ९.२७॥

सरल भावार्थ—भगवान् अर्जुन से कहते हैं, तू जो कुछ करता है, जो कुछ खाता है, जो कुछ हवन करता है, जो कुछ दान देता है, जो कुछ तप करता है—वह सब मुझे अर्पण करने की भावना से कर।

श्रीमद्‌भागवत द्वारा की गई समर्पण-भाव की व्याख्या वर्तमान पुस्तक के छठे अध्याय में वर्णित है—उसका एक अंश यहाँ लिखना पर्याप्त होगा—

कर्मशुद्धिर्मदर्पणम्॥ ११.२१.१५॥
सर्वस्य तद् भवति मूलनिषेचनं यत्॥ ८.९.२९॥

सरल भावार्थ—जब सेवा रूपी कर्म भगवान् को अर्पित किया जाता है, तब वह शुद्ध हो जाता है। जैसे वृक्ष की जड़ में पानी देने से उसका तना, टहनियाँ और पत्ते—सब-के-सब सिंच जाते हैं, वैसे ही भगवान् को समर्पित किया गया कर्म सर्वहितकारी रूप ले लेता है।

छठा प्रसंग है—समर्पण के लिए भाव का ही महत्त्व है, अर्पित या भेंट की गई वस्तु का नहीं—

पत्रं पुष्पं फलं तोयं यो मे भक्त्या प्रयच्छति।
तदहं भक्तत्युपहृतमश्नामि प्रयतात्मनः॥ ९.२६॥

सरल भावार्थ—भगवान् कहते हैं, मेरी दृष्टि में भक्त के भाव का ही महत्त्व है, उसके द्वारा भेंट की गई वस्तु का नहीं। इसलिए मुझे भक्तिपूर्वक अर्पण करने के लिए पत्र, पुष्प, फल, जल—ऐसे (प्रकृति द्वारा दिए गए) उत्तम पदार्थ हैं। उच्च कोटि के समर्पण-भाव का महत्त्वपूर्ण अंग है—निष्काम-भाव अर्थात् मुझे भेंट करते समय बदले में किसी (व्यक्तिगत) लाभ को प्राप्त करने की कोई कामना न हो।

यह उल्लेखनीय है कि श्रीमद्भागवत के दसवें स्कंध में, सुदामा-मिलन प्रसंग में, उपरोक्त श्लोक अक्षरशः विद्यमान है। (श्लोक 10.81.4)

सातवाँ प्रसंग है—निष्काम-भाव का व्यापक अर्थ यह भी है कि स्वर्ग की कामना न हो—

ते तं भुक्त्वा स्वर्गलोकं विशालं
क्षीणे पुण्ये मर्त्यलोकं विशन्ति।
एवं त्रयीधर्ममनुप्रपन्ना
गतागतं कामकामा लभन्ते॥ ९.२१॥

सरल भावार्थ—भगवान् कहते हैं, स्वर्ग के भोग काल्पनिक हैं और अस्थायी हैं, उनकी अवधि समाप्त होने पर फिर संसार-चक्र में भटकना पड़ता है। इस प्रकार कर्मकाण्ड का मार्ग कामनाओं का मार्ग है और यह निष्काम-भाव के विरुद्ध है।

इसी प्रकार का भाव श्रीमद्भागवत ने भी सातवें स्कंध में व्यक्त किया है—

एवं हि लोकाः क्रतुभिः कृता अमी
क्षयिष्णवः सातिशया न निर्मलाः॥ ७.७.४०॥

सरल भावार्थ—जैसे सांसारिक भोग अस्थायी और नाशवान हैं, वैसे ही यज्ञों द्वारा (कल्पना में) प्राप्त होने वाले स्वर्ग के भोग भी अस्थायी, नाशवान तथा दोषपूर्ण हैं।

आठवाँ प्रसंग है—देवताओं की सकाम पूजा का, ईश्वर-भक्ति से अलग कोई महत्त्व नहीं है—

येऽप्यन्यदेवता भक्ता यजन्ते श्रद्धयाऽन्विताः।
तेऽपि मामेव कौन्तेय यजन्त्यविधिपूर्वकम्॥ ९.२३॥

सरल भावार्थ—जिस प्रकार स्वर्ग की कामना दोषपूर्ण है, उसी प्रकार देवताओं की सकाम पूजा भी अपूर्ण है। वास्तव में ईश्वर ही समस्त दैवी शक्तियों का अध्यक्ष है, इसलिए परोक्ष रूप से देव पूजा को भी ईश्वर के प्रति निष्काम भक्ति का अंग मानना उचित है।

इसी प्रकार का भाव श्रीमद्भागवत ने भी दसवें स्कंध में व्यक्त किया है—

सर्व एव यजन्ति त्वां सर्वदेवमयेश्वरम्।
येऽप्यन्यदेवताभक्ता यद्यप्यन्यधियः प्रभो॥ १०.४०.९॥

सरल भावार्थ—अक्रूरजी कहते हैं, भगवन्, अन्य देवताओं की पूजा को आपकी भक्ति का अंग मानना उचित है; क्योंकि आप ही समस्त देवताओं के अध्यक्ष हैं और सर्वेश्वर हैं।

गीता-अध्याय दस

गीता के दसवें अध्याय का शीर्षक है 'विभूतियोग'—श्रीमद्भागवत में भी, ग्यारहवें स्कंध के एक सम्पूर्ण अध्याय (11.16) में भगवान् की विभूतियों का वर्णन है जो गीता के समान है। यहाँ समानता को स्पष्ट करने वाले चार उदाहरण देना पर्याप्त होगा—

अहमात्मा गुडाकेश सर्वभूताशयस्थितः।
अहमादिश्च मध्यं च भूतानामन्त एव च॥ १०.२०॥

सरल भावार्थ—भगवान् कहते हैं, मेरी सबसे मुख्य विभूति यह है कि मैं समस्त प्राणियों के हृदय में विद्यमान आत्मा हूँ। मैं ही भूतमात्र का आदि, मध्य और अन्त हूँ।

इसके समानान्तर श्रीमद्भागवत का श्लोक—

अहमात्मोद्धवामीषां भूतानां सुहृदीश्वरः।
अहं सर्वाणि भूतानि तेषां स्थित्युद्भवाप्ययः॥ ११.१६.९॥

सरल भावार्थ—भगवान् कहते हैं, मैं समस्त प्राणियों की आत्मा, सबका सुहृद और ईश्वर हूँ। मैं ही प्राणियों की उत्पत्ति, स्थिति एवं प्रलय हूँ।

प्रह्लादश्चास्मि दैत्यानां कालः कलयतामहम्॥ १०.३०॥

सरल भावार्थ—भगवान् कहते हैं, दैत्यों में मैं प्रह्लाद हूँ, समय का हिसाब रखने वालों में मैं काल हूँ।

श्रीमद्भागवत के दो श्लोकों को मिलाने से, गीता से समानता स्पष्ट हो जाती है—

मां विद्ध्युद्धव दैत्यानां प्रह्लादमसुरेश्वरम्॥ ११.१६.१६॥
कालः कलयतामहम्॥ ११.१६.१०॥
यच्चापि सर्वभूतानां बीजं तदहमर्जुन।
न तदस्ति विना यत्स्यान्मया भूतं चराचरम्॥ १०.३९॥

सरल भावार्थ—भगवान् कहते हैं, मैं ही सब प्राणियों का बीज (मूल कारण) हूँ। चाहे जड़ हो चाहे चेतन, मेरे बिना किसी का अस्तित्व सम्भव नहीं है।

इसके समानान्तर श्रीमद्भागवत का श्लोक—

मयेश्वरेण जीवेन गुणेन गुणिना विना।
सर्वात्मनापि सर्वेण न भावो विद्यते क्वचित्॥ ११.१६.३८॥

सरल भावार्थ—भगवान् कहते हैं, मै ईश्वर हूँ, जीव हूँ, गुण हूँ, गुणी हूँ। मेरे बिना किसी का अस्तित्व सम्भव नहीं है।

यद्यद् विभूतिमत् सत्वं श्रीमदूर्जितमेव वा।
तत्तदेवावगच्छ त्वं मम तेजोऽशसंभवम्॥ १०.४१॥

सरल भावार्थ—भगवान् कहते हैं, जिस किसी व्यक्ति या वस्तु में विशेष विभूति है या कान्ति है या शक्ति है, उस-उस के विषय में यह निश्चित रूप से समझ लेना चाहिए कि वह मेरे तेज के एक अंश की ही अभिव्यक्ति है।

इसके समानान्तर श्रीमद्भागवत का श्लोक—

तेजः श्रीः कीर्तिरैश्वर्यं ह्रीस्त्यागः सौभगं भगः।
वीर्यं तितिक्षा विज्ञानं यत्र यत्र स मेंऽशकः॥ ११.१६.४०॥

सरल भावार्थ—भगवान् कहते हैं, जिस किसी व्यक्ति में तेज, श्री, कीर्ति, ऐश्वर्य, लज्जा, त्याग, सौन्दर्य, सौभाग्य, पराक्रम, तितिक्षा और विज्ञान आदि विशेष गुण हों, वह सब मेरा ही अंश है।

गीता-अध्याय ग्यारह

गीता के ग्यारहवें अध्याय के दो प्रसंग उल्लेखनीय हैं—

पहला प्रसंग है—मत्कर्म (ईश्वर-समर्पित लोक-सेवा) में लगे रहो और प्राणीमात्र के प्रति निर्वैर-भाव अपनाओ—

मत्कर्मकृन् मत्परमो भद्भक्तः संगवर्जितः।
निर्वैरः सर्वभूतेषु यः स मामेति पाण्डव॥ ११.५५॥

सरल भावार्थ—भगवान् कहते हैं, जो साधक मत्कर्म (ईश्वर-समर्पित लोक सेवा) करता है, जो मत्परायण है, जो मेरा भक्त है, जो आसक्तिरहित है, जो किसी भी प्राणी से वैर-भाव नहीं रखता, वह मुझको ही प्राप्त होता है।

'मत्कर्म' शब्द श्रीमद्भागवत ने भी प्रयुक्त किया है—उसकी विस्तृत व्याख्या वर्तमान पुस्तक के छठे अध्याय में प्रस्तुत की गई है—उस अध्याय का एक श्लोक यहाँ लिखना पर्याप्त होगा—

मत्कर्मभिर्मत्कथया च नित्यं
निर्वैरसाम्योपशमेन पुत्रा।
योगेन धृत्युद्यमसत्त्वयुक्तो
असम्प्रमादेन यमेन वाचाम्॥ ५.५.११॥

सरल भावार्थ—भगवान् ऋषभदेव ने कहा, पुत्रो, तुम 'मत्कर्म' करो अर्थात् मानव सेवा को मेरी (अर्थात् भगवान् की) पूजा समझो। इस प्रकार की सेवा से सम्बन्धित कथाएँ सुनो—इससे तुम्हारा सेवा-भाव दृढ़ होगा। साधना के अन्य

अंगों में से निर्वैर-भाव और सम-भाव को महत्त्व दो। धैर्य, उद्यम, सात्त्विकता, कर्म-कुशलता तथा वाणी के संयम से तुम शान्ति का अनुभव करोगे।

दूसरा प्रसंग है—भगवान् की कृपा से साधक को विश्वरूपदर्शन—

तत्रैकस्थं जगत् कृत्स्नं प्रविभक्तमनेकधा।
अपश्यद् देवदेवस्य शरीरे पाण्डवस्तदा॥ ११.१३॥

सरल भावार्थ—अर्जुन ने देखा कि देवों के देव परमात्मा के विराट शरीर में सारा जगत् अनेक प्रकार से विभक्त होने पर भी एकत्व रूप से एक जगह स्थित है।

श्रीमद्‌भागवत के दसवें स्कंध में, यशोदामैया को भगवान् श्री कृष्ण ने विश्वरूपदर्शन करवाया—

सा तत्र ददृशे विश्वं जगत् स्थास्नु च खं दिशः॥ १०.८.३७॥

सरल भावार्थ—यशोदाजी ने देखा कि कृष्ण के मुख में चर-अचर सम्पूर्ण जगत् विद्यमान है।

गीता-अध्याय बारह

गीता के बारहवें अध्याय के चार प्रसंग उल्लेखनीय हैं—
पहला प्रसंग है—पर-हित-भाव की महिमा—

संनियम्येन्द्रियग्रामं सर्वत्र समबुद्धयः।
ते प्राप्नुवन्ति मामेव सर्वभूतहिते रताः॥ १२.४॥

सरल भावार्थ—भगवान् कहते हैं, मुझे प्राप्त करने के लिए तीन बातें महत्त्वपूर्ण हैं—मर्यादित जीवन, प्राणीमात्र के प्रति समदृष्टि, सबका भला करने में रुचि।

श्रीमद्‌भागवत ने भी परोपकार-भाव को जीवन्मुक्तावस्था का मुख्य लक्षण बतलाया है—

कृपालुरकृतद्रोहस्तितिक्षुः सर्वदेहिनाम्।
सत्यसारोऽनवद्यात्मा समः सर्वोपकारकः॥ ११.११.२९॥

सरल भावार्थ—जीवन्मुक्त व्यक्ति कृपा की मूर्ति होता है। वह किसी भी प्राणी से वैर-भाव नहीं रखता। कोई उसका अनहित करे तब भी वह निर्वैर-भाव को

नहीं छोड़ता। उसके जीवन का सार है सत्य। पाप-वासना उसे छू नहीं सकती। सब प्राणियों को समान समझते हुए, वह उनका भला करने में लीन रहता है।

दूसरा प्रसंग है—मैत्री-भाव की महिमा—

अद्वेष्टा सर्वभूतानां मैत्रः करुण एव च।
निर्ममो निरहंकारः समदुःखसुखः क्षमी॥ १२.१३॥

सरल भावार्थ—कर्मयोगी भक्त किसी भी प्राणी से द्वेष नहीं करता, वह सबका मित्र होता है और सबके साथ दया का व्यवहार करता है। वह 'मैं और मेरा'—ऐसी संकुचित भावना से ऊपर उठकर लोककल्याणार्थ कर्म करता है। वह सुख-दुःख की प्राप्ति में समत्वबुद्धि रखता है। क्षमा करना उसका स्वभाव बन जाता है।

यही भाव श्रीमद्भागवत के दो श्लोकों को मिलाने से प्रकट होता है—

अमानी मानदः कल्पो मैत्रः कारुणिकः कविः॥ ११.११.३१॥
निर्ममा निरहंकारा निर्द्वन्द्वा निष्परिग्रहाः॥ ११.२६.२७॥

सरल भावार्थ—भगवान् का भक्त स्वयं किसी से सम्मान नहीं चाहता, किन्तु दूसरों का सम्मान करता रहता है। वह सबका मित्र होता है। उसके हृदय में करुणा भरी होती है। वह आध्यात्मिकता को जानता है और उसका ज्ञान दूसरों को देता है। वह 'मै और मेरा'—ऐसी संकुचित भावना से ऊपर उठकर लोककल्याणार्थ कर्म करता है। वह सुख-दुःख की प्राप्ति में समत्वबुद्धि रखता है। वह आवश्यकता से अधिक वस्तुओं का संग्रह नहीं करता।

तीसरा प्रसंग है—भक्त का संतुलित व्यवहार—

यो न हृष्यति न द्वेष्टि॥ १२.१७॥

सरल भावार्थ—कर्मयोगी भक्त हर्ष-द्वेष आदि द्वन्द्वों से मुक्त होता है।

श्रीमद्भागवत ने भी भक्त का वर्णन करने के लिए इन्हीं शब्दों का प्रयोग किया है—

यो न द्वेष्टि न हृष्यति॥ ११.२.४८॥

चौथा प्रसंग है—भक्त का धैर्यमय और शान्त व्यवहार—

यस्मान्नोद्विजते लोको लोकान्नोद्विजते च यः॥ १२.१५॥

सरल भावार्थ—कर्मयोगी भक्त का व्यवहार मधुर और शान्त होता है—कोई उससे उद्विग्न नहीं होता और वह स्वयं भी किसी से उद्विग्न नहीं होता।

इसके समानान्तर श्लोक श्रीमद्भागवत का—

नोद्विजेत जनाद् धीरो जनं चोद्वेजयेन्न तु॥ ११.१८.३१॥

गीता-अध्याय तेरह

गीता के तेरहवें अध्याय के दो प्रसंग उल्लेखनीय हैं—

पहला प्रसंग है—अभिमान और दम्भ के विषय में चेतावनी—

अमानित्वमदम्भित्वम्॥ १३.७॥
एतज्ज्ञानमिति प्रोक्तमज्ञानं यदतोऽन्यथा॥ १३.११॥

सरल भावार्थ—अभिमान और दम्भ को छोड़ना ज्ञानी का लक्षण है—जो इन दुर्गुणों को नहीं छोड़ता, वह अज्ञानी है।

श्रीमद्भागवत के अनुसार, इन दुर्गुणों को छोड़ना भक्त का लक्षण है—

अमानित्वमदम्भित्वं कृतस्यापरिकीर्तनम्॥ ११.११.४०॥
ते मे भक्ततमा मताः॥ ११.११.३३॥

सरल भावार्थ—भगवान् कहते हैं, मेरा परम भक्त वही है जो अभिमान और दम्भ को छोड़ देता है और अपने शुभ कर्मों का ढिंढोरा नहीं पीटता।

दूसरा प्रसंग है—सब प्राणियों में एक ही आत्मा (क्षेत्रज्ञ) है, इसलिए समाज में एकत्व-भाव—

क्षेत्रज्ञं चापि मां विद्धि सर्वक्षेत्रेषु भारत॥ १३.२॥
स च यो यत्प्रभावश्च तत्समासेन मे शृणु॥ १३.३॥

सरल भावार्थ—भगवान् कहते हैं, आत्मा क्षेत्रज्ञ है और सब प्राणियों की आत्मा एक है; क्योंकि वह मेरा (परमात्मा का) अंश है। क्षेत्रज्ञ के प्रभाव को पहचानने से समाज में एकत्व-भाव दृढ़ हो सकता है।

इसी प्रकार का भाव श्रीमद्‌भागवत ने ग्यारहवें स्कंध में व्यक्त किया है–

क्षेत्रज्ञं सर्वभूतेषु समत्वेन यजेत माम्॥ ११.११.४५॥

सरल भावार्थ–भगवान् कहते हैं, मैं सभी प्राणियों में क्षेत्रज्ञ (आत्मा) के रूप में विद्यमान् हूँ–इस तथ्य को जानने से सब प्राणियों के प्रति सम-भाव दृढ़ हो सकता है।

गीता-अध्याय चौदह

गीता के चौदहवें अध्याय का शीर्षक है, 'गुणत्रयविभागयोग'। श्रीमद्‌भागवत में भी इसी विषय के प्रतिपादन के लिए एक पूरा अध्याय (११.२५) है। दोनों ग्रन्थों ने सत्त्व, रजस्, तमस्–इन तीनों गुणों के विवेचन के पश्चात्, एक आदर्श जीवन्मुक्त व्यक्ति का चित्रण भी किया है–त्रिगुणातीत के रूप में। त्रिगुणातीत की अवस्था सात्त्विकता की पराकाष्ठा है–इसका वर्णन वर्तमान पुस्तक के छठे अध्याय में 'मद्‌भाव' के अन्तर्गत किया जा चुका है। गुणत्रयविभागयोग में से चुनकर केवल दो प्रसंगों का उल्लेख करना यहाँ पर्याप्त होगा–पहला प्रसंग सत्त्वगुण की वृद्धि से सम्बन्धित है और दूसरा त्रिगुणातीत की महानता से।

पहला प्रसंग–सत्त्वगुण की वृद्धि–

रजस्तमश्चाभिभूय सत्त्वं भवति भारत॥ १४.१०॥
सर्वद्वारेषु देहेऽस्मिन् प्रकाश उपजायते।
ज्ञानं यदा तदा विद्याद् विवृद्धं सत्त्वमित्युत॥ १४.११॥

सरल भावार्थ–रजोगुण और तमोगुण को दबाकर सत्त्वगुण बढ़ता है। जब किसी व्यक्ति को ऐसा प्रतीत होता है कि उसके अन्दर प्रकाश का उदय हुआ है–अर्थात् जब बुद्धि में कार्य-अकार्य का ज्ञान हो तथा इन्द्रियों में सन्मार्ग पर चलने का उत्साह हो–तब समझना चाहिए कि सत्त्वगुण की वृद्धि हुई है।

श्रीमद्‌भागवत ने भी सत्त्वगुण की वृद्धि का वर्णन इसी प्रकार से किया है–

रजस्तमश्चाभिजयेत् सत्त्वसंसेवया मुनिः॥ ११.२५.३४॥
यदेतरौ जयेत् सत्त्वं भास्वरं विशदं शिवम्।
तदा सुखेन युज्येत धर्मज्ञानादिभिः पुमान्॥ ११.२५.१३॥

सरल भावार्थ—आध्यात्मिक उन्नति करने वाले व्यक्ति को चाहिए कि रजोगुण और तमोगुण को दबाकर सत्त्व गुण की वृद्धि करे। सत्त्वगुण की वृद्धि के लक्षण हैं—आन्तरिक प्रकाश, मन की निर्मलता, परहितभाव, सुख का अनुभव, धर्म में रुचि और ज्ञान-प्राप्ति।

दूसरा प्रसंग है—त्रिगुणातीत की महानता—

मानापमानयोस्तुल्यस्तुल्यो मित्रारिपक्षयोः॥ १४.२५॥

सरल भावार्थ—चाहे मान मिले या अपमान, चाहे मित्र से व्यवहार करना हो चाहे शत्रु से, त्रिगुणातीत व्यक्ति अपना सम-भाव और परहित-भाव बनाए रखता है।

श्रीमद्भागवत ने अम्बरीष का चित्रण त्रिगुणातीत के रूप में किया है—स्वयं दुर्वासाजी ने उनसे क्षमायाचना करते हुए उनकी भूरि-भूरि प्रशंसा की—

मदघं पृष्ठतः कृत्वा प्राणा यन्मेऽभिरक्षिताः॥ ९.५.१७॥

सरल भावार्थ—दुर्वासाजी ने अम्बरीष से कहा—आपने मेरे अपराध को भुलाकर मेरे प्राणों की रक्षा की है।

गीता-अध्याय पंद्रह

गीता के पंद्रहवें अध्याय के दो प्रसंग उल्लेखनीय हैं—

पहला प्रसंग है—ईश्वर संसार-वृक्ष का मूल है—

ऊर्ध्वमूलमधःशाखमश्वत्थं पाहुरव्ययम्।
छंदांसि यस्य पर्णानि यस्तं वेद स वेदवित्॥ १५.१॥

सरल भावार्थ—यह संसार एक विशेष प्रकार के वृक्ष-जैसा है—इसकी जड़ ऊपर (अर्थात् ईश्वर में) है, इसकी शाखाएँ नीचे (अर्थात् दृश्य जगत में) हैं, और इसके पत्ते वेदों के मंत्र-जैसे हैं। जो व्यक्ति इस वृक्ष के रूपक को ठीक प्रकार से समझकर अपना कर्त्तव्य कर्म कुशलतापूर्वक करता है, उसने वेदों के सार को समझ लिया है।

श्रीमद्भागवत ने, उपरोक्त श्लोक के आधार पर, ईश्वर को कर्म समर्पित करने की भावना को, वृक्ष के मूल में पानी देने के समान, लिखा है—

कर्मशुद्धिर्मदर्पणम्॥ ११·२१·१५॥
सर्वस्य तद् भवति मूलनिषेचनं यत्॥ ८·९·२९॥

सरल भावार्थ—जब सेवा रूपी कर्म भगवान् को अर्पित किया जाता है, तब वह शुद्ध हो जाता है। जैसे वृक्ष के मूल में पानी देने से उसका तना, टहनियाँ और पत्ते—सब-के-सब सिंच जाते हैं, वैसे ही भगवान् को समर्पित किया गया कर्म सर्वहितकारी रूप ले लेता है।

दूसरा प्रसंग है—ईश्वर सबके हृदय में है—

सर्वस्य चाहं हृदि संनिविष्टः॥ १५·१५॥

सरल भावार्थ—भगवान् क़हते हैं, मैं सब प्राणियों के हृदयों में हूँ।

इसी प्रकार का भाव श्रीमद्भागवत ने ग्यारहवें स्कंध में प्रकट किया है—

आसक्तमनसो मर्त्या आत्मनोऽनर्थहेतुषु॥ ११·२१·२४॥
न ते मामंग जानन्ति हृदिस्थं य इदं यतः॥ ११·२१·२८॥

सरल भावार्थ—भगवान् कहते हैं, प्रिय उद्धव, सांसारिक भोगों में आसक्ति रखने वाले लोग आध्यात्मिक उन्नति नहीं कर सकते—उन्हें यह ज्ञान नहीं होता कि परमात्मा उनके हृदय में है।

गीता-अध्याय सोलह

गीता के सोलहवें अध्याय के तीन प्रसंग उल्लेखनीय हैं—

पहला प्रसंग है—सद्गुणों की सूची—

अभयं सत्त्वसंशुद्धिर्ज्ञानयोगव्यवस्थितिः।
दानं दमश्च यज्ञश्च स्वाध्यायस्तप आर्जवम्॥ १६·१॥
अहिंसा सत्यमक्रोधस्त्यागः शान्तिरपैशुनम्।
दया भूतेष्वलोलुप्त्वं मार्दवं ह्रीरचापलम्॥ १६·२॥
तेजः क्षमा धृतिः शौचमद्रोहो नातिमानिता।
भवन्ति संपदं दैवीमभिजातस्य भारत॥ १६·३॥

सरल भावार्थ—भगवान् कहते हैं, दैवी सम्पद् में छब्बीस सद्गुणों का समावेश है—अभय, अन्तःकरण की निर्मलता, ज्ञान तथा योग में दृढ़ स्थिति, दान, इंन्द्रिय-संयम, यज्ञ (लोककल्याणार्थ कर्म), स्वाध्याय, तप, सरलता, अहिंसा, सत्य, अक्रोध, कर्मफलत्याग, शान्ति, अनिन्दा, सब प्राणियों के प्रति दया, लोभ-त्याग, मृदुता, अनुचित कर्म करने में लज्जित होने का भाव (दुर्जन के प्रति असहयोग), विचार-स्थिरता, तेज, क्षमा, धैर्य, शौच, अद्रोह, निरभिमानता।

श्रीमद्भागवत ने भी, उपरोक्त सूची के समान, सातवें स्कंध में, तीस सद्गुणों को, धर्म के लक्षण के रूप में महत्त्व दिया है—

सत्यं दया तपः शौचं तितिक्षेक्षा शमो दमः।
अहिंसा ब्रह्मचर्यं च त्यागः स्वाध्याय आर्जवम्॥ ७.११.८॥
सन्तोषः समदृक् सेवा ग्राम्येहोपरमः शनैः।
नृणां विपर्ययेहेक्षा मौनमात्मविमर्शनम्॥ ७.११.९॥
अन्नाद्यादेः संविभागो भूतेभ्यश्च यथार्हतः।
तेष्वात्मदेवताबुद्धिः सुतरां नृषु पाण्डव॥ ७.११.१०॥
श्रवणं कीर्तनं चास्य स्मरणं महतां गतेः।
सेवेज्यावनतिर्दास्यं सख्यमात्मसमर्पणम्॥ ७.११.११॥

सरल भावार्थ—नारद मुनि कहते हैं, धर्मानुकूल आचरण करने वाले व्यक्ति को तीस सद्गुणों को अपनाने का प्रयत्न करना चाहिए—सत्य, दया, तप, शौच, सहनशीलता, उचित-अनुचित का ज्ञान, मन का संयम, इन्द्रियों का संयम, अहिंसा, ब्रह्मचर्य, त्याग, स्वाध्याय, सरलता, सन्तोष, समदृष्टि, सांसारिक विषयों में अनासक्ति, तामसिक विचारों में अरुचि, मौन, आत्मचिंतन, अन्न आदि का प्राणियों के बीच संविभाग, मानव में माधव का दर्शन, और नवधा भक्ति (श्रवण, कीर्तन, स्मरण, पादसेवन, अर्चन, वन्दन, दास्य, सख्य, आत्मसमर्पण)।

दूसरा प्रसंग है—समाज में द्वेष-भाव—सबसे महान् शत्रु—

अहंकारं बलं दर्पं कामं क्रोधं च संश्रिताः।
मामात्मपरदेहेषु प्रद्विषन्तोऽभ्यसूयकाः॥ १६.१८॥
तानहं द्विषतः क्रूरान्॥ १६.१९॥

सरल भावार्थ—भगवान् कहते हैं, आसुरी प्रकृति के लोग, अपने अहंकार के कारण, एक के बाद एक दुर्गुणों के शिकार हो जाते हैं जिसके परिणामस्वरूप वे मानो एक जंजीर में फँस जाते हैं। अहंकार-बल-घमंड-काम-क्रोध-लोभ-परनिंदा-द्वेष—इस प्रकार की द्वेष की जंजीर को महान् शत्रु समझना चाहिए; क्योंकि प्राणी-प्राणी के बीच द्वेष वस्तुतः मुझ अन्तर्यामी (प्रभु) के प्रति द्वेष है। द्वेष की जंजीर में फँसे व्यक्ति क्रूर और अशुभ कर्म करते हैं।

श्रीमद्भागवत ने भी, ग्यारहवें स्कंध में, द्वेष-भाव को महान् शत्रु बतलाया है—

द्विषन्तः परकायेषु स्वात्मानं हरिमीश्वरम्।
मृतके सानुबन्धेऽस्मिन् बद्धस्नेहाः पतन्त्यधः॥ ११.५.१५॥

सरल भावार्थ—योगीश्वरजी कहते हैं, जो व्यक्ति स्वार्थी होते हैं या अपना स्नेह केवल स्वजनों तक सीमित रखते हैं, यदि वे अन्य प्राणियों से द्वेष करते हैं तो वस्तुतः वे अन्तर्यामी प्रभु से ही द्वेष करते हैं—उनका पतन निश्चित है।

तीसरा प्रसंग है—आचरण का लक्ष्य-श्रेयस् (सबका कल्याण)।

एतैर्विमुक्तः कौन्तेय तमोद्वारैस्त्रिभिर्नरः।
आचरत्यामनः श्रेयस्ततो याति परां गतिम्॥ १६.२२॥

सरल भावार्थ—भगवान् कहते हैं, हे अर्जुन, काम, क्रोध, लोभ, अहंकार, द्वेष आदि दुर्गुणों से पूर्ण मुक्ति पाना आवश्यक है (अर्थात् स्वयं इन दुर्गुणों से बच और साथ ही क्रूर कर्म करने वालों का संग छोड़)—इस प्रकार के अच्छे (श्रेयष्कर) आचरण से ही तू अपना तथा समाज का हित कर सकता है—वही उत्तम गति है।

इसी प्रकार का भाव, श्रीमद्भागवत ने भी दसवें स्कंध में व्यक्त किया है—

एतावज्जन्मसाफल्यं देहिनामिह देहिषु।
प्राणैरर्थैर्धिया वाचा श्रेय एवाचरेत् सदा॥ १०.२२.३५॥

सरल भावार्थ—श्रीशुकदेवजी कहते हैं—उन्हीं प्राणियों के जीवन को सफल समझना चाहिए जो अपने धन, ज्ञान, वाणी और प्राणों से भी, यथाशक्ति श्रेयष्कर आचरण करते हैं (जिनसे अपना तथा समाज का हित हो सकता है)।

गीता-अध्याय सत्रह

गीता के सत्रहवें अध्याय के तीन प्रसंग उल्लेखनीय हैं–

पहला प्रसंग है–घोर तप या तामसिक पूजा की निंदा–

अशास्त्रविहितं घोरं तप्यन्ते ये तपो जनाः।
दम्भाहंकारसंयुक्ताः कामरागबलान्विताः॥ १७.५॥
कर्शयन्तः शरीरस्थं भूतग्राममचेतसः।
मां चैवान्तःशरीरस्थं तान्विद्ध्यासुरनिश्चयान्॥ १७.६॥
मूढग्राहेणात्मनो यत्पीडया क्रियते तपः।
परस्योत्सादनार्थं वा तत्तामसमुदाहृतम्॥ १७.१९॥

सरल भावार्थ–भगवान् कहते हैं, सद्गुणों के विपरीत चलकर किया गया घोर तप, तामसिक है, आसुरी है। ऐसा तप करने वाले व्यक्ति दम्भ और अहंकार से भरे होते हैं, और कामना, आसक्ति तथा हिंसा-भाव के कारण वे अशान्त होते हैं। घोर तप के द्वारा वे अज्ञान और अंधविश्वास से भरे, अपने शरीर को कष्ट पहुँचाते हैं और अपनी विवेक-हीनता के कारण यह भी नहीं समझते कि ऐसे घोर तप के द्वारा स्वयं मुझे (ईश्वर को) भी कष्ट पहुँचता है; क्योंकि मैं उनके शरीर में भी हूँ। इस प्रकार का तामसिक तप निन्दनीय है; क्योंकि उसका लक्ष्य दूसरों को हानि पहुँचाना होता है।

श्रीमद्भागवत ने भी तामसिक तप के हिंसात्मक रूप की निन्दा की है–

यदा भजेत प्रेतान् हिंसामाशास्य कर्मभिः।
तं विद्यात् तामसम्॥ ११.२५॥

सरल भावार्थ–तामसिक तप निन्दनीय है; क्योंकि इसमें भूत-प्रेतों की पूजा की जाती है और इसका लक्ष्य होता है–हिंसा करके दूसरों को हानि पहुँचाना।

दूसरा प्रसंग है–तामसिक श्रद्धा से धर्म की हानि, लोक-कल्याण में बाधा–

अश्रद्धया हुतं दत्तं तपस्तप्तं कृतं च यत्।
असदित्युच्यते पार्थ न च तत्प्रेत्य नो इह॥ ७.२८॥

सरल भावार्थ—भगवान् कहते हैं, सात्त्विक श्रद्धा के अभाव में (अर्थात् तामसिक श्रद्धा के प्रभाव से) जो भी यज्ञ, दान, तप तथा तत्सम्बन्धित कर्म किए जाते हैं, वे सब 'असत्' (लोककल्याण से रहित) हो जाते हैं—उनसे न इस लोक में किसी को लाभ हो सकता है, न परलोक में।

श्रीमद्‌भागवत ने भी तामसिक श्रद्धा के द्वारा धर्म की हानि पर ज़ोर दिया है—

सात्त्विक्याध्यात्मिकी श्रद्धा कर्मश्रद्धा तु राजसी।
तामस्यधर्मे या श्रद्धा ॥ ११.२५.२७ ॥

सरल भावार्थ—भगवान् कहते हैं, सात्त्विक श्रद्धा से आध्यात्मिक उत्थान होता है, राजसी श्रद्धा से सकाम कर्म में रुचि होती है और तामसिक श्रद्धा से धर्म की हानि होती है।

तीसरा प्रसंग है—आहार का प्रभाव मन की पवित्रता पर भी पड़ता है—

आयुः सत्त्वबलारोग्यसुखप्रीतिविवर्धनाः।
रस्याः स्निग्धाः स्थिरा हृद्या आहाराः सात्त्विकप्रियाः ॥ १७.८ ॥
यातयामं गतरसं पूति पर्युषितं च यत्।
उच्छिष्टमपि चामेध्यं भोजनं तामसप्रियम् ॥ १७.१० ॥

सरल भावार्थ—सात्त्विक वृत्ति के लोगों को प्रिय लगने वाला आहार (भोजन) आयु-वर्धक होता है, उससे बुद्धि, बल, आरोग्य, सुख और मानसिक प्रसन्नता की भी वृद्धि होती है, उसमें रस तथा चिकनाई भी होती है, और वह शुद्ध, पवित्र तथा रुचिकर होता है। इसके विपरीत, तामसिक वृत्ति के लोगों को प्रिय लगने वाला आहार ताज़ा नहीं होता, वह रस-हीन और दुर्गन्ध-युक्त होता है, तथा बासी, जूठा और अपवित्र होता है।

यही विचार श्रीमद्‌भागवत ने संक्षिप्त रूप से व्यक्त किया है—

पथ्यं पूतमनायस्तमाहार्यं सात्त्विकं स्मृतम्।
राजसं चेन्द्रियप्रेष्ठं तामसं चार्तिदाशुचि ॥ ११.२५.२८ ॥

सरल भावार्थ—सात्त्विक भोजन आरोग्यदायक, पवित्र और अनायास (अर्थात् प्रकृति से, पौधों से) प्राप्त होता है। राजसी भोजन स्वाद को महत्ता देता है। तामसिक भोजन दुःखदायी और अपवित्र होता है।

गीता-अध्याय अठारह

गीता के अठारहवें अध्याय के आठ प्रसंग उल्लेखनीय हैं–

पहला प्रसंग है–सात्त्विक कर्म का आधार लोककल्याण तथा तामसिक कर्म का आधार हिंसा–

नियतं संगरहितमरागद्वेषतः कृतम्।
अफलप्रेप्सुना कर्म यत्तत्सात्त्विकमुच्यते॥ १८.२३॥
अनुबंधं क्षयं हिंसामनवेक्ष्य च पौरुषम्।
मोहादारभ्यते कर्म यत्तत्तामसमुच्यते॥ १८.२५॥

सरल भावार्थ–भगवान् कहते हैं, सात्त्विक कर्म के चार मुख्य लक्षण हैं– (अ) प्रत्येक व्यक्ति अपने कर्त्तव्य कर्म को ही करे। (आ) कर्म को कर्त्तव्य समझकर करना, आसक्त होकर नहीं। (इ) समदृष्टि का प्रयोग–ऐसा न हो कि किसी के प्रति राग, किसी के प्रति द्वेष। (ई) फलेच्छा से रहित अर्थात् ऐसी इच्छा रखना कि लाभ मुझे नहीं, समाज को मिले। इसके विपरीत, तामसिक कर्म के पाँच मुख्य लक्षण हैं–(क) कर्म का समाज के लिए क्या परिणाम हो सकता है– इसका विचार न करना। (ख) क्या उस कर्म के द्वारा किसी प्रकार का विनाश हो सकता है–इसका विचार न करना। (ग) क्या उस कर्म के द्वारा किसी प्रकार की हिंसा हो सकती है–इसका विचार न करना। (घ) क्या उस कर्म को सम्पन्न करने का सामर्थ्य अपने अन्दर है–इसका विचार न करना। (ङ) कर्म के विषय में उचित-अनुचित बातों का ज्ञान न होना या विपरीत ज्ञान होना।

इन विचारों का सार श्रीमद्भागवत ने संक्षेप में प्रकट किया है–

मदर्पणं निष्फलं वा सात्त्विकं निजकर्म तत्।
राजसं फलसंकल्पं हिंसाप्रायादि तामसम्॥ ११.२५.२३॥

सरल भावार्थ–भगवान् कहते हैं, जब कर्म और उसका फल ईश्वर-अर्पित (लोककल्याणार्थ) हो जाय, तब वह सात्त्विक रूप ले लेता है। जब कर्म का फल स्वयं लेने की इच्छा हो, तब वह राजसी हो जाता है। जब कर्म के फलस्वरूप अन्य व्यक्तियों के प्रति हिंसा करने की इच्छा हो, तब वह तामसिक हो जाता है।

दूसरा प्रसंग है—कर्म (सेवा) ही पूजा है—

यतः प्रवृत्तिर्भूतानां येन सर्वमिदं ततम्।
स्वकर्मणा तमभ्यर्च्य सिद्धिं विन्दति मानवः॥ १८.४६॥

सरल भावार्थ—परमात्मा ही सब प्राणियों को उत्पन्न करता है और उनका भरण-पोषण करता है, परमात्मा ही सब प्राणियों में निवास करता है—यह जानकर स्वकर्म के द्वारा प्राणीमात्र की सेवा करना और उसी को परमात्मा की पूजा समझना—यह जीवन्मुक्ति प्राप्त करने का सहज उपाय है।

यह संदेश श्रीमद्भागवत ने कई स्कंधों में दिया है—उदाहरणतः पाँचवें स्कंध का संदेश इस प्रकार है—

स्वधर्ममाराधनमच्युतस्य॥ ५.१०.२३॥

सरल भावार्थ—श्री शुकदेवजी कहते हैं—स्वधर्मपालन ही भगवान् की पूजा है।

तीसरा प्रसंग है—ईश्वर-समर्पण मन से हो, शब्दों से नहीं—

चेतसा सर्वकर्माणि मयि संन्यस्य मत्परः॥ १८.५७॥

सरल भावार्थ—अपने सब कर्मों का मानसिक रूप से ईश्वर-समर्पण हो अर्थात् कर्म का फल भी ईश्वर (समाज) को मिले—ऐसी भावना।

यही भाव श्रीमद्भागवत के तीसरे स्कंध में कपिल गीता ने व्यक्त किया है—

मय्यर्पितात्मनः पुंसो मयि संन्यस्तकर्मणः॥ ३.२९.३३॥

चौथा प्रसंग है—ईश्वर-समर्पण से अन्तर्वाह्य—सब संकटों का अन्त—

मच्चितः सर्वदुर्गाणि मत्प्रसादात्तरिष्यसि॥ १८.५८॥

सरल भावार्थ—भगवान् कहते हैं, मानसिक रूप से ईश्वर-समर्पण करने से, आन्तरिक संकट (मानसिक दुर्बलता) तथा बाह्य संकट (दुर्जनों की क्रूरता)—सब संकटों का अन्त हो जाता है।

इसी प्रकार का आश्वासन, श्रीमद्भागवत में, श्रीकृष्ण भगवान् के नामकरण के समय, गर्गाचार्यजी ने, व्रजवासियों को दिया है—

अनेन सर्वदुर्गाणि यूयमंजस्तरिष्यथ॥ १०.८.१६॥

सरल भावार्थ—गर्गाचार्यजी ने व्रजवासियों से कहा, इस नवजात शिशु 'कृष्ण' की सहायता से, तुम लोगों के समस्त संकटों का अन्त हो जाएगा।

पाँचवां प्रसंग है—जीवन्मुक्तावस्था की पहचान—
प्राणीमात्र में सम-भाव—

ब्रह्मभूतः प्रसन्नात्मा....
समः सर्वेषु भूतेषु....॥ १८.५४॥

सरल भावार्थ—भगवान् कहते हैं, जीवन्मुक्तावस्था का मुख्य लक्षण है—परम आनन्द का अनुभव और प्राणीमात्र में सम-भाव।

श्रीमद्भागवत ने भी, चौथे स्कंध में, पृथु की महानता का वर्णन करते हुए, लिखा है—

एष धर्मभृतां श्रेष्ठः॥ ४.१६.४॥
समः सर्वेषु भूतेषु॥ ४.१६.६॥

छठा प्रसंग है—कृष्णार्जुन संवाद तथा कृष्ण-उद्धव संवाद—दोनों अद्भुत—

इत्यहं वासुदेवस्य पार्थस्य च महात्मनः।
संवादमिममश्रौषमद्भुतं रोमहर्षणम्॥ १८.७४॥

सरल भावार्थ—संजय ने धृतराष्ट्र से कहा, हे राजन्, मैंने वासुदेव श्रीकृष्ण तथा महान् आत्मा अर्जुन के बीच हुए इस रोमांचकारी अद्भुत संवाद को सुना।

श्रीमद्भागवत ने स्वयं कृष्ण-उद्धव संवाद की महिमा इन शब्दों में गाई है—

उद्धवस्य च संवादो वासुदेवस्य चाद्भुतः॥ १२.१२.४१॥
यत्रात्मविद्या ह्यखिला प्रोक्ता धर्मविनिर्णयः॥ १२.१२.४२॥

सरल भावार्थ—सूतजी कहते हैं, भगवान् श्रीकृष्ण और उद्धव का संवाद अद्भुत है, उसमें आत्म-ज्ञान तथा धर्म-सम्बन्धी विषयों का विस्तृत विवेचन है।

सातवां प्रसंग है—ऐसे कौन लोग हैं जिन्हें अद्भुत संवाद सुनाने का प्रयत्न करना व्यर्थ है—

इदं ते नातपस्काय नाभक्ताय कदाचन।
न चाशुश्रूषवे वाच्यं न च माँ योऽभ्यसूयति॥ १८.६७॥

सरल भावार्थ—भगवान् कहते हैं, अद्भुत संवाद सुनाने का प्रयत्न करने के लिए देश-काल-पात्र को ध्यान में रखना आवश्यक है। उदाहरणत: जो भक्त नहीं है, निंदक है, जिसमें सेवा-भाव नहीं है, तप नहीं है, और जो सुनना नहीं चाहता—ऐसे व्यक्ति को सेवा-धर्म सम्बन्धी संदेश सुनाने का प्रयत्न करना व्यर्थ है।

अद्भुत संवाद सुनाने से सम्बन्धित, इसी प्रकार का आदेश श्रीमद्भागवत ने भी दिया है—

नैतत्त्वया दाम्भिकाय नास्तिकाय शठाय च।
अशुश्रूषोरभक्ताय दुर्विनीताय दीयताम्॥ ११.२९.३०॥

सरल भावार्थ—भगवान् कहते हैं, जो भक्त नहीं है, नास्तिक है, पाखंडी है, जिसमें सेवा-भाव नहीं है, विनम्रता नहीं है, और जो सुनना नहीं चाहता—ऐसे व्यक्ति को सेवाधर्म सम्बन्धी संदेश सुनाने का प्रयत्न करना व्यर्थ है।

आठवाँ प्रसंग है—जो अद्भुत संवाद सुनाने के पात्र हैं, ऐसे श्रोता, और उनको सुनाने वाला वक्ता—दोनों श्रेष्ठ—

य इमं परमं गुह्यं मद्भक्तेष्वभिधास्यति।
भक्तिं मयि परां कृत्वा मामेवैष्यत्यसंशय:॥ १८.६८॥
अध्येष्यते च य इमं धर्म्यं संवादमावयो:।
ज्ञानयज्ञेन तेनाहमिष्ट: स्यामिति मे मति:॥ १८.७०॥

सरल भावार्थ—भगवान् कहते हैं, हे अर्जुन, जो हमारा धर्ममय संवाद सुनने के पात्र हैं, उन्हें सेवाधर्म का संदेश सुनाना उत्तम कर्म है और उससे भी अधिक महत्त्व इस बात का है कि श्रोता और वक्ता मिलकर उत्तम संदेश का अध्ययन करें और तदनुरूप आचरण करें। ऐसा करने पर मानव में माधव के दर्शन करना उन दोनों (श्रोता एवं वक्ता) के लिए सहज हो जाएगा।

इसी प्रकार का संदेश श्रीमद्भागवत ने भी कृष्ण-उद्धव संवाद की समाप्ति के समय दिया है—

य एतन्मम भक्तेषु सम्प्रदद्यात् सुपुष्कलम्॥ ११·२९·२६॥
य एतच्छ्रद्धया नित्यमव्यग्रः शृणुयान्नरः।
मयि भक्तिं परां कुर्वन् कर्मभिर्न स बध्यते॥ ११·२९·२८॥

सरल भावार्थ—भगवान् कहते हैं, हे उद्धव, जो हमारा संवाद सुनने के पात्र हैं, उन्हें सेवा धर्म का संदेश स्पष्टतया सुनाना उत्तम कर्म है। श्रोता के हृदय में भी सात्त्विक श्रद्धा दृढ़ होनी चाहिए अर्थात् वह संदेश सुनकर तदनुरूप आचरण भी करे। ऐसा होने पर मानव में माधव के दर्शन, वक्ता तथा श्रोता, दोनों के लिए सहज हो जाएगा और जीवन्मुक्तावस्था भी प्राप्त हो जाएगी।

महाभारत से समानता

पिछले विभाग में, श्रीमद्‌भागवत और गीता की समानता के अस्सी दृष्टान्त प्रस्तुत किए गए। अब श्रीमद्‌भागवत और महाभारत की समानता का संक्षिप्त विवरण है—केवल नौ दृष्टान्तों के माध्यम से। ये दृष्टान्त श्रीमद्‌भागवत के नवें और ग्यारहवें स्कंधों पर आधारित हैं।

श्रीमद्‌भागवत के नवें स्कंध में ययाति की जीवन-गाथा वर्णित है (जो मूलतः महाभारत के आदिपर्व में है)। ययाति पाण्डवों के पुराने पूर्वज थे। युवावस्था में वे विषय-भोगों में आसक्त रहे, किन्तु वृद्धावस्था में उन्हें ज्ञान-प्राप्ति हुई और उन्होंने आने वाली पीढ़ियों के लिए उपदेशात्मक वचन कहे। अपने अनुभव के आधार पर ययाति द्वारा कथित, श्रीमद्‌भागवत के बीस श्लोकों में से चार श्लोक ऐसे हैं जो महाभारत के श्लोकों के समान हैं—

न जातु कामः कामानामुपभोगेन शाम्यति।
हविषा कृष्णवर्त्मेव भूय एवाभिवर्धते॥* ९·१९·१४॥

सरल भावार्थ—ययाति कहते हैं, विषयों के भोगने से भोगवासना कभी शान्त नहीं हो सकती। बल्कि, जैसे घी की आहुति डालने पर आग और भड़क उठती है, वैसे ही भोगवासनाएँ भी भोगों से और अधिक प्रबल हो जाती हैं।

ययाति द्वारा कथित, श्रीमद्‌भागवत का दूसरा श्लोक—

---

* यह श्लोक अक्षरशः महाभारत के आदिपर्व में है (देखें महाभारत १·८५·१२)।

या दुस्त्यजा दुर्मतिभिर्जीर्यतो या न जीर्यते।
तां तृष्णां दुःखनिवहां शर्मकामो द्रुतं त्यजेत्॥ ९.१९.१६॥

सरल भावार्थ—तृष्णा (भोगवासना) ही सब दुःखों की मूल (जड़) है। शरीर में बुढ़ापा आने पर भी तृष्णा कम नहीं होती। यद्यपि विपरीत बुद्धि धारण किए हुए लोगों के लिए तृष्णा का त्याग कठिन है, फिर भी अपना कल्याण चाहने वाले लोगों को तृष्णा-त्याग के लिए भरसक प्रयत्न करना चाहिए।

इसके समानान्तर महाभारत का श्लोक इस प्रकार है—

या दुस्त्यजा दुर्मतिभिर्या न जीर्यति जीर्यतः।
योऽसौ प्राणान्तिको रोगस्तां तृष्णां त्यजतः सुखम्॥ १.८५.१४॥

सरल भावार्थ—तृष्णा प्राणों का अन्त करने वाला रोग है। शरीर में बुढ़ापा आने पर भी तृष्णा कम नहीं होती। यद्यपि विपरीत बुद्धि धारण किए हुए लोगों के लिए तृष्णा का त्याग कठिन है, फिर भी ऐसा समझना आवश्यक है कि तृष्णा-त्याग के बिना कोई सुखी नहीं हो सकता।

अब ययाति द्वारा कथित, श्रीमद्भागवत का तीसरा श्लोक—

पूर्णं वर्षसहस्रं मे विषयान् सेवतोऽसकृत्।
तथापि चानुसवनं तृष्णा तेषूपजायते॥ ९.१९.१८॥

सरल भावार्थ—ययाति कहते हैं, यद्यपि विषयों को भोगते हुए मेरे एक हज़ार वर्ष पूरे हो गए, फिर भी उन भोगों की लालसा कम नहीं हुई, बल्कि बढ़ती ही जा रही है।

इसके समानान्तर महाभारत का श्लोक इस प्रकार है—

पूर्णं वर्षसहस्रं मे विषयासक्तचेतसः।
तथाप्यनुदिनं तृष्णा ममैतेष्वभिजायते॥ १.८५.१५॥

सरल भावार्थ—इस श्लोक का सरल भावार्थ वही है जो पिछले श्लोक का है, इसलिए उसे फिर से लिखना आवश्यक नहीं है।

अब ययाति द्वारा कथित, श्रीमद्भागवत का चौथा श्लोक—

तस्मादेतामहं त्यक्त्वा ब्रह्मण्याधाय मानसम्।
निर्द्वन्द्वो निरहंकारश्चरिष्यामि मृगैः सह॥ ९.१९.१९॥

सरल भावार्थ—ययाति कहते हैं, अब मैंने यह निश्चय कर लिया है कि तृष्णा का त्याग करके अपना अन्तःकरण परमात्मा के प्रति समर्पित कर दूँगा और सुख-दुःख जैसे द्वन्द्वों से ऊपर उठकर, निरहंकार-भाव से, वन में मृगों के साथ विचरूँगा।

इसके समानान्तर महाभारत का श्लोक इस प्रकार है—

तस्मादेनामहं त्यक्त्वा ब्रह्मण्याधाय मानसम्।
निर्द्वन्द्वो निर्ममो भूत्वा चरिष्यामि मृगैः सह॥ १.८५.१६॥

इस श्लोक में 'निरहंकारः' के स्थान पर 'निर्ममो भूत्वा' ये शब्द प्रयुक्त हुए हैं, किन्तु श्लोक का भावार्थ लगभग वही है जो पिछले श्लोक का है।

श्रीमद्भागवत के नवें स्कंध में शकुन्तला-दुष्यन्त की प्रसिद्ध कथा भी वर्णित है (जो मूलतः महाभारत के आदिपर्व में है)। जब शकुन्लता (पुत्र भरत के साथ) कण्व ऋषि के आश्रम से दुष्यन्त के दरबार में पहुँची तो कुछ समय के लिए मानो दुष्यन्त ने अपने पुराने वचनों को भुला दिया हो। तब आकाशवाणी द्वारा दुष्यन्त को आदेश मिला कि अपनी पत्नी और पुत्र को सहर्ष अपनाओ। आकाशवाणी के शब्दों को लिखित रूप से प्रकट करने वाले, श्रीमद्भागवत के दो श्लोक, महाभारत के श्लोकों के समान हैं—

माता भस्त्रा पितुः पुत्रो येन जातः स एव सः।
भरस्व पुत्रं दुष्यन्त मावमंस्थाः शकुन्तलाम्॥* ९.२०.२१॥
रेतोधाः पुत्रो नयति नरदेव यमक्षयात्।
त्वं चास्य धाता गर्भस्य सत्यमाह शकुन्तला॥* ९.२०.२२॥

सरल भावार्थ—आकाशवाणी के द्वारा दुष्यन्त को यह आदेश मिला, तुम शकुन्तला का तिरस्कार न करो, उसे सहर्ष अपनाओ और अपने पुत्र का भी भरण-पोषण करो। शकुन्तला का कथन बिल्कुल सत्य है, तुम ही इस पुत्र के पिता हो—और यही पुत्र तुम्हारे वंश को प्रसिद्धि दिलवाएगा।

---

* ये दोनों श्लोक महाभारत के आदिपर्व में हैं (1.74.110 तथा 1.74.111)।

श्रीमद्भागवत के ग्यारहवें स्कंध में, कृष्ण-उद्धव संवाद के अन्तर्गत, दत्तात्रेय-यदु संवाद है। दत्तात्रेयजी कहते हैं कि उन्होंने चौबीस व्यक्तियों की जीवन-गाथा से शिक्षा ग्रहण की है—उनमें से तीन व्यक्ति ऐसे हैं जिनका उल्लेख महाभारत के शान्तिपर्व में (बोध्य गीता प्रसंग में) किया गया है—

(अ) पिंगला

(आ) कुमारी

(इ) इषुकार (बाण बनाने वाला कारीगर)

(अ) पिंगला नाम की एक वैश्या थी। एक बार वह धनी पुरुष के आगमन की (व्यर्थ ही) प्रतीक्षा करती रही। एकाएक उसको ज्ञान-प्राप्ति हुई और उसने नया जीवन आरम्भ कर दिया। उस महत्त्वपूर्ण अवसर पर पिंगला के द्वारा प्रकटित भाव को महाभारत ने विशेष ख्याति प्रदान की है—एक बार पिंगला-गीता के नाम से और दूसरी बार बोध्य-गीता के एक अंश के रूप में। श्रीमद्भागवत में दत्तात्रेयजी, पिंगला को गुरु के रूप में सम्मानित करते हुए, उससे प्राप्त हुई शिक्षा का सारांश लिखते हैं—

आशा हि परमं दुःखं नैराश्यं परमं सुखम्।
यथा संछिद्य कान्ताशां सुखं सुष्वाप पिंगला॥ ११.८.४४॥

सरल भावार्थ—दत्तात्रेयजी कहते हैं, पिंगला से मुझे यह शिक्षा मिली है कि किसी व्यक्ति से आशा करने से दुःख ही प्राप्त होता है—यदि सुख चाहते हो तो इस प्रकार की आशा को छोड़ दो।

इसके समानान्तर महाभारत में दो श्लोक हैं—और दोनों ही पठनीय हैं—

(i) पिंगला-गीता प्रसंग से—

सुखं निराशः स्वपिति नैराश्यं परमं सुखम्।
आशामनाशां कृत्वा हि सुखं स्वपिति पिंगला॥ १२.१७४.६२॥

(ii) बोध्य-गीता प्रसंग से—

आशा बलवती राजन् नैराश्यं परमं सुखम्।
आशां निराशां कृत्वा तु सुखं स्वपिति पिंगला॥ १२.१७८.८॥

इन श्लोकों का भावार्थ श्रीमद्भागवत के श्लोक-जैसा ही है।

(आ) कुमारी कन्या, घर में आए अतिथियों के लिए भोजन बनाने की जिम्मेदारी उठाते हुए, चुपचाप एकान्त में धान कूटना चाहती थी, किन्तु उसकी कलाई में पड़ी शंख की चूड़ियों से आवाज़ निकलती थी। उस आवाज़ को बंद करने के लिए कुमारी ने प्रत्येक हाथ में केवल एक-एक चूड़ी रखी और अन्य चूड़ियों को कलाई से हटा दिया। दत्तात्रेयजी कहते हैं कि मैंने कुमारी के अनुभव से अकेले विचरने की शिक्षा ग्रहण की—

वासे बहूनां कलहो भवेद् वार्ता द्वयोरपि।
एक एव चरेत्तस्मात् कुमार्या इव कंकणः॥ ११.९.१०॥

सरल भावार्थ—दत्तात्रेयजी कहते हैं, कुमारी के अनुभव से मैंने अकेले विचरने की शिक्षा ली—कई व्यक्तियों के साथ रहने पर कलह की सम्भावना होती है और दो व्यक्ति (यदि कलह न भी करें तब भी) बातचीत तो करेंगे।

इसके समानान्तर महाभारत का (बोध्य-गीता प्रसंग का) श्लोक इस प्रकार है—

बहूनां कलहो नित्यं द्वयोः संकथनं ध्रुवम्।
एकाकी विचरिष्यामि कुमारीशंखको यथा॥ १२.१७८.१३॥

इस श्लोक का भावार्थ श्रीमद्भागवत के श्लोक-जैसा ही है।

(इ) इषुकार (बाण बनाने वाले कारीगर) से दत्तात्रेयजी ने ध्यानयोग जैसी तन्मयता की शिक्षा ली, यह देखकर कि एक कारीगर अपने काम में इतना लीन हो गया था कि उसे, पास ही निकल रही, राजा की सवारी तक का पता न चला—

यथेषुकारो नृपतिं व्रजन्त-
मिषौ गतात्मा न ददर्श पार्श्वे॥ ११.९.१३॥

सरल भावार्थ—दत्तात्रेयजी कहते हैं, कारीगर से मैंने एकाग्रता की शिक्षा ली, यह देखकर कि उसे, पास ही निकल रही, राजा की सवारी तक का पता न चला।

इसके समानान्तर महाभारत का (बोध्य-गीता प्रसंग का) श्लोक—

इषुकारो नरः कश्चिदिषावासक्तमानसः।
समीपेनापि गच्छन्तं राजानं नावबुद्धवान्॥ १२.१७८.१२॥

इस श्लोक का भावार्थ श्रीमद्भागवत के श्लोक-जैसा ही है।

अध्याय 10

श्रीमद्भागवत के संदेशों का सार—दीन दुखी की सेवा अनिवार्य

पुस्तक के इस (अन्तिम) अध्याय में, पिछले नौ अध्यायों में प्रकटित भावों का सारांश, संदेशात्मक दृष्टि से, प्रस्तुत किया गया है। इस उद्देश्य की पूर्ति, अध्याय को चार विभागों में बाँटने से होगी—

(अ) संदेशों का प्राप्ति-स्थान (जो पुस्तक के पहले अध्याय का सारांश है)।

(आ) संदेशों का एकत्रीकरण (जो पुस्तक के दूसरे अध्याय से आठवें अध्याय तक का सारांश है)।

(इ) संदेशों की पुष्टि (जो पुस्तक के नवें अध्याय का सारांश है)।

(ई) संदेशों का सार (जो पुस्तक के मुख्यतम संदेश का चयन है)।

अब चारों विभागों की क्रमशः प्रस्तुति की जाएगी।

(अ) संदेशों का प्राप्ति-स्थान

पुस्तक के पहले अध्याय से विशेषतः ग्रहणीय भाव यह है कि श्रीमद्भागवत की महानता को ध्यान में रखते हुए, उसका अध्ययन समग्र दृष्टि से (अर्थात् बारह-के-बारह स्कंधों से ज्ञान-प्राप्ति की इच्छा से) करना चाहिए। तात्पर्य यह है कि श्रीमद्भागवत के संदेश सभी स्कंधों में दिए गए हैं। यह भी हृदयंगम करना आवश्यक है कि श्रीमद्भागवत में भगवान् की दिव्य विभूतियों (अर्थात् चौबीस अवतारों द्वारा की गई लीलाओं) का संग्रह है और इसमें ज्ञान, भक्ति और कर्म—सभी मार्गों से सम्बन्धित उपदेश दिए गए हैं—

> इदं भागवतं नाम यन्मे भगवतोदितम्।
> संग्रहोऽयं विभूतीनां त्वमेतद् विपुलीकुरु॥ २.७.५१॥

एतन्नानावताराणां निधानं बीजमव्ययम्॥ १.३.५॥

सर्ववेदान्तसारं हि श्रीभागवतमिष्यते॥ १२.१३.१५॥

यस्मिन् पारमहंस्यमेकममलं ज्ञानं परं गीयते।

यत्र ज्ञानविरागभक्तिसहितं नैष्कर्म्यमाविष्कृतम्॥ १२.१३.१८॥

सरल भावार्थ—ब्रह्माजी नारद से कहते हैं, भगवान् ने मुझे जो उपदेश दिया था, वह यही भागवत है। इसमें भगवान् की दिव्य विभूतियों का संग्रह है। तुम इस का विस्तार करो। (२.७.५१)।

सूतजी ऋषियों से कहते हैं, भगवान् की अव्यक्त सत्ता ही सब अवतारों का अक्षय कोष है (जिनकी दिव्य लीलाओं का वर्णन भागवत में किया गया है)। यह महान् ग्रन्थ समस्त उपनिषदों का सार है—इसमें जीवन्मुक्त परमहंसों द्वारा दिया गया उच्च कोटि का ज्ञान है और साथ ही भक्तियोग और कर्मयोग की शिक्षा भी है। (१.३.५ एवं १२.१३.१५, १८)।

(आ) संदेशों का एकत्रीकरण

इस विभाग में पुस्तक के दूसरे अध्याय से आठवें अध्याय तक दिए गए तीस संदेशों का एकत्रीकरण है। प्रत्येक संदेश के साथ-साथ श्रीमद्भागवत के विशिष्ट श्लोक भी हैं। पाठकों की सुविधा के लिए, संदेशों की प्रस्तुति का क्रम वही है जो इस पुस्तक के अध्यायों का क्रम है।

पुस्तक के दूसरे अध्याय से दो संदेश ग्रहणीय हैं—

1. स्वधर्म-पालन

स्वधर्ममाराधनमच्युतस्य॥ ५.१०.२३॥

सरल भावार्थ—श्री शुकदेवजी पाँचवें स्कंध में कहते हैं—स्वधर्मपालन ही भगवान् की पूजा है।

2. निष्काम भक्ति एवं निष्काम कर्म का समन्वय

इति मां यः स्वधर्मेण भजन् नित्यमनन्यभाक्।

सर्वभूतेषु मद्भावो मद्भक्तिं विन्दते दृढाम्॥ ११.१८.४४॥

सरल भावार्थ—श्रीकृष्ण भगवान् ग्यारहवें स्कंध में उद्धवजी से कहते हैं, स्वधर्मपालन ही मेरी (अर्थात् भगवान् की) सेवा है और उसी के फलस्वरूप मानव में माधव के दर्शन होते हैं और भगवद्भक्ति दृढ़ होती है।

पुस्तक के तीसरे अध्याय में तीन संदेशों की व्याख्या की गई है—

3. प्राणीमात्र के प्रति सम-भाव

समः सर्वेषु भूतेषु प्रतपन् सूर्यवद्विभुः॥ ४.१६.६॥

सरल भावार्थ—श्री मैत्रेयजी चौथे स्कंध में कहते हैं, पृथु सब प्राणियों के प्रति सम-भाव रखते थे। वे सूर्य-भगवान् की भाँति समदृष्टि से प्रजा की सेवा करते थे।

4. सर्वभूतसुहृद-भाव

सर्वभूतसुहृच्छान्तो ज्ञानविज्ञाननिश्चयः॥ ११.७.१२॥

सरल भावार्थ—श्रीकृष्ण भगवान् ग्यारहवें स्कंध में उद्धवजी से कहते हैं, ज्ञान-विज्ञान पर आधारित साधना का लक्ष्य है—सर्वभूतसुहृद की स्थिति तक पहुँचना और परम शान्ति प्राप्त करना।

5. सेवाभाव (लोकसंग्रह)

केचित् कुर्वन्ति कर्माणि कामैरहतचेतसः।
त्यजन्तः प्रकृतीर्दैवीर्यथाहं लोकसंग्रहम्॥ १०.८०.३०॥

सरल भावार्थ—श्रीकृष्ण भगवान् दसवें स्कंध में सुदामा से कहते हैं, जगत् में ऐसे लोग बहुत कम हैं जो निःस्वार्थभाव से, अपने परिवार की सेवा से ऊपर उठकर जनसेवा करते हैं। उनका कार्य भगवान् द्वारा किए जाने वाले 'लोकसंग्रह' के समान है।

पुस्तक के चौथे अध्याय ने, दीन-दुखी की सेवा को, सर्वोच्च प्रकार की सेवा के रूप में प्रतिष्ठित किया है, अर्थात् इस अध्याय का संदेश है—

6. दीन-दुखी की सेवा

इस संदेश की प्रमुखता को स्पष्ट करने के लिए तीन श्लोक पठनीय हैं—

आर्तानां शरणं त्वहम् ॥ ११.२६.३३ ॥

सरल भावार्थ—श्री कृष्ण भगवान् ग्यारहवें स्कंध में उद्धवजी से कहते हैं, जो आर्त हैं, दीन-दुखी हैं, उन्हें मैं अपनी शरण में लेता हूँ।

आसां प्राणपरीप्सूनां विधेयमभयं हि मे।
एतावान्हि प्रभोरर्थो यद् दीनपरिपालनम् ॥ ८.७.३८ ॥

सरल भावार्थ—शिवजी भगवान् आठवें स्कंध में प्रजापतियों से कहते हैं, संकट की इस घड़ी में मेरा यह कर्त्तव्य है कि मैं आप सबको निर्भय कर दूँ। जिनके पास शक्ति-सामर्थ्य है, उनके जीवन की सार्थकता इसी में है कि वे दीन-दुखियों की सेवा करें।

एतावानव्ययो धर्मः पुण्यश्लोकैरुपासितः।
यो भूतशोकहर्षाभ्यामात्मा शोचति हृष्यति ॥ ६.१०.९ ॥

सरल भावार्थ—ऋषि दधीचि छठे स्कंध में कहते हैं, बड़े-बड़े महात्माओं ने सेवाधर्म के रूप को स्पष्ट किया है। उसका व्यावहारिक रूप यह है कि सेवक दूसरों को दुखी देखकर दुःख का अनुभव करे, और सुखी देखकर सुख का।

पुस्तक के पाँचवें अध्याय से, सेवा को देशकालपात्रानुकूल बनाने से सम्बन्धित, अनेकों संदेश ग्रहणीय हैं। श्रीमद्भागवत में वर्णित कथाओं के आधार पर सेवाकर्मों के ग्यारह प्रमुख विकल्प, इस अध्याय में संदेशात्मक दृष्टि से प्रस्तुत किए गए हैं—

7. अन्न-जल के अभाव से व्यक्ति को जीवन-दान

न कामयेऽहं गतिमीश्वरात् परां
अष्टर्द्धियुक्तामपुनर्भवं वा।
आर्तिं प्रपद्येऽखिलदेहभाजां
अन्तःस्थितो येन भवन्त्यदुःखाः ॥ ९.२१.१२ ॥

क्षुत्तृट्श्रमो गात्रपरिश्रमश्च
दैन्यं क्लमः शोकविषादमोहाः।
सर्वे निवृत्ताः कृपणस्य जन्तोः
जिजीविषोर्जीवजलार्पणान्मे॥ ९.२१.१३॥

सरल भावार्थ—नवें स्कंध में, रंतिदेव के मुख से निकले हुए अमृत वचन—"मैं भगवान् से आठों सिद्धियों से युक्त परम गति नहीं चाहता। मैं मोक्ष की भी कामना नहीं करता। मैं केवल यह चाहता हूँ कि सम्पूर्ण प्राणियों के हृदय में स्थित होकर उनका सारा दुःख मैं ले लूँ जिससे और किसी भी प्राणी को दुःख न हो। यह दीन प्राणी बहुत प्यासा था। जल देने से इसके जीवन की रक्षा हो गई। अब मेरी भूख-प्यास की पीड़ा, शरीर की शिथिलता, दीनता, ग्लानि, शोक, विषाद और मोह—ये सब-के-सब जाते रहे। दूसरों को सुखी देखकर मैं सुखी हो गया।"

8. बंधन या शोषण से पीड़ित को अभय-दान

अंसेऽधि दार्वी शिबिका च यस्यां
सौवीरराजेत्यपदेश आस्ते।
यस्मिन् भवान् रूढनिजाभिमानो
राजास्मि सिन्धुष्विति दुर्मदान्धः॥ ५.१२.६॥
शोच्यानिमांस्त्वमधिकष्टदीनान्
विष्ट्या निगृह्णन्निरनुग्रहोऽसि।
जनस्य गोप्तास्मि विकत्थमानो
न शोभसे वृद्धसभासु धृष्टः॥ ५.१२.७॥
संन्यस्तदण्डः कृतभूतमैत्रः॥ ५.१३.२०॥

सरल भावार्थ—पाँचवें स्कंध में, भरत ने राजा रहूगण को समझाया—ज़रा ध्यान दीजिए। मजदूरों के कंधों के ऊपर जो पालकी रखी हुई है, वह लकड़ी से बनी है; पालकी में जो व्यक्ति बैठा है, वह भी पंच महाभूतों से बना हुआ है। माया के आवरण से ढके हुए तुम, एकत्व-भाव को न पहचानकर, मद से अंधे होकर, अभिमान-वश समझते हो कि 'मैं सिंधुदेश का राजा हूँ'। किन्तु इस प्रकार के

विचार और आचरण से तुम्हारी श्रेष्ठता सिद्ध नहीं होती। वास्तव में तुम बहुत क्रूर और धृष्ट हो। तुमने इन बेचारे दीन-दुखी मजदूरों को, बिना उचित वेतन दिए, अपना बोझ ढोने के लिए विवश किया है और फिर महापुरुषों की सभा में बड़ी-बड़ी बातें बनाते हो कि मैं प्रजा का रक्षक हूँ। यह तुम्हें शोभा नहीं देता। जब राजा ने अपने दुर्व्यवहार के लिए क्षमायाचना की और भविष्य के लिए मार्गदर्शन की प्रार्थना की, तब भरत ने कहा, राजन्, तुम गरीब मजदूरों को दण्ड देना बन्द करो और उनके साथ मित्रता का व्यवहार करो।

9. द्वेष-भाव के कारण खंडित जन-वर्ग को निर्वैर-भाव

सर्पचौराग्निविद्युद्भ्यः क्षुत्तृड्व्याध्यादिभिर्नृप।
पञ्चत्वमृच्छते जन्तुर्भुङ्क्त आरब्धकर्म तत्॥ १२.६.२६॥
तस्मात् सत्रमिदं राजन् संस्थीयेताभिचारिकम्।
सर्पा अनागसो दग्धा जनैर्दिष्टं हि भुज्यते॥ १२.६.२७॥
इत्युक्तः स तथेत्याह महर्षेर्मानयन् वचः।
सर्पसत्रादुपरतः पूजयामास वाक्पतिम्॥ १२.६.२८॥
अतिवादांस्तितिक्षेत नावमन्येत कञ्चन।
न चेमं देहमाश्रित्य वैरं कुर्वीत केनचित्॥ १२.६.३४॥

सरल भावार्थ—बारहवें स्कंध में, महर्षि वृहस्पति जनमेजय से कहते हैं, राजन्, सर्पों के प्रति तुम्हारे द्वेष-भाव का कारण यह है कि सर्पराज तक्षक के डसने से तुम्हारे पिता परीक्षित् की मृत्यु हुई, किन्तु मैं तुम्हारे ज्ञान-चक्षु खोलना चाहता हूँ। ऊपरी तौर पर देखने में प्रतीत होता है कि अपने स्वजनों की मृत्यु सांप, चोर, आग, बिजली आदि दुर्घटना से या भूख-प्यास, रोग आदि शारीरिक व्याधि से हुई है, किन्तु वास्तव में तो सभी प्राणी अपने-अपने कर्म का फल पाते हैं। तुम्हारे इस यज्ञ में बहुत से निरपराध सर्प जला दिए गए हैं, इसलिए अब इस यज्ञ को बन्द कर देना चाहिए। परीक्षित् की मृत्यु के लिए सर्पों को दोष देना उचित नहीं। महर्षि वृहस्पति की बात का सम्मान करके जनमेजय ने कहा कि 'आपकी सलाह हितकारी है'। जनमेजय ने तुरन्त सर्प-यज्ञ बंद करा दिया और कृतज्ञतापूर्ण भाव से महर्षि बृहस्पति की पूजा की। इस कथा के सारांश के रूप

में सूतजी कहते हैं—भगवान् का उत्तम भक्त वही है जो दूसरों की कटु वाणी सहन कर ले और बदले में किसी का अपमान न करे, इस क्षणभंगुर शरीर में अहंता-ममता करके किसी भी प्राणी से कभी वैर न करे।

10. भेद-भाव के कारण वंचित व्यक्ति को परस्पर-भाव

मामंगलं तात परेषु मंस्था
भुंक्ते जनो यत्परदुःखदस्तत्॥ ४.८.१७॥
ननाम मातरौ शीर्ष्णा सत्कृतः सज्जनाग्रणीः।
उत्तमश्च ध्रुवश्चोभावन्योन्यं प्रेमविह्वलौ॥ ४.९.४५, ४८॥

सरल भावार्थ—चौथे स्कंध में मैत्रेयजी भक्त ध्रुव की कथा का ज्ञान स्पष्ट करते हैं। सौतेली माँ के दुर्व्यवहार से दुखी होकर ध्रुव ने अपनी माँ से पूछा कि मैं इस अपमान का बदला कैसे लूँ, किन्तु ध्रुव की माँ ने उसे उत्तम ज्ञान देते हुए कहा, बेटे, यद्यपि तेरा अपमान हुआ है, फिर भी तू दूसरों के लिए अमंगल की कामना कभी न करना। जो व्यक्ति दूसरों को दुःख देता है, उसे स्वयं ही उसका फल भोगना पड़ता है। ध्रुव ने अपनी माँ की शिक्षा का सहर्ष पालन किया। साधना पूरी करके घर लौटने पर, सज्जनशिरोमणि ध्रुव ने दोनों माताओं को प्रणाम किया। उत्तम और ध्रुव भी प्रेम से विह्वल होकर, सगे भाई की भाँति, एक दूसरे से मिले। पुराने भेद-भाव के स्थान पर परस्पर प्रेम का वातावरण फैल गया।

11. कर्तव्य-च्युत को कर्तव्य-परायणता का भान

ब्रह्मा भवो भवन्तश्च मनवो विवुधेश्वराः।
विभूतयो मम ह्येता भूतानां भूतिहेतवः॥ ६.४.४५॥
नाशं निशम्य पुत्राणां नारदाच्छीलशालिनाम्॥ ६.५.२३॥
असाध्वकार्यर्भकाणां भिक्षोर्मार्गः प्रदर्शितः॥ ६.५.३६॥
यन्नस्त्वं कर्मसंधानां साधूनां गृहमेधिनाम्॥ ६.५.४२॥
तस्माल्लोकेषु ते मूढ न भवेद् भ्रमतः पदम्॥ ६.५.४३॥
प्रतिजग्राह तद्बाढं नारदः साधुसम्मतः॥ ६.५.४४॥

सरल भावार्थ—छठे स्कंध में श्री शुकदेवजी कर्तव्यपरायणता की कथा सुनाते हैं। सृष्टि रचना के आरम्भ में भगवान् ने प्रजापतियों से कहा—ब्रह्मा, शिव, प्रजापति, मनु, इन्द्र, ये सब ईश्वरीय शक्तियाँ हैं और इन सबका लक्ष्य है—समस्त प्राणियों की अभिवृद्धि तथा समृद्धि। किन्तु नारद मुनि ने प्रजापतियों के कार्य की प्रगति में रुकावट डाल दी; क्योंकि उन्होंने प्रजापति-पुत्रों को छोटी अवस्था में संन्यास आश्रम दिलवा दिया। क्रोधित होकर प्रजापतियों ने नारद से कहा—तुमने हमारे भोलेभाले बालकों को भिक्षुओं का मार्ग दिखलाकर हमारे लोकसंग्रह के काम में रुकावट क्यों डाली? हम लोग सद्गृहस्थ हैं, अपनी धर्ममर्यादा का पालन करते हैं। जाओ, लोक-लोकान्तरों में भटकते रहो—कहीं भी तुम्हारे लिए ठहरने को स्थान नहीं होगा। तब नारद मुनि को अपनी गलती का भान हुआ। उन्होंने 'बहुत अच्छा' कहकर प्रजापतियों का शाप स्वीकार कर लिया।

12. अधर्माचरण करने वाले को ज्ञान-दान

हिंसाविहारा ह्यालब्धैः पशुभिः स्वसुखेच्छया।
यजन्ते देवता यज्ञैः पितृभूतपतीन् खलाः॥ ११.२१.३०॥

सरल भावार्थ—ग्यारहवें स्कंध में श्रीकृष्ण भगवान् उद्धवजी से कहते हैं, यज्ञ में पशुबलि करने वालों का वास्तविक लक्ष्य अपनी इन्द्रियों की तृप्ति करना है। उनका यह कथन कि हम तो देवता, पितर आदि को मांस अर्पित कर रहे हैं, यह केवल दिखावा और ढोंग है।

13. व्यसनों के जंजाल में फँसे हुए को मनोबल

महापानाभिमत्तानां वीराणां दृप्तचेतसाम्।
कृष्णमायाविमूढानां संघर्षः सुमहानभूत्॥ ११.३०.१३॥
तामसं द्यूतसदनम्॥ ११.२५.२५॥

सरल भावार्थ—ग्यारहवें स्कंध में श्री शुकदेवजी मदिरापान और जुए की निन्दा करते हैं। मदिरा को यादवों के विनाश का कारण बतलाते हुए, वे कहते हैं—सब-के-सब यदुवंशी नशे में चूर हो गए और एक दूसरे से झगड़ने लगे। भगवान् की माया से मूढ होकर उन्होंने स्वयं ही अपना विनाश कर लिया। एक अन्य प्रसंग में, जुआ खेलने की गणना भी तामसिक कर्मों में की गई है।

14. अंधविश्वास के कारण व्यर्थ डरने वालों को शिक्षा-दान

धर्मध्वजिनः पातकिनः॥ १०.७८.२७॥

सरल भावार्थ—दसवें स्कंध में श्री शुकदेवजी कहते हैं—धर्म का झण्डा खड़ा करने वाले और धर्म के नाम पर झगड़ा करने वाले पापी लोग हैं, उनसे डरने की कोई आवश्यकता नहीं है। भोली-भाली जनता को डराने वाले (पाखंडी, कट्टरपंथी, नरक का भय दिखलाने वाले)—इन सबकी गणना 'धर्मध्वजिनः' में की जा सकती है।

15. पर्यावरण में रुचि न रखने वालों को दायित्व-भान

मा द्रुमेभ्यो महाभागा दीनेभ्यो द्रोग्धुमर्हथ।
विवर्धयिषवो यूयं प्रजानां पतयः स्मृताः॥ ६.४.७॥
अहो प्रजापतिपतिर्भगवान् हरिरव्ययः।
वनस्पतीनोषधीश्च ससर्जोर्जमिषं विभुः॥ ६.४.८॥
अलं दग्धैर्द्रुमैर्दीनैः खिलानां शिवमस्तु वः॥ ६.४.१५॥

सरल भावार्थ—छठे स्कंध में, वृक्षों को नष्ट होने से बचाने के लिए, चन्द्रमा प्रजापति से कहते हैं, आप वृक्षों को क्यों जला रहे हैं? ज़रा शान्त होकर सोचिए। ये वृक्ष बड़े दीन हैं। आपका लक्ष्य प्रजा की अभिवृद्धि करना है। वृक्षों को जलाने से आपके लक्ष्य की प्राप्ति नहीं हो सकती। प्रजापतियों के भी अधिपति भगवान् श्री हरि ने सम्पूर्ण वनस्पतियों और औषधियों को प्रजा के हितार्थ उनके खान-पान के लिए बनाया है। जो वृक्ष जल गए सो जल गए, अब और वृक्षों को न जलाइए—बल्कि उनकी रक्षा कीजिए। इससे आपका भी कल्याण होगा।

16. केवल अपनी मुक्ति चाहने वालों को सर्वमुक्ति-ज्ञान

नैतान्विहाय कृपणान्विमुमुक्ष एको॥ ७.९.४४॥

सरल भावार्थ—सातवें स्कंध में भक्तशिरोमणि प्रह्लाद कहते हैं—असहाय प्राणियों को मुसीबत में छोड़कर मैं अकेला मुक्त नहीं होना चाहता।

17. सकाम भक्ति में लीन व्यक्ति के लिए सेवा-अभियान

सेवानुरक्तमनसामभवोऽपि फल्गुः॥ ५.१४.४४॥

सरल भावार्थ—पाँचवें स्कंध में, महात्मा (जड़) भरत के सेवा भाव की महिमा गाते हुए, श्री शुकदेवजी कहते हैं—जिन महात्माओं का चित्त सेवा में अनुरक्त हो जाता है, उनके लिए और किसी वस्तु या भाव का (मोक्ष का भी) कोई महत्त्व नहीं।

पुस्तक के छठे अध्याय के प्रथम विभाग में, सेवा को दिव्य सेवा (अर्थात् मत्कर्म) में परिवर्तित करने वाले भावों से सम्बन्धित चार संदेश हैं—

18. निरहंकार-भाव

तस्य तीर्थपदः किं वा दासानामवशिष्यते॥ ९.५.१६॥
ऋषेर्विमोक्षं व्यसनं च बुद्ध्वा
मेने स्ववीर्यं च परानुभावम्॥ ९.५.२४॥

सरल भावार्थ—नवें स्कंध में श्री शुकदेवजी अम्बरीष के निरहंकार-भाव की महिमा गाते हुए कहते हैं—अम्बरीष अपने आपको भगवान् का दास समझते थे, इसलिए भगवान् की कृपा का उन्हें पूर्ण ज्ञान था। बाह्यरूप से देखने में ऐसा प्रतीत होता था कि दुर्वासाजी के व्यवहार में जो परिवर्तन आए (जैसे पहले क्रोध, फिर शान्ति, अथवा पहले दुःख और फिर दुःख से छुटकारा) वे अम्बरीष ने करवाए, किन्तु स्वयं अम्बरीष को पूरा ज्ञान था कि यह सब भगवान् की कृपा से हुआ है।

19. परहित-भाव

अहिंसा सत्यमस्तेयमकामक्रोधलोभता।
भूतप्रियहितेहा च धर्मोऽयं सार्ववर्णिकः॥ ११.१७.२१॥

सरल भावार्थ—ग्यारहवें स्कंध में श्रीकृष्ण भगवान् उद्धवजी से कहते हैं—अहिंसा, सत्य, अस्तेय, अकाम (निःस्वार्थ भाव), अक्रोध, अ-लोभ (लोभ से मुक्ति)—ये छः गुण अपनाने वाला व्यक्ति सब प्राणियों का हित करना चाहेगा। सभी वर्ण के लोगों के लिए यही वास्तविक धर्म है।

20. मानव में माधव का दर्शन (प्राणीमात्र में ईश्वरत्व-भाव)

अहं सर्वेषु भूतेषु भूतात्मावस्थितः सदा।
तमवज्ञाय माँ मर्त्यः कुरुतेऽर्चाविडम्बनम्॥ ३.२९.२१॥

सरल भावार्थ—तीसरे स्कंध में (कपिल गीता के अन्तर्गत) कपिल भगवान् कहते हैं—मैं आत्मारूप से सदा सभी प्राणियों में स्थित हूँ, इसलिए जो लोग मुझ सर्वभूतस्थित परमात्मा का अनादर करके केवल प्रतिमा में ही मेरा पूजन करते हैं, उनकी वह पूजा स्वांगमात्र है।

21. प्रभु को कर्म-समर्पण (समर्पण भाव)

कर्मशुद्धिर्मदर्पणम्॥ ११.२१.१५॥
सर्वस्य तद् भवति मूलनिषेचनं यत्॥ ८.९.२९॥

सरल भावार्थ—ग्यारहवें तथा आठवें स्कंधों को मिलाने से समर्पण-भाव का महत्त्व स्पष्ट हो जाता है—जब सेवारूपी कर्म भगवान् को अर्पित किया जाता है, तब वह शुद्ध हो जाता है। जैसे वृक्ष के मूल में पानी देने से उसका तना, टहनियाँ और पत्ते—सब-के-सब सिंच जाते हैं, वैसे ही भगवान् को समर्पित किया गया कर्म सर्वहितकारी रूप ले लेता है।

पुस्तक के छठे अध्याय के द्वितीय विभाग में मद्भाव-प्राप्ति अथवा जीवन्मुक्ति (अर्थात् आध्यात्मिक पूर्णता) से सम्बन्धित पाँच संदेश हैं—

22. आध्यात्मिक पूर्णता से सेवा-कार्य सहज हो जाता है।

यावत् सर्वेषु भूतेषु मद्भावो नोपजायते।
तावदेवमुपासीत वाङ्मनःकायवृत्तिभिः॥ ११.२९.१७॥

सरल भावार्थ—ग्यारहवें स्कंध में श्रीकृष्ण भगवान् उद्धवजी से कहते हैं— स्वधर्मपालन करते-करते मद्भाव-प्राप्ति हो जाती है। जब तक मद्भाव प्राप्ति नहीं होती, तब तक कर्त्तव्य भावना से, मन, वाणी तथा शरीर से सेवा कार्यों में लगे रहना चाहिए। (मद्भाव प्राप्ति होने पर सेवा कार्य सहज हो जाता है)।

23. पूर्णावस्था में सेवा के साथ-साथ सात्त्विकता भी आ जाती है।

नरेष्वभीक्ष्णं मद्भावं पुंसो भावयतोऽचिरात्।
स्पर्धासूयातिरस्काराः साहंकारा वियन्ति हि॥ ११.२९.१५॥

सरल भावार्थ—ग्यारहवें स्कंध में श्रीकृष्ण भगवान् उद्धवजी से कहते हैं—जब साधक को मद्भाव की प्राप्ति हो जाती है, तब उसके चित्त से स्पर्धा (होड़), ईर्ष्या, तिरस्कार और अहंकार आदि दोष दूर हो जाते हैं।

24. पूर्णावस्था (जीवन्मुक्ति, मद्भावप्राप्ति) इसी जीवन में प्राप्य है।

देहस्थोऽपि विनिर्मुक्तः॥ ११.११.१४॥
अप्रमत्त इदं ज्ञात्वा पुरामृत्योः घटेत सः॥ ११.२०.१४॥

सरल भावार्थ—ग्यारहवें स्कंध में श्रीकृष्ण भगवान् उद्धवजी से कहते हैं—साधना की पूर्णता (मद्भाव-प्राप्ति) इसी जीवन में हो सकती है और वही है जीवन्मुक्ति। उसके लिए आवश्यक है, कर्तव्य परायणता और ज्ञान का उचित उपयोग।

25. जीवन का लक्ष्य जीवन्मुक्ति है, विदेहमुक्ति नहीं।

न विक्रिया विश्वसुहृत्सखस्य
साम्येन वीताभिमतेस्तवापि॥ ५.१०.२५॥
सेवानुरक्तमनसामभवोऽपि फल्गुः॥ ५.१४.४४॥

सरल भावार्थ—पाँचवें स्कंध में श्री शुकदेवजी कहते हैं—महात्मा (जड़) भरत जीवन्मुक्त थे, वे विश्वसुहृद भगवान् के सखा बन गए थे, और उनका सम-भाव इतना दृढ़ हो गया था कि अपमानित होने पर भी उनकी शांति और सेवा में कोई अन्तर नहीं आया। उनका चित्त सेवा में अनुरक्त हो गया था, इसलिए उनके लिए मोक्ष (विदेहमुक्ति) का भी कोई महत्त्व नहीं रह गया था।

26. स्वर्गप्राप्ति की इच्छा निष्काम-भाव के विरुद्ध है।

स्वधर्मस्थो यजन् यज्ञैरनाशीःकाम उद्धव।
न नरः स्वर्गतिं कांक्षेत्॥ ११.२०.१०, १३॥

सरल भावार्थ—ग्यारहवें स्कंध में श्रीकृष्ण भगवान् उद्धवजी से कहते हैं—साधक को निष्काम भाव से स्वधर्मपालन करना चाहिए। उसे स्वर्ग की कामना नहीं करनी चाहिए।

पुस्तक के सातवें अध्याय में संत के लक्षणों से सम्बन्धित तीन संदेश हैं—

27. संत वही है जो सर्वोपकारक है।

सत्यसारोऽनवद्यात्मा समः सर्वोपकारकः॥ ११.११.२९॥

सरल भावार्थ—ग्यारहवें स्कंध में श्री कृष्ण भगवान् उद्धवजी से कहते हैं—संत का सबसे मुख्य लक्षण है, सर्वोपकार (सबका भला करना), और इस कार्य को वे समदृष्टि अपनाकर करते हैं। सत्य को, वे अपने जीवन का सार मानते हैं और उनके मन में किसी प्रकार की पाप वासना कभी नहीं आती।

28. संत वही है जो अपमान के बदले में भी मंगलकामना करे।

मामंगलं तात परेषु मंस्था
भुंक्ते जनो यत्परदुःखदस्तत्॥ ४.८.१७॥

सरल भावार्थ—चौथे स्कंध में मैत्रेयजी, भक्त ध्रुव की माँ को सच्चा गुरु बतलाते हैं; क्योंकि उन्होंने ध्रुव को उत्तम ज्ञान देते हुए कहा, बेटे, यद्यपि तेरा अपमान हुआ है, फिर भी तू दूसरों के लिए अमंगल की कामना कभी न करना। जो व्यक्ति दूसरों को दुःख देता है, उसे स्वयं ही उसका फल भोगना पड़ता है।

29. संतों की असली पहचान उनकी दीनवत्सलता से होती है।

साधवो दीनवत्सलाः॥ ११.२.६॥

सरल भावार्थ—ग्यारहवें स्कंध में श्रीकृष्ण भगवान् के पिता श्री वसुदेवजी कहते हैं—दीनों का दुःख दूर करने वाले व्यक्तियों को ही सन्त कहना उचित है।

पुस्तक के आठवें अध्याय का मुख्य संदेश है—

30. भारतवर्ष का गौरव गान

तत्रापि भारतमेव वर्षं कर्मक्षेत्रम्॥ ५.१७.११॥

सरल भावार्थ—पाँचवें स्कंध में श्री शुकदेवजी भारतवर्ष की वन्दना करते हुए कहते हैं—पृथ्वी के समस्त खण्डों में भारतवर्ष ही कर्मभूमि है।

(इ) संदेशों की पुष्टि

पुस्तक के नवें अध्याय में श्रीमद्भागवत से चुने हुए अस्सी श्लाकों की तुलनात्मक व्याख्या है; क्योंकि इन श्लोकों में भगवद्गीता के श्लोकों की स्पष्ट झलक है। इसका तात्पर्य यह है कि श्रीमद्भागवत के संदेशों की पुष्टि का आधार है—गीता से समानता। उदाहरणतः गीता के पंद्रहवें अध्याय के आधार पर, श्रीमद्भागवत ने ईश्वर-समर्पित कर्म को सर्वहितकारी रूप दिया है—

कर्मशुद्धिर्मदर्पणम्॥ ११.२१.१५॥
सर्वस्य तद् भवति मूलनिषेचनं यत्॥ ८.९.२९॥

सरल भावार्थ—जब सेवा रूपी कर्म भगवान् को अर्पित किया जाता है, तब वह शुद्ध हो जाता है। जैसे वृक्ष के मूल में पानी देने से उसका तना, टहनियाँ और पत्ते—सब-के-सब सिंच जाते हैं, वैसे ही भगवान् को समर्पित किया गया कर्म सर्वहितकारी रूप ले लेता है।

(ई) संदेशों का सार

अन्त में, पिछले विभागों में प्रस्तुत किए गए विवेचन का सार, न्यूनतम शब्दों में इस प्रकार प्रकट करना उचित है—श्रीमद्भागवत के संदेशों का सार—दीन दुखी की सेवा अनिवार्य। इसके समर्थन के लिए श्रीमद्भागवत के चौथे स्कंध का एक श्लोक लिखना पर्याप्त होगा—

ब्राह्मणः समदृक् शान्तो दीनानां समुपेक्षकः।
स्रवते ब्रह्म तस्यापि भिन्नभाण्डात्पयो यथा॥ ४.१४.४१॥

सरल भावार्थ—श्री मैत्रेयजी कहते हैं, दीनों की सेवा सबसे बड़ा धर्म है। जो दीनों की सेवा नहीं करता, उसका ब्रह्मज्ञान, समदृष्टि और ऊपर से दिखलाई देने वाला शान्त भाव—ये सब नष्ट हो जाते हैं, जैसे फूटे हुए घड़े में से जल बह जाता है।